Mavis Gallant

Die Lage der Dinge

Erzählungen

Aus dem Englischen von
Reinhild Böhnke

D1642103

S. Fischer

Die Originalausgabe erschien 1993
unter dem Titel ›Across The Bridge‹
im Verlag Random House, Inc., New York
© 1993 by Mavis Gallant
© 1996 S. Fischer Verlag GmbH, Frankfurt am Main
Gesamtherstellung: Clausen & Bosse, Leck
Printed in Germany
ISBN 3-10-024409-5

Für Kitty Crowe

1933

Ungefähr ein Jahr nach dem Tod von Monsieur Carette mußten seine drei Hinterbliebenen – Berthe und ihre kleine Schwester Marie und ihre Mutter – die bequeme Wohnung über dem
Möbelgeschäft in der Rue Saint-Denis aufgeben und in eine
kleinere ziehen. Sie litten keine Not – es gab ja die Versicherung und das Geld vom Verkauf des Geschäfts, aber der Käufer des geerbten Geschäfts hatte noch nicht bezahlt, und sie
mußten vorsichtig sein.

Einige der Lampen und Beistelltische und Polsterstühle
wurden zu Verwandten geschickt und sollten zurückgegeben
werden, wenn die kleinen Mädchen herangewachsen waren
und heirateten. Die übrigen Habseligkeiten wurden von zwei
kleinen krummen Männern in den ersten Stock eines Steinhauses in der Rue Cherrier, nicht weit von der Taubstummenanstalt, getragen. Die Männer bedienten sich eines alten Pferdes
und eines offenen Wagens für den Umzug. Sie erzählten
Madame Carette, daß sie noch nie außerhalb dieses Viertels
gearbeitet hatten; sie kannten nur ungefähr vierzig Straßen
von Montreal, doch diese gründlich. Am Tag des Umzugs fiel
weicher Schnee, wie ergrauende Spitze. Eine geflickte Plane
schützte das weinrote Sofa der Carettes mit seiner Seidenfransenbordüre, das Messingbett der Kinder, das Bett ihrer Mutter
aus Nußbaum mit den geschnitzten Jakobsmuscheln und den

runden Eichentisch, der kleiner als der alte war und an dem sie jetzt ihre Mahlzeiten einnehmen würden. Madame Carette sagte zu Berthe, daß sie nun keine Gäste mehr einladen und für sie kochen würde. Sie war gerade erst siebenundzwanzig.

Sie warteten in ihrem neuen Zuhause, in den gescheuerten, leeren Zimmern, auf die Möbelträger. Sie hatten schon Bogen von *La Presse* auf dem Fußboden ausgebreitet, falls die Männer Schnee hereinschleppten. Die Vorhänge waren angebracht, die cremefarbenen Jalousien vor den Schiebefenstern halb heruntergelassen. Kohle war angeliefert worden und in dem Schuppenanbau hinter der Küche aufgestapelt. Der Küchenherd und der gedrungene runde Ofen im Wohnzimmer strahlten in Wellen eine intensive metallische Wärme aus.

Die alte Wohnung war nicht weit weg. Der Parc Lafontaine, wo die Kinder oft zum Spielen hingebracht worden waren, lag direkt an der Straße. Wenn Madame Carette einen nur wenige Minuten längeren Weg auf sich nahm, konnte sie bei ihrem Fleischer und Lebensmittelhändler Kundin bleiben. Die gleichen Pferdeschlitten würden Brot, Milch und Kohlen an die Haustür bringen. Trotzdem wirkte die Rue Cherrier mit ihren stillen Steinhäusern, ohne nennenswerten Verkehr und ohne Geschäfte wie ein fremdes Land.

Veränderung, Tod, Abwesenheit – die Geheimnisse der Erwachsenen – hielten die Kinder wach. Von ihrem neuen Schlafzimmer aus hörten sie im Morgengrauen das Kreischen der ersten Straßenbahn – ein aufregender Ton, Metall auf Metall, der langsam erstarb. Sie wären sofort aus dem Bett gesprungen und hätten sich angezogen, aber für ihre Mutter war das noch mitten in der Nacht. Nun lief ein neues, stetiges Geräusch durch die erwachenden Straßen, wie leises Blättersäuseln. Aus der Geräuschkulisse traten deutliche

Eindrücke hervor: ein Wecker, ein Mann, der sprach, jemandes Radio. Marie wollte reden und singen. Berthe mußte Geschichten erfinden, damit sie ruhig blieb. Einmal hatte sie Marie die Hand über den Mund gelegt und war grausam gebissen worden.

Sie schliefen auf einer Roßhaarmatratze, die eine Sommer- und eine Winterseite hatte und zweimal im Jahr gewendet wurde. Die schöne Stickerei am Rand der Bettücher und Kissen stammte von ihrer Mutter. Sie hatte mit elf Jahren angefangen, ihre Brautausstattung zu nähen; ihre Mädchenjahre wurden in Vorbereitung auf eine Hochzeit verbracht. Über dem Bett der Mädchen hing ein vergoldetes Kruzifix mit einem vertrockneten Buchsbaumzweig, der für die österlichen Palmzweige Jerusalems herhalten mußte.

Marie fürchtete sich davor, nach dem Dunkelwerden allein ins Bad zu gehen. Berthe erkundigte sich, ob sie erwarte, den Geist ihres Vaters zu erblicken, aber Marie konnte es nicht sagen – sie wußte noch nicht, ob ein Geist und die Dunkelheit dasselbe bedeuteten. Berthe war gezwungen, nachts aufzustehen und sie durch den Korridor zu begleiten. Das Flurlicht schien aus einem blauen Tulpenglas auf einer Säule, die als Marmorimitation bemalt war. Berthe konnte es gerade erreichen, wenn sie sich auf die Zehen stellte; Marie gar nicht.

Marie hätte gern die Tür des Badezimmers offengelassen, um nicht allein zu sein, doch Berthe wußte, daß eine solche Intimität sich nicht schickte. Obwohl ihre Erstkommunion aufgeschoben worden war, weil Madame Carette die zwei Schwestern gemeinsam zum Altar gehen sehen wollte, war sie schon zur Beichte gewesen. Leider waren ihr bald die erfundenen Sünden ausgegangen. Ihr Beichtvater schien zu glauben, es müßten mehr sein; er fragte, ob sie und ihre kleine Schwester sich jemals in einem Bad bei geschlossener Tür aufgehalten hätten, und warnte sie vor schwerer Sünde.

Auf ihrem Weg zurück ins Bett nahm Berthe einen Kalender vom Haken, auf dem ein Bild von einer Kaninchenfamilie zu sehen war, die Schlitten fuhr. Sie tat so, als läse sie Geschichten über die Kaninchen vor, und bald darauf schlief sie und auch Marie ein.

Sie sahen ihre Mutter nie im Bademantel. Sobald Madame Carette sich erhob, legte sie Kleider an, die in den Farben der Halbtrauer gehalten waren – Mauve, Taubengrau. Ihr blondes Haar war glattgebürstet und unter einem Netz gebändigt. Alles bearbeitete sie mit einer Bürste – Haare, Fußböden, die Ellbogen der Kinder, die Küchenstühle. Sie roch nach Babyseife und Eau de Cologne. Wenn sie sich herabbeugte, um die Kinder zu küssen, baumelte eine Kamee an einer Kette. Sie hielt die Kinder an, nicht zu lügen, mit dem Finger zu zeigen, das Essen herunterzuschlingen, die Beine oberhalb des Knies zu zeigen, Fingerabdrücke auf Fensterscheiben zu hinterlassen oder die Gardinen in der guten Stube anzufassen – die leichteste Berührung könnte die Spitze zerknittern, sagte sie. Sie lernten, in Englisch »I don't understand«, »I don't know« und »No, thank you« zu sagen. Mehr Englisch brauchte man nicht zwischen der Rue Saint-Denis und dem Parc Lafontaine.

Madame Carette hielt im Speisezimmer, wo ihre Nähmaschine stand, das Trittbrett an und legte eine Hand auf das zum Stehen gebrachte Rad. »Was macht ihr in der guten Stube?« rief sie. »Faßt ihr die Gardinen an?« Marie hatte auf die Fensterscheibe gespuckt und fuhr mit dem Finger in der Spucke herum. Berthe, die gerade die Bescherung mit ihrem Flanellunterrock zu beseitigen versuchte, sagte: »Marie hat eben hier gestanden und hat ›Heilige Marguerite, bete für uns‹ aufgesagt.«

Unter ihnen wohnte Monsieur Grosjean, der Hausbesitzer, mit seiner irischen Gattin und einem Airedaleterrier, der Arno hieß. Arno verstand Englisch und Französisch; Madame Grosjean konnte nur Englisch sprechen. Sie liebte Arno und befürchtete, er könnte fortlaufen; er war ein rastloser Hund, immer in Aktion. Manchmal führte ihn Monsieur Grosjean in den Parc Lafontaine, und sie beschäftigten sich mit dem Apportieren eines geschrumpften und zerbissenen Tennisballs. Arno war darauf abgerichtet, sowohl »Cherchez!« als auch »Go fetch it!« zu befolgen, doch er ignorierte beide Befehle. Er rannte mit dem Ball herum, und Madame Grosjean mußte ihn einfangen.

Madame Grosjean stand auf der Stufe vor der Hintertür, genau unter dem Küchenfenster der Carettes, und hielt Arnos Napf in der Hand. Sie jammerte: »Arno, wo steckst du?« Wahrscheinlich war Monsieur Grosjean mit Arno spazierengegangen. Er sagte prinzipiell nie, wo er hinging – er hielt nichts davon, Frauen viel wissen zu lassen.

Madame Grosjean und Madame Carette waren gleichaltrig, doch sie wurden nie Freundinnen. Madame Carette machte höchstens ein paar negative Äußerungen in Englisch (»No, thank you«, »I don't know« und »I don't understand«), und Madame Grosjean konnte die Unterhaltung nicht vertiefen. Madame Carette äußerte sich Berthe gegenüber zu irischen Ehen: Eine Ehe mit einem irischen Partner war zwar nicht erstrebenswert, jedoch auch nicht zu verachten. Die Iren waren keine Engländer. Gott hatte sie nach Kanada geführt, damit die Leute keine Protestanten heiraten mußten.

Diesen Winter trugen die Mädchen weiße Gamaschenhosen und Fausthandschuhe, die ihre Mutter gestrickt hatte, und Mäntel und Mützen aus weißem Kaninchenfell. Jede hatte einen Kaninchenmuff. Als Berthe zur Schule gehen mußte, weinte Marie. Sonntag nachmittags spielten sie mit Arno und Monsieur Grosjean. Er wollte sie fotografieren, aber es war nicht leicht. Die Kinder standen auf der Treppe vorm Haus, Hand in Hand, Handschuh an Handschuh, während Arno vor einen Schlitten mit gebogenen Kufen gespannt wurde. Das rote Zaumzeug war einst von einem anderen Airedaleterrier, Ruby, getragen worden, der sogar noch klüger als Arno gewesen war.

Monsieur Grosjean wollte, daß Marie sich auf den Schlitten setzte, die Zügel hielt und zur Seite in die Kamera blickte. Marie klammerte sich an Berthes Mantel. Sie hatte Angst davor, daß Arno plötzlich auf die Rue Saint-Denis lief, wo Straßenbahnen fuhren. Monsieur Grosjean hob sie vom Schlitten und versuchte das Bild anders zu komponieren, Berthe sollte so tun, als führe sie, und Marie sollte sich Arno gegenüber postieren. Sobald er Marie auf die Füße stellte, fing sie an zu heulen. Ihre Füße waren kalt. Sie wollte getragen werden. Die Nase lief ihr; sie fühlte sich gedemütigt. Er zog sein Taschentuch hervor, grün und weiß gewürfelt, und wischte ihr ziemlich derb das ganze Gesicht ab.

Genau da erschien seine Frau mit einem Napf Makkaroni und geschnittener Wurst für Arno an der Haustür. Sie hatte schnell einen Pullover über ihren Baumwollkittel gezogen; sie war eine, der es nie kalt war. Ein Windstoß wehte ihr herabhängendes Haar in die Höhe. Monsieur Grosjean sagte zu ihr, daß es mit der Kleinen kein Zuckerlecken sei. Berthe, die schnell Englisch aufschnappte, hätte seine exakten Worte nicht wiedergeben können, aber sie verstand ihre Bedeutung.

Madame Carette wartete immer noch auf den Erlös vom

Verkauf des Geschäfts. Ein Schwager half bei der Miete, indem er jeden Monat eine großzügige Postanweisung von Fall River aus schickte. Madame Carette glaubte, daß Gott ein Wunder tun würde und sie alles zurückzahlen könnte. Mittlerweile machte sie feine Näharbeiten. Einmal bekam sie den Auftrag, eine Ausstattung zu nähen, und arbeitete den ganzen Tag im Haus der zukünftigen Braut. Als der Hochzeitstag näherrückte, mußte sie dort auch übernachten.

Madame Grosjean kümmerte sich um die Kinder. Sie saßen vorn in ihrer guten Stube, tranken Limonade mit Vanillegeschmack und aßen Sandwiches mit Spiegelei (es machte nichts, wenn sie krümelten), während sie eine Platte laufen ließ, auf der ein Mann sang: »Liebste, die Welt wartet auf den Sonnenaufgang.«

Berthe fragte in französisch: »Was sagt er?« Madame Grosjean antwortete in englisch: »Ein berühmter irischer Tenor.«

Als Madame Carette am nächsten Tag nach Hause kam, badete sie die Kinder, falls Madame Grosjean ihre Ellbogen und Fersen vernachlässigt haben sollte. Sie schloß Berthe in die Arme und sagte ihr, sie dürfe niemandem erzählen, daß ihre Mutter aus dem Haus gegangen sei, um für Fremde zu nähen. Wenn sie älter sei, dürfe sie nicht sagen, ihre Mutter sei Näherin, sondern: »Meine Mutter hatte geschickte Hände.«

Am Abend des Tages, als sie alle drei in der Küche aßen, schaute sie Berthe an und sagte: »Du hast schönes Haar.« Das klang bei ihr so müde und ernst, daß Marie, die – eine Serviette unter dem Kinn – gerade Kartoffelbrei und Bratensauce aß, der Auffassung war, Berthe werde ausgeschimpft. Sie öffnete den Mund weit und fing an zu brüllen. Madame Carette sagte nur: »Marie, heul nicht, wenn du den Mund voll hast.«

Unten begann Madame Grosjean mit ihrer allabendlichen

Weise und rief nach Arno. »Oh, wo steckst du nur?« jammerte sie in den leeren Hof hinaus.

»Der Hund ist das einzige, was die beiden zusammenhält«, sagte Madame Carette. »Aber ein Hund ist nicht dasselbe wie ein Kind. Ein Hund kümmert sich nicht um seine Herrchen, wenn sie alt geworden sind. Wir werden ja sehen, was mit der Ehe passiert, wenn Arno gestorben ist.« Kaum hatte sie das gesagt, bedeckte sie ihren Mund und sprach durch die Finger: »Gott möge mir meine lieblosen Gedanken verzeihen.« Sie stützte die Arme zu beiden Seiten ihres Tellers auf, wie es die Mädchen nicht tun durften, und ließ das Gesicht in die Hände gleiten.

Berthe schloß daraus, daß Arno verloren sei. Nur ein Unglück, das sie alle verschlingen sollte, konnte die Ellbogen ihrer Mutter auf dem Tisch erklären. Sie glitt vom Stuhl und versuchte, ihrer Mutter die Hände vom Gesicht zu ziehen und es zu küssen. Ihre eigenen Tränen liefen ihr ins lange Haar, hinunter auf ihren gestärkten Pikeekragen. Sie spürte Tränen an der Nasenseite und in den Ohrmuscheln. Noch während sie schluchzend Worte der Hoffnung und des Trostes hervorbrachte (Arno würde nie sterben) und Versprechen ihres Wohlverhaltens (sie und Marie würden immer artig sein), wunderte sie sich, wie Tränen in so verschiedene Richtungen gleichzeitig fließen konnten.

Natürlich wußte Monsieur Grosjean nicht, daß alle weiblichen Geschöpfe in seinem Haus Angst hatten und einsam waren, vergeblich riefen und weinten. Er war mit Arno im Park und versuchte, im Dunkeln apportieren zu spielen.

Der erwählte Gatte

1949 – in einem Jahr, in dem sich sonst nichts Berichtenswertes ereignete – erbte Madame Carette von einem Schwager, der in Fall River zu Vermögen gekommen war, achtzehntausend Dollar. Sie hatte ihn – neben anderer Vergehen, und keines davon harmlos – verdächtigt, Freimaurer zu sein, daher präsentierte sie sein Foto nicht öffentlich; statt dessen forderte sie ihre Töchter, Berthe und Marie, auf, in ihren Gebeten seiner zu gedenken. Vielleicht taten sie es auch für eine gewisse Zeit. Die Mädchen waren zweiundzwanzig und zwanzig, und Berthe, die ältere, betete kaum.

Als erstes legte sich Madame Carette eine bessere Adresse zu. Bisher war sie dem Montrealer Brauch gefolgt und hatte alle paar Monate die Mietwohnung gewechselt, ein Gespräch mit dem Vermieter genügte als Garantie, die Miete wurde bar bezahlt. Diesmal wurde sie zu einem bestimmten Termin in ein Immobilienbüro bestellt, um einen Zweijahresvertrag zu unterschreiben. Sie hatte sich für das Erdgeschoß eines Steinhauses, gleich um die Ecke von der Kirche Saint Louis de France, entschieden. Das war ihre alte Gemeinde (sie blieb dem Viertel beim Parc Lafontaine treu), jedoch ein großartiger Zipfel davon, die Rue Saint-Hubert.

Vor ihrer Erbschaft war Madame Carette mit gesenktem Blick zur Kirche geschlichen, sie hatte sich niedergelassen, wo sie vermutlich niemanden stören würde, dessen Leben mehr vom Glück begünstigt und daher verdienstvoller schien als ihr eigenes. Ihr Gebet hatte eher einem Bittgesuch geglichen. Nun fuhr sie mit dem Handschuh über die Kirchenbank, um zu kontrollieren, ob sie staubgewischt war, richtete die Stöße ungelesener Broschüren akkurat aus, die zu verstärktem Missionsdienst in Afrika aufriefen, gab einem Beichtvater zu verstehen, daß sie, wie alle Gutsituierten, wahrscheinlich ohne Sünde war. Wenn das Weihwasserbecken bemoost aussah, suchte sie den Gemeindepfarrer auf und stellte die Haushälterin zur Rede, obwohl die Reinigung der Kirche nicht zu deren Aufgaben gehörte. Sie betete immer noch täglich für den Seelenfrieden ihres verstorbenen Gatten und für die unwahrscheinlichere Ruhe seines Freimaurer-Bruders, doch ein forscher Ton ließ ihre eigenen Worte im Kopf schnarren. Die Kirche war ein stilles Nebengebäude zu ihrem Heim. Sie betete, um die Erlesenheit einer Bitte zu betonen, und statt Dank zu sagen, räumte sie einfach nur ein, daß die Dinge früher schlechter gestanden hatten.

Ihre Tochter Berthe war mit dem Hinweis schnell bei der Hand gewesen, daß die Rue Saint-Hubert sich im Niedergang befand. Wie hätten es sich die Carettes sonst leisten können, dort zu wohnen? (Berthe arbeitete in einem Büro und konnte für die halbe Miete aufkommen.) Eine ausländische Familie hatte sich schräg gegenüber einquartiert. In einem Erdgeschoßfenster hatte eine Näherin ein Schild angebracht – ein sicheres Zeichen des Verfalls. Das stimmte schon, doch Madame Carette hatte als unmittelbare Nachbarn eine pensionierte Opernsängerin und die Cousinen eines Ratsmitgliedes – ruhige, höfliche Leute, die nie von der Fürsorge gelebt hatten. Ein paar Ecken weiter nach Norden befand sich das Privathaus des Bürgermeisters, mit je einer Laterne zu beiden Seiten der Eingangstür. (Während des vergangenen Krieges war der Bürgermeister wie ein feindlicher Ausländer interniert gewesen. Keiner wußte mehr so recht, warum. Madame Carette glaubte, daß er eine Einladung in den Buckingham-Palast abgelehnt hatte und daß die Engländer sich an ihm rächten. Berthe hatte gehört, er habe versucht, Montreal an den Staat New York anzugliedern, und das habe jemand gestört. Marie, die sich im Bus mit Fremden unterhielt, kam eines Tages mit einer Geschichte von faschistischen Ansichten heim; aber da sie »faschistisch« nicht buchstabieren konnte und nicht wußte, ob das eine Landschaft oder etwas zu essen war, nahm keiner sie ernst. Der Bürgermeister war schließlich entlassen und prompt wiedergewählt worden und verlieh der Rue Saint-Hubert weiterhin Glanz.)

Madame Carette blickte hinaus auf lange helle Steinfassaden und Fenster mit abgeschrägten Kanten, die Regenbogen aussandten. In ihrer Kindheit hatten so Notare und Apotheker gewohnt, ehe sie die Vorliebe der Engländer für alleinstehende Häuser, freie Rasenflächen, dekorative Weiden und Hunde an Leinen zu kopieren begannen. Sie erinnerte sich an eine begüterte Tante samt Onkel, eine Familie gutgekleideter, leise sprechender Kinder, vernahm das Echo eines Französisch mit einer Aussprache, akkurater als ihre eigene. Sie versuchte die Besonderheit jeder Silbe nachzuahmen, was wie ein Zupfinstrument klang, und hatte ihre kleinen Mädchen dazu bringen wollen, so zu sprechen. Doch die hatten rebelliert und sich mit den Worten geweigert, man würde sie auslachen.

Wenn sie nichts zu fordern hatte oder der stets gleichen Ermahnungen müde war, schloß sie die Augen und stellte sich ihr Begräbnis vor. Sie war kaum fünfundvierzig, doch ein langes, streng eingehaltenes Witwentum hatte dafür gesorgt, daß sie kindisch – nicht jugendlich – geblieben war. Sie sah den Rosenkranz um ihre Hände gewunden, die Totenwache, die stillen Kerzenflammen, den Berg von Kränzen. Bis zu der überraschenden Botschaft aus Fall River hatte sie ständig vom Tod gesprochen. Sie hatte das Thema, wenn sie es einmal ergriffen hatte, nie wieder verlassen, ohne zu fragen:»Und was wird dann aus meiner armen kleinen Marie?« Keiner hatte die Frage je ernst genommen, außer Onkel Gildas. Das war während ihres ersten Weihnachtsmahles in der Rue Saint-Hubert gewesen. Er hatte gemeint, Marie solle um Gottes Führung beten, je eher, desto besser. Gott hatte keine Geduld bei Anrufungen in letzter Minute. (Onkel Gildas war ein älterer Priester mit begrenzten gesellschaftlichen Möglichkeiten, obwohl seine Nichte glaubte, er besäße weitreichende weltliche Beziehungen.)

»Das Gebet kann versagen«, sagte Berthe, um ihn auf die Probe zu stellen.

Statt sie zu ermahnen, sagte er ruhig:»In diesem Fall kann Berthe für ihre kleine Schwester sorgen.«

Sie betrachtete ihn nachdenklich, den alten, langsam essenden Mann. Sein Priesterrock strömte einen scharfen Geruch nach Reinigungsmittel – Tetrachlorid – aus; er lebte in einem Feierabendheim, und Nonnen versorgten ihn.

Marie hatte eins der abgelegten Kleider von Berthe an – ein marineblaues Samtkleid mit einem Spitzenkragen. Madame Carette trug ein grauweißes Kleid, von dem Berthe meinte, sie hätte es ihr ganzes Leben lang gesehen. Während ihres ersten Arbeitsjahres hatte Berthe genug für einen gefärbten Kaninmantel gespart. Sie besaß auch einen Sealkaninmantel, und in Bälde käme ein geschorener Waschbärpelz dazu. »Marie sollte lieber heiraten«, sagte sie.

Madame Carette vermißte immer noch schmerzlich einen Gatten, einen Menschen – nicht eine Tochter -, der ihr in die Straßenbahn half, der ihr *La Presse* vorlas und erläuterte, der Berthe disziplinierte. Als Berthe heranwuchs, lachte und tuschelte und ihrer Mutter den Witz nicht erzählen wollte, hatte Madame Carette Onkel Gildas darum gebeten, als Vater zu ihr zu sprechen. Er saß in der guten Stube in einem Plüschsessel, ganz schwere Schuhe und Priesterrock, mit gespreizten Knien und einer Hand auf jedem Knie, und befragte Berthe über ihre Träume. Sie sagte, daß sie nie in ihrem Leben geträumt hätte. Onkel Gildas erwiderte, daß jeder mit einem guten Gewissen gottgefällige Träume haben könne; er selbst habe solche seit Jahren. Gott bewahre die Träume jedes lebenden Menschen auf, wie auf großen Filmrollen. Er könne sie ablaufen lassen, wann immer er wolle. Montrealer Mädchen, bekannt für ihre Tugend, hatten sein Wohlwollen, aber nur bis zu einem gewissen Punkt. Er vergab, doch er vergaß nie. Er war die Verkörperung der endlosen Zeit – obwohl man »Verkörperung« nicht wörtlich nehmen dürfe. Ewige Reue in einem feurigen Pfuhl war für ihn das gleiche wie ein Schlag mit der scharfen Seite eines Lineals auf die Finger. Marie war bei diesen Worten gleich ohnmächtig geworden. Soviel Macht hatte Onkel Gildas.

Heute lebte er, eingefallen und stets hungrig, im Ruhestand, hatte gebohnertes Linoleum auf seinem Fußboden, keinen Teppich, aß zwei- oder dreimal pro Woche Tapiokasuppe. Er wäre den ganzen Tag im Bett geblieben, doch für die Nonnen, die das Heim leiteten, war Krankheit Schwäche, und Schwäche Drückebergerei. Er war nicht müde oder faul; er hatte nichts, was ihn zum Aufstehen motivierte. Von seinem Fenster aus blickte er in eine Wand aus Bäumen. Als Madame Carette ihn besuchen kam – eine lange Fahrt mit der Straßenbahn und dann mit einem Bus -, blieb ihr nur der Blick in die Bäume; sie konnte nicht die ganze Zeit ihren Onkel anstarren. Die Bäume verstellten den Blick auf einen belebten Garagenhof. Vielleicht hätte es ihn abgelenkt, wenn er die Laster bei der Ausfahrt im Rückwärtsgang hätte beobachten, vielleicht Zeuge eines unblutigen Unfalls hätte sein können. Am Morgen ging er in die Kapelle hinunter, frühstückte dann, saß auf seinem Bett, nachdem es gemacht worden war. Oder ging über den glänzenden Boden zu einem Tischchen, schlug die Wachstuchdecke zurück und las den ersten Satz der Biographie, die er für seine Großnichten schrieb: »Ich wurde am 22. Mai 1869 in Montreal geboren. Meine Eltern waren fromme Christen, verwandt mit Montrealer Familien, nach denen Straßen und Brücken benannt wurden.« Oder schlurfte auf den gebohnerten Korridor hinaus, wo sich ein Münztelefon befand. Er drehte gern die Wählscheibe, doch aus lang geübter Disziplin heraus tat er es nie ohne Grund.

Kurz nach Weihnachten suchte ihn Madame Carette auf, in Berthes Samtstiefelchen mit Quasten, Berthes gefärbtem Kaninmantel und mit einem eigenen Federturban. Statt um göttliche Führung zu bitten, hatte sich Marie in einen der Griechen verliebt, die jetzt in ihren Stadtteil zu ziehen begannen. Es hatte nie einen Ausländer in der Familie gegeben, geschweige denn einen Heiden. Der Onkel unterbrach sie mit der Bemerkung, daß Griechen normalerweise Christen waren, wenn auch nicht die für Marie richtigen. Madame Carette flehte ihn an, jemanden aufzutreiben, keinen Griechen, jemanden von der rechten Art: vernünftig, solide, katholisch, französisch sprechend, geborener Kanadier. »Kein Kanadier aus Neuengland«, sagte sie und bekundete damit eine kurze Undankbarkeit Fall River gegenüber. Sie ließ einen Münzvorrat zurück, damit er sie anrufen konnte, wann er wollte.

Louis Driscoll, französisch in allen Punkten bis auf den Namen, stattete Marie seinen ersten Besuch am zwölften April 1950 ab. Flecken schmutzigen Schnees lagen noch im Rinnstein. Die Bäume auf der Rue Saint-Hubert wirkten düster und spröde, als ob der Winter sie schließlich abgetötet hätte. Hinter der Gardine in der guten Stube, von der Straße aus nicht zu sehen, standen die Frauen der Familie Carette und beobachteten sein Nahen von der Bushaltestelle. Für das Treffen mit Marie hatte er einen beigefarbenen, lose gegürteten Tweedmantel angelegt, einen beigefarbenen Schal, einen flaschengrünen Filzhut mit hinten hochgeklappter Krempe, Schuhe mit Kreppsohlen, schweinslederne Handschuhe. Seine Hosen hatten scharfe Bügelfalten und waren eine Schattierung dunkler als der Hut. Unter dem linken Arm hielt er dicht am Körper ein Päckchen in weißem Papier, von der Größe und der Form einer Zweipfundschachtel mit Laura-Secord-Pralinen. Er blieb häufig stehen, um die Hausnummern zu betrachten (blauweiß, nach Montrealer Art ziemlich hoch angebracht), die er mit einem Zettel verglich, den er dicht an die Augen hielt.

Zu dumm, daß er eine Brille tragen mußte; darauf waren die Carettes nicht vorbereitet, und auch nicht auf den rötlichen Haarrand, der unter seinem Hut hervorlugte. Onkel Gildas hatte gesagt, er wäre eine stattliche Erscheinung. Er stammte aus Moncton, New Brunswick, und war in der Hauptgeschäftsstelle einer Zellstoff-Fabrik beschäftigt. Er war sechsundzwanzig Jahre alt. Berthe glaubte, daß er ein gescheiterter Priesterschüler sein müsse; das waren die einzigen katholischen Junggesellen, die Onkel Gildas kannte.

Während er auf ihre Haustür schaute, trat er in eine Schnee-matschpfütze. Madame Carette fragte sich, ob Maries Kinder kurzsichtig sein würden. »Wie können wir sicher sein, daß es der Richtige ist?« sagte sie.

»Wer sollte es sonst sein?« erwiderte Berthe. Was wollte er von Marie? Onkel Gildas konnte nicht viel in ihrem Namen versprochen haben, außer einem fügsamen Wesen. Einen Besuch in einem Notariat, um eine Mitgift auszuhandeln, konnte es nicht geben, es sei denn, man zählte einige Teller und Möbelstücke als solche. Vielleicht hatte der Alte Louis erschreckt, indem er ihn ermahnte, daß ein langes Zölibat – außer bei Geistlichen – Gott mißfiel. Marie ist arm, muß er gesagt haben, obschon von ehrbarer Abstammung. Sie wird dir ihr ganzes Leben lang dankbar sein.

Die Stufen zu ihrer Haustür waren perlgrau gestrichen, um der Farbe des Bausteins zu gleichen. Die Farbe von Louis' emporgewandtem Gesicht war aschgrau. Wenn er jetzt die Treppe hinaufging und an der Haustür läutete, konnte das sein Leben in einer Weise verändern, die er nicht so ganz wünschte. Möglicherweise wünschte er eine Frau ohne Sünde, Risiko, Überredung oder Reue; doch wünschte er sie genug, um sich für die Errichtung eines Haushaltes zu verbürgen? Ein Mann mit einem Gedächtnis so flüchtig wie das seine, der eine Adresse dreißigmal lesen und sie dennoch vergessen konnte, verpaßte womöglich seine eigene Trauung. Er knüllte den Zettel zusammen, schob ihn in eine Manteltasche, holte ein großes Taschentuch hervor und schneuzte sich.

Madame Carette fuhr von der Gardine zurück, als hätte jemand einen Stein geworfen. Sie beendete einen privaten Gedanken, indem sie Marie ansprach: »... obwohl mir auf meinem Sterbebett wohler sein wird, wenn ich dich in deinem eigenen Heim weiß.« Louis stieß inzwischen mit dem Fuß gegen die unterste Stufe, um den Schnee von den Schuhsohlen zu entfernen. (Bauern stießen so mit den Füßen und stampften. Maries Grieche hatte sich die Schuhe stets abgetreten.) Immer noch zögerte er und sandte einen letzten Blick in die Richtung von Bussen und Straßenbahnen. Dann, als ob er eine Pistole auf sich gerichtet habe, stieg er die fünf Stufen empor und drückte seinen Finger auf den Klingelknopf.

»Jemand muß ihn hereinlassen«, sagte Madame Carette.

»Marie«, sagte Berthe.

»Das scheint nicht korrekt. Sie ist ihm noch nicht vorgestellt worden.«

Er stand ganz in der Nähe, wo die oberste Stufe sich zu einem kleinen Absatz verbreiterte, auf einer Ebene mit dem Fenster. Sie hätten sich hinauslehnen und ihn mit Marie bekannt machen können. Marie schien in diesem Moment zu denken, daß er passabel wäre; jedenfalls ließ sie kein Zeichen des Mißfallens erkennen, wie eine vorgeschobene Unterlippe oder ein krauses Kinn. Vielleicht war sie allmählich bereit, ihren Griechen fallenzulassen – Madame Carette hatte sie warnend darauf hingewiesen, daß sie Dienerin seiner Mutter sein und seltsame Speisen essen müsse. »Er hat mich nie darum gebeten«, sagte Marie, und das war ja Teil des Problems. Er hatte um gar nichts gebeten. Zu ihrem einundzwanzigsten Geburtstag hatte er ihr ein Medaillon an einer Kette und eine Schachtel von Maitland, dem Konditor vom West End, mit einundzwanzig Schokoladenmäusen geschenkt. »Er liebt mich«, sagte Marie. Sie zählte die Mäuse immer wieder und wollte keine davon abgeben.

Am Ende war es Berthe, die Louis hereinließ, die süße Gabe in Maries Namen entgegennahm und ihm zeigte, wo er Hut und Mantel ablegen konnte. Mit Anerkennung bemerkte sie sein sauberes weißes Hemd, das Jackett aus einem Tweed, der dem des Mantels ähnlich, doch leichter war, den Schlips mit einem Muster von windgepeitschten Segelbooten. Ehe er ihnen die Hände schüttelte, nahm er die beschlagene Brille ab und wischte sie trocken. Seine Augen, die in den hellen Abend am Fenster blickten (Marie war noch dort, aber mit dem Rücken zur Straße), blitzten ultramarinblau auf. Madame Carette hoffte, daß Maries Kinder diese Farbe erben würden.

Er nahm Maries nachgiebige Hand und ließ sie fallen. Von der Vorstellung befreit, öffnete sie den Deckel der Pralinenschachtel und sagte, deutlich hörbar: »Keine Mäuse.« Er schien es nicht zu hören, oder vielleicht dachte er, sie sei erfreut, daß er ihr keinen Schabernack gespielt habe. Berthe geleitete ihn zu einem Plüschsessel, direkt unter einem mit Glühlampen bestückten Kronleuchter. Von diesem Sessel aus hatte Onkel Gildas die Launen Gottes erläutert; gegen sein leinenes Schondeckchen hatte noch kürzlich der Grieche sein Haupt gelehnt.

Um Louis' Kreppsohlen herum bildeten sich Schmelzwasserpfützen. Berte blickte ihre Mutter an und wollte ihr bedeuten, daß sie keinen Anstoß daran nehmen solle; aber Madame Carette versuchte sich daran zu erinnern, wo Berthe gemeint hatte, daß sie und Marie sitzen sollten. (Auf dem Sofa, Louis gegenüber.) Berthe wählte einen vergoldeten Stuhl mit geradem Rücken, von dem sie sich leicht erheben konnte, um Erfrischungen herumzureichen. Diese waren auf einem Wandtischchen mit Marmorplatte aufgereiht: Vanillewaffeln, Sultaninenkuchen mit Guß, Ahornsirupkaramellen, Marshmallow-Gebäck, Limonade. Ein langer Wandspiegel hinter dem Sofa zeigte Louis im Sessel und Madame Carettes Oberkopf.

Berthe ersah aus der Haltung ihrer Mutter – geneigter Kopf, gefaltete Hände –, daß sie Louis schweigend bat, ihr zu vertrauen. Sie beugte sich vor und fragte ihn, ob er ein Einzelkind sei. Berthe schloß die Augen. Als sie sie wieder öffnete, hatte sich nichts verändert, außer daß Marie Pralinen aß. Louis schien über seinen Status nachzudenken.

Er war der älteste von sieben Geschwistern, sagte er schließlich. Die anderen wären Joseph, Raymond, Vincent, Francis, Rose und Claire. Französisch war quasi ihre erste Sprache. Doch eigentlich auch Englisch. Ein gewisser Louis Joseph Raymond Driscoll, ein Ire, Veteran der Schlacht von Waterloo, die er auf der richtigen Seite mitgemacht hatte, und daher war er in England und Irland geächtet, dieser Driscoll war nach Kanada ausgewandert und hatte auf eine rein französische Blutlinie eine Anzahl vornehmer Merkmale gepfropft: helles, lockiges Haar, eine Begabung für öffentliche Rede und eine weitere für sicheres gesellschaftliches Auftreten. In jeder Driscoll-Generation mußte es einen Louis, einen Joseph und einen Raymond geben. (Berthe tauschte einen Blick mit ihrer Mutter aus. Er wollte drei Söhne haben.)

Sein Französisch war langsam und undeutlich, als müßten die Worte durch Wolle dringen. Er benutzte englische Wörter, oder französische Wörter auf englische Art. Madame Carette hob die Schultern und löste ihre gefalteten Hände, als wolle sie sagen: Macht nichts, Englisch ist besser als Griechisch. Zumindest konnten sie sicher sein, daß die Driscolls katholisch waren. Im August würden seine Eltern die Pilgerfahrt des Heiligen Jahres nach Rom machen.

Rom überstieg ihr Vorstellungsvermögen, obwohl alle drei Carettes schon in Maine und Old Orchard Beach gewesen waren. Louis hoffte, einmal einen Urlaub in Old Orchard zu verbringen (als Erwiderung auf eine dringliche Frage von Madame Carette), aber er fühlte sich mehr zu Quebec City hingezogen. Die Vorfahren seines Vaters waren über Quebec nach Kanada gekommen.

»Der französische Teil der Familie?« fragte Madame Carette.

»Ja, ja«, sagte Berthe und berührte ihre Mutter am Arm.

Berthe war schon in Quebec City gewesen, sagte Madame Carette. Sie war brillant, zuverlässig, perfekt zweisprachig. Ihre Dienststelle beförderte sie jeden Januar. Man schickte sie immer auf Geschäftsreisen. Sie kannte Plattsburgh, Saranac Lake. In Quebec City hatte sie beim Mittagessen im Château Frontenac beobachtet, wie bekannte Politiker Austern und frische Hummern auf Kosten des Steuerzahlers in sich hineinstopften.

Louis versuchte die Blicke mit Berthe zu kreuzen, wie er einen zweiten Mann im Raum gesucht und begrüßt hätte. Berthe langte an Madame Carette vorbei, um Marie die Pralinenschachtel wegzunehmen. Sie stieß ihre Mutter mit dem Ellbogen an.

»Als ich Old Orchard zum ersten Mal sah«, nahm Madame Carette den Faden wieder auf, während sie das Oberteil ihres Kleides glattstrich, »habe ich es bedauert, daß ich nicht in den Flitterwochen dort gewesen bin.« Sie machte eine Pause und sah zu, wie Louis eine Praline annahm. »Mein Gatte und ich reisten nach Fall River. Er hatte einen Bruder im Holzgeschäft.«

Bei dem Stichwort Holz bekam Louis den starren Blick einer Bulldogge. Berthe fragte sich, ob die Zellstoff-Fabrik Bankrott gemacht hatte. Ihre Gedanken eilten zu Onkel Gildas – wie sie es ihm heimzahlen würde, und das nicht ihrer Mutter überlassen würde, wenn er Louis' Position nicht erkundet hatte. Doch dann fing Louis an zu husten und mußte den Mund bedecken. Er hatte Probleme mit einem Sahnebonbon. Die Carettes blickten weg, damit er unbeobachtet würgen konnte. »Wie dunkel es ist«, sagte Berthe, um ihn glauben zu machen, man könne ihn nicht sehen. Marie erhob sich mit einem Zischen und Rascheln des Taftrockes und schaltete die Zwillingsstandlampe mit ihren kirschroten Seidenschirmen an.

Da, schien sie zu Berthe zu sagen. Hab ich es recht gemacht? Hast du das gewollt?

Louis hustete immer noch, aber schwach. Er bewegte die Finger, wie ein Kind, das man zum Abschied winken läßt. Madame Carette hätte gern gewußt, wie viele ansteckende Kinderkrankheiten er überlebt hatte; in einer großen Familie ging alles reihum. Seine Augen, vielleicht auf der Suche nach Schatten, wanderten über die braune, goldgefleckte Tapete und machten bei dem einzig vertrauten Anblick im Zimmer halt – bei seinem Konterfei im langen Wandspiegel. Er richtete sich auf und schluckte ziemlich entschlossen. Er nahm einen langen Schluck Ginger Ale. »Wenn irische Augen lächeln«, sagte er, in englisch, wie zu sich selbst. »Wenn irische Augen lächeln. Dafür spricht viel. Sehr viel.«

Natürlich war er aus dem Konzept, in einem Sessel gestrandet, von den Carettes wie von freundlichen Richtern beobachtet. Als er die Hand nach einer weiteren Praline ausstreckte, kontrollierten sie, ob seine Fingernägel sauber waren. Wenn er die Beine übereinanderschlug, musterten sie seine Socken. Sie holten sich ihre ersten Eindrücke von dem Fremden, der vielleicht Marie entführte, ihr eine moderne Küche schenkte, Kinder, die sie großziehen konnte, einen Bisammantel, ein laufendes Konto im Dupuis-Frères-Kaufhaus, einen Urlaub in Maine. Louis musterte immer noch sein helles Driscoll-Haar, die schmale Nase, auf der seine Brille rutschte. Die Brille mit einem Finger festhaltend, antwortete er Madame Carette: Sein Vater war Zahnarzt, sein Diplom hatte er in Pennsylvania gemacht. Das war das einzige Diplom, das etwas taugte. Ehe der Patient sich auf einem Zahnarztstuhl niederließ, sollte er immer das Schriftstück an der Wand lesen. Seine Mutter sei eine geborene Lucarne, ein bedeutender Name in Moncton. Ihr Hochzeitskleid paßte ihr immer noch. Zu Hause war alles so bequem eingerichtet – geräumige Waschmaschine, riesiger Staubsauger –, daß sie selten ausging. Wenn sie es tat, trug sie eine doppelreihige Zuchtperlenkette und einen Mantel und eine Kappe aus Persianerlamm.

Darin konnten sich die Carettes nicht mit ihr messen, obwohl sie mit Familien verwandt waren, nach denen Brücken benannt worden waren. Madame Carette saß auf dem Rand des Sofas, die Knöchel parallel nebeneinander. Vornehmheit war die Stütze, die sie aufrechterhielt. Einst war sie eine junge Witwe gewesen, arg bedrängt, und hatte gegen Lohn nähen müssen. Berthe konnte sich an eine strengere, nie lächelnde Mutter erinnern, die angespannt an Falten und Biesen für Kunden arbeitete, die bei ihr mit Pfennigen knauserten. Sie trug die neutralen Farben der Halbtrauer, die hellen Grautöne der Rue Saint-Hubert, als müsse alles aufgebraucht werden – sogar die Reste von Kummer.

Madame Carette versuchte sich Louis' Mutter vorzustellen. Vielleicht mußte sie eines Tages die Perlen verkaufen; selbst ein in Pennsylvania ausgebildeter Zahnarzt konnte Unordnung und Schulden hinterlassen. Was auch kommen mochte, sagte sie zu Louis, sie bliebe in dieser Wohnung. Sogar nach der Heirat der Mädchen. Lieber würde sie auf den Stufen der Pfarrkirche betteln, als sich in eine junge Ehe hineindrängen. Wenn sich dann die letzte furchtbare Krankheit ankündige, würde sie sich ins Hôtel Dieu schleichen und ohne einen Laut sterben. Andererseits schienen immer mehr Ausländer in die Straße zu ziehen. Vielleicht würde sie umziehen müssen.

Berthe und Marie waren gleich gekleidet, als wollten sie Louis verwirren, ihn zwingen, die wahre Prinzessin zu wählen. Sich von dem Anblick seines, über Tod und Alter rätselnden, Gesichtes im Spiegel lösend, bemerkte er die beiden Moiré-röcke, Organdyblusen, Lackledergürtel. »Ich komme gar nicht wieder über Ihre Zwillinge hinweg«, sagte er zu Madame Carette. »Ich komme einfach nicht drüber hinweg.«

Einmal hatte Berthe Marie in ihrem Büro ausprobiert – einfache Arbeit, Nachrichten entgegennehmen, wenn die Telefonzentrale nicht mehr besetzt war. Dafür reichte ihr Englisch gerade. Nach zwei Wochen hatte der Büroleiter, Mr. Macfarlane, zu Berthe gesagt: »Deine Schwester ist ein Engel, aber Engel brauchen wir bei ›Prestige Central Burners‹ nicht.«

Es war die Kombination von blondem Haar und dunklen Augen, die bezaubernde Mesalliance, die Marie das Aussehen eines Engels verlieh. Sie spielte mit dem Medaillon, das ihr der Grieche geschenkt hatte, sie drehte die Kette zusammen und entwirrte sie wieder. Was war sie ihrem Griechen schuldig? Treue? Eine Erklärung? Er war pünktlich und höflich, er hatte nie Hand an sie gelegt, im Zorn oder aus Begierde, hatte eine weite Straßenbahnfahrt gemacht, um die Mäuse mitzubringen. Das stimmte, sagte Berthe, die sich seine Vorzüge vor Augen führte, während Louis das letzte Sahnebonbon aß. Das mit den Mäusen stimmte, doch er hätte mehr werden sollen als »Maries Grieche«. Im Leben einer mittellosen unverheirateten jungen Frau gab es keinen Platz für einen Mann, der nur verliebt war. Er hätte sich als *irgend etwas* präsentieren sollen: als Maries Zukunft.

Im Mai kam der wahre Frühling, feucht und heiß. Berthe brachte neue Schnittmuster und meterweise geblümte Kunstseide und Pikee mit nach Hause. Louis kam an drei Abenden der Woche zu Besuch, um sieben Uhr, wenn die Abendbrotteller abgeräumt waren. Sie spielten im Eßzimmer Karten, tranken starken Salada-Tee mit viel Zucker und Sahne, aßen Eclairs und Millefeuilles von Celentano, der Bäckerei auf der Avenue Mont Royal. (Celentano hieß jetzt seit Jahren anders, doch Madame Carette nahm solche Veränderungen nicht zur Kenntnis und legte keinen Wert darauf, daß man sie darauf hinwies.) Louis, der ein Eclair nach dem anderen verspeiste, gab Geschichten aus Moncton zum besten, die seine Familie ins rechte Licht rückten. Marie trug ein blaues Kleid mit einem roten Kragen, das einst Berthe gehört hatte, und eine rote Haarspange. Berthe, eine sehr gute Kartenspielerin, hielt sich zurück, um Louis gewinnen zu lassen. Madame Carette hörte Louis zu, behielt einige seiner Geschichten, schob andere beiseite, Mitteilungen speichernd, die nützlich für Marie waren. Marie nahm wahllos Karten auf und unterbrach das Spiel. Louis' Französisch war nicht mehr so undeutlich wie zuvor, doch er hatte irgendwo einen etwas gewöhnlichen Montrealer Akzent aufgelesen. Madame Carette fragte sich, wer seine Freunde waren und wie Maries Kinder sich anhören würden.

Sie fingen an, ihn zum Essen einzuladen. Er kam halb sechs, direkt von der Arbeit, und wurde sofort bedient. Madame Carette sagte zu Berthe, sie hoffe, daß er sich auf der Arbeit die Hände wüsche, weil er es hier nie tat. Sie benutzten das Geschirr mit dem blauen Weidenmuster, das Marie einmal bekommen würde. Eines Abends, als man das Tischtuch zusammengelegt und weggeräumt hatte und die Teetassen und Karten ausgeteilt worden waren, erwähnte er die Ehe – nicht seine eigene oder irgendeine bestimmte, aber die Ehe als eine Lebensweise. Madame Carette unterbrach ihn, um mitzuteilen, daß sie in Louis' Alter Witwe geworden war. Sie erinnerte sich daran, was es bedeutet hatte, einen Gatten zu haben, den sie um Rat fragen und bewundern konnte. »Ehe bedeutet Kinder«, sagte sie und blickte die ihren zärtlich an. Sie wäre in ihrer langen letzten Krankheit nicht allein. Die Mädchen würden sie zu sich nehmen. Sie wäre keine Last; eine Couch würde ihr als Bett genügen.

Louis sagte, er hätte genug von dem Spiel. Er ließ die Hand sinken und legte die Karten in einem Bogen ab.

»So viele Herzen«, sagte Madame Carette bewundernd.

»Laßt mich mal sehen.« Marie mußte sich erheben – da war eine große Teekanne im Weg. »As, Königin, Zehn, Acht, Fünf… eine Hochzeit.« Ehe Berthes Fuß ihren Knöchel erreichte, konnte sie noch allen Ernstes fragen, ob eine ihm nahestehende Person dieses Jahr heiraten würde.

Madame Carette betrachtete Marie als so gut wie verheiratet. Sie kaufte eine gewisse Menge Stickseide und begann mit der Verzierung von Gästehandtüchern und Geschirrtüchern, Platzdeckchen und Kissenhüllen. Marie fuhr mit dem Finger über das hübsche Monogramm mit dem verschlungenen Weinblätterschmuck. Ihr Geist, der in den Winterschlaf gesunken war, als sie Louis akzeptiert und ihren Griechen vergessen hatte, erwachte und plagte sie mit einem Alptraum. »Ich wurde Nonne«, war alles, was sie ihrer Mutter erzählte. Madame Carette wünschte, es wäre wahr. In Wirklichkeit war der Traum kurz vor dem Gelübde zu Ende gewesen. Barfuß und nackt unter einem Gewand aus grober brauner Wolle war sie einen Kirchengang von einer Sonneninsel zur anderen entlanggeschritten. Am Altar erwartete man sie, um ihr das Haar abzuschneiden. Ein seltsamer Mann – nicht Onkel Gildas, nicht Louis, nicht der Grieche – erhob sich aus einer Kirchenbank und versperrte ihr den Weg. Der grobe Kittel stellte sich als ungenügender Schutz heraus. Alles, was verhinderte, daß der Traum in Blasphemie und Schändlichkeit abglitt, war Maries völlige Ahnungslosigkeit, sei es wachend oder schlafend, in Hinblick darauf, was als nächstes passieren könnte.

Weil Marie nicht gern allein im Dunkeln war, teilte sie noch immer ein Zimmer mit Berthe. Ihr Kinderbett war weggeschafft und durch ein Doppelbett mit gestepptem Kopfteil ersetzt worden. Berthe mußte auf drei Kissen schlafen, weil die Aluminiumlockenwickler, die sie trug, ihr in die Kopfhaut schnitten. Das erste, was sie jeden Morgen tat, war, ihre Perlenohrringe anzulegen, sich aufzusetzen und die Lockenwickler zu entfernen, die sie einen nach dem anderen Marie reichte. Marie wickelte ihr eigenes Haar auf und ließ es so bis zum Abendbrot.

Im Dunkeln wandte Marie ihr Gesicht dem schwach erkennbaren Kissenberg zu und erzählte Berthe von dem Vorfall in der Kapelle. Wenn Träume das Leben widerspiegeln, was hatte er dann zu bedeuten? Berthe erkannte, daß darin mehr lag, als Marie ausdrücken konnte. Mit leiser Stimme, damit ihre Mutter sie nicht hörte, versuchte sie Marie von den Männern zu erzählen – wie sie waren und was sie wollten. Marie schlug vor, daß Berthe und sie gemeinsam in ein Nonnenkloster einträten, solange noch Zeit war. Berthe vermutete, daß sie das berühmte Kloster der Martinschwestern von Lisieux in

Frankreich im Sinn hatte, wo die meisten Nonnen Karmeliterinnen und eine davon eine Heilige war. Sie berührte leicht ihre Schläfe und wollte damit sagen, daß Marie töricht geworden sei. Marie sah das nicht; und wenn sie es gesehen hätte, hätte sie gedacht, Berthe entferne einen Lockenwickler. Berthe erinnerte Marie daran, daß sie nicht für ein heiliges Leben in Frankreich auserkoren sei, sondern für ein verheiratetes Leben in Montreal. Berthe hatte ihr Gehalt und hin und wieder eine Reise. Madame Carette hatte ihre milde Gabe aus Fall River. Marie, wenn sie nur ernstlich wolle, könnte ein Leben voller Liebe haben.

»Bedeutet Louis Liebe?« fragte Marie.

Es gebe Mädchen, die sich nach Louis im Regen anstellen würden, sagte Berthe.

»Was für Mädchen?« sagte Marie, eher erstaunt als ungläubig.

»Mädchen aus Montreal«, sagte Berthe. »Die Mädchen, die vor Neid weinen, wenn du mit Louis die Straße entlanggehst.«

»Wir sind nie eine Straße entlanggegangen«, sagte Marie.

Der dritte Juni war Louis' Geburtstag. Er kam in einem neuen Seersuckeranzug. Die Carettes überreichten ihm drei gesäumte Taschentücher mit Monogramm – er putzte ständig seine Brille oder wischte sich das Gesicht. Madame Carette hatte ein Essen zubereitet, das er besonders mochte – Schweinebraten und Kokosnußschichtkuchen. Die Sonne stand noch hoch am Himmel. Sein Geburtstag mündete in einen beständigen, heißen Nachmittag. Plötzlich legte er Messer und Gabel hin und sagte, wenn er sich je zu heiraten entschlösse, würde er mehr als seine jährliche Gratifikation brauchen, um für die Hochzeitsreise zu bezahlen. Er würde Teppiche kaufen müssen, Lampen, einen Kühlschrank. Die Leute sprachen so obenhin von Heirat, ohne die Kosten für den Bräutigam zu bedenken. Priester drängten Junggesellen in den Ehestand – Priester, die nicht einmal den Preis von acht Unzen Tee kannten.

»Einige Bräute bringen Lampen und Lampenschirme mit in die Ehe«, sagte Madame Carette. »Einen Bücherschrank mit Glastüren. Sogar Bücher zum Hineinstellen.« Ihr Gatte hatte ein Möbelgeschäft in der Rue Saint-Denis besessen. Haushaltsartikel, die für Berthe und Marie vorgesehen waren, hatte man seit zwanzig Jahren bei Verwandten untergestellt, gewachst und poliert und staubfrei. »Einen Eichentisch für vierzehn Personen«, sagte sie und hörte damit auf. Berthe hatte ihr verboten, ein Inventar aufzustellen. Sie trieben keinen Tauschhandel mit Marie.

»Manche Mädchen haben Geld«, sagte Marie. Ihre Ersparnisse – achtzehn Dollar – befanden sich im Schubfach von Mutters alter Tretnähmaschine.

Ein Krampf zog über Louis' Gesicht; er verschluckte sich oft beim Essen. Berthe wußte mehr von Männern als Marie – mehr als ihre Mutter, die nur wußte, wie Kinder entstehen. Mr. Ryder aus Berthes Büro stand immer im Korridor und ließ Aufzüge vorbeifahren, er wartete auf eine Gelegenheit, sich neben Berthe hineinzudrängen. Mr. Sexton hatte ihr Geld geboten, eine regelmäßige Zuwendung, wenn sie jeden Freitag mit ihm ausginge, an seinem Fremdenlegionsabend. Mr. Macfarlane hatte ein obszönes Gedicht auf ihren Schreibtisch gelegt, dann eine schriftliche Entschuldigung, dann ein Gedicht, noch schlimmer als das erste. Mr. Wright-Ashburton hatte angeboten, seine Frau zu verlassen – denn natürlich hatten sie Frauen, Mr. Ryder, Mr. Sexton, Mr. Macfarlane, die sie alle nicht ermutigt hatte, und Mr. Wright-Ashburton, mit dem sie in Plattsburgh und Saranac Lake gewesen war und dessen privates Benehmen sie kniend in entlegenen Kirchen beschrieben hatte, wo der Beichtvater sie nicht an der Stimme erkennen konnte.

Als Berthe Mr. Wright-Ashburtons verrückten Vorschlag, sich von seiner Frau zu trennen, angenommen und gesagt hatte, daß Irene wahrscheinlich sowieso über sie Bescheid wisse und dankbar sein würde, klare Verhältnisse zu schaffen, hatte sein Gesicht vor Angst gebebt, wie ein Gesicht, das man unter Wasser sieht – pulsierend, unkontrolliert. Berthe hatte ihm sagen müssen, sie hätte es nicht ernst gemeint. Sie könne keinen geschiedenen Mann heiraten. Auf Louis' Gesicht erblickte sie das gleiche bebende Unbehagen. Er fürchtete sich vor Marie, vor ihrer Gefügigkeit, ihren monogrammversehenen Handtüchern, ihrer Abhängigkeit, ihrem Bücherschrank mit Glastüren. Nachdem Berthe das gesehen hatte, wunderte sie sich nicht, als er bis zum fünfundzwanzigsten Juni nichts mehr von sich hören ließ.

Während seiner Abwesenheit erfüllte die Zurückweisung wie eine dunkle Schuld jeden Winkel der Wohnung. Es gab kein Zimmer, das nicht von Demütigung sprach – oh, nicht weil Louis Marie fallengelassen hatte, sondern weil die Carettes einem Bauerntölpel die Ehre gegeben und ihn willkommen geheißen hatten, einen Primitivling, einen rothaarigen Niemand. Madame Carette und Marie riefen oft in seinem Büro an, unter einer Anzahl von Namen und mit verstellter Stimme, um jedesmal gesagt zu bekommen, daß er nicht an seinem Schreibtisch sei. Eines Morgens sah Berthe auf ihrem Weg zur Arbeit jemanden, der ihm sehr glich, eilig in den Windsor-Bahnhof hineingehen. Als sie sich schließlich aus der überfüllten Straßenbahn gekämpft hatte, war er verschwunden. Sie folgte ihm in die große Bahnhofshalle und sah sich die Abfahrtszeiten der verschiedenen Züge an, und ihren Bestimmungsort. Ein gefangener Sperling flatterte unter dem Glasdach. Sie erinnerte sich an einen Ausdruck auf Louis' Gesicht, ängstlich und verschmitzt, als er Berthe gesagt hatte, Marie hätte keine Ahnung von der Entstehung des Lebens. (Das in englisch, über den Tisch hinweg, als könnten Madame Carette und Marie nicht folgen.) Als Berthe gefragt hatte, was er damit meine, hatte er ihren Blick einzufangen versucht, wie am ersten Abend, wie ein Mann das bei einem anderen tut. Sie war kein Mann; sie hatte weggeblickt.

Madame Carette stickte weiter Blumenkörbchen, Efeublätter, über ihre Arbeit gebeugt, mit gesenktem Kopf. Marie war entschlossen, eine Arbeit als Empfangsdame in einem Kosmetiksalon zu finden. Es wäre angenehme Arbeit in sauberer Umgebung. Ein Mädchen, mit dem sie im Bus gesprochen hatte, verdiente vierzehn Dollar pro Woche. Marie würde ihrer Mutter acht geben und sechs behalten. Sie brauchte Louis nicht, sagte sie, und sie war sich sicher, daß sie ihn niemals lieben konnte.

»Keiner hat erwartet, daß du ihn liebst«, sagte ihre Mutter, ohne aufzublicken.

Am Morgen des fünfundzwanzigsten Juni läutete er an der Haustür. Marie frühstückte gerade in der Küche, trug Berthes Aluminiumlockenwickler unter einem lilafarbenen Chiffontuch und Berthes lila-schwarzen Kimono. Er stand mitten im Raum, lehnte den angebotenen Tee ab und sagte, daß die ganze Welt in Krieg versinke. Marie blickte aus dem Küchenfenster, auf kahle Höfe und Vorratsschuppen.

»Nicht da«, sagte Louis. »In Korea.«

Marie und ihre Mutter hatten nie von diesem Ort gehört. Madame Carette setzte voraus, daß die Briten wieder einmal etwas angefangen hatten. Sie sagte: »Dich können sie nicht nehmen, Louis, wegen deiner Kurzsichtigkeit.« Louis erwiderte, diesmal würden sie jeden nehmen, Junggesellen zuerst. Ein paar verheiratete Männer dürften sich vielleicht zu Hause nützlich machen. Madame Carette umarmte ihn. »Du bist jetzt mein Sohn«, sagte sie. »Ich werde niemals zulassen, daß sie dich nach England verfrachten. Du kannst dich in unserem Kohlenschuppen verstecken.« Marie hatte nicht begriffen, daß die Erwähnung des Krieges ein Heiratsantrag war, aber ihre Mutter hatte es sofort mitbekommen. Sie wollte Berthe anrufen und ihr sagen, sie solle sofort nach Hause kommen, doch Louis hatte es eilig, das Aufgebot zu bestellen. Marie zog sich ins Schlafzimmer zurück und schlüpfte in Berthes weißes acetatseidenes Strandkleid mit Jacke und in ihre weißen zehenfreien Wildledersandalen. Sie cremte sich die Beine mit Berthes Bräunungslotion ein und hoffte, daß ihre Mutter nicht bemerken würde, daß sie keine Strümpfe trug. Sie kämmte sich das Haar, legte Lippenstift auf und Ohrringe an und setzte eine Schmetterlingssonnenbrille auf, die Berthe gehörte. Dann, zum ersten Mal, gingen sie und Louis zusammen die Treppe vor dem Haus hinunter auf die Straße.

Bei Maries Pfarrkirche fanden sie andere Paare herumstehen und auf Beratung warten. Sie hatten die Nachrichten gehört und beschlossen, sofort zu heiraten. Marie und Louis hielten sich bei den Händen, als seien sie schon lange verlobt. Sie hoffte, es würde keinem auffallen, daß sie keinen Verlobungsring hatte. Leider konnte ihr Aufgebot nicht vor Juli verkündet werden und ihre Hochzeit nicht vor August stattfinden. Seine

Eltern würden nicht da sein, um ihnen ihren Segen zu geben – an genau dem Tag und der Stunde ihrer Feier wären sie auf dem Weg nach Rom.

Am nächsten Tag ging Louis zu einem Juwelier in der Rue Saint-Denis, der von Madame Carette empfohlen worden war, doch dem waren die Eheringe ausgegangen. Er hatte alle bis auf den letzten an diesem Tag verkauft. Louis schaute sich sonst nirgends um; Madame Carette hatte gesagt, das sei der einzige, dem sie vertraute. Louis' Mutter schickte Ringe per Einschreiben. Sie waren ihrer toten Schwester vom Finger gezogen worden, die sie ihrem Sohn vermachen wollte, doch der Sohn war in Springfield verschollen und schickte keine Weihnachtskarten mehr. Madame Carette holte ihr Hochzeitskleid aus dem Seidenpapier hervor und machte ein paar Änderungen, damit es Marie paßte. Seit dem Krieg konnte man Seide von dieser Qualität nicht mehr bekommen.

In Erwartung des August besuchte Louis Marie jeden Tag. Sie fuhren mit der Straßenbahn bis zur Avenue Mont Royal, um gegrilltes Hühnchen zu essen. (An einem Abend hatte Marie ihren Verlobungsring in eine Ritze des Wellblechbodens der Bahn fallen lassen, und eine Anzahl Fremder hatte ihr gesagt, sie solle aufpassen, oder sie würde auch ihren Mann verlieren.) Das Hühnchen kam auf einem Bett aus Kartoffelchips in einem Weidenkorb. Louis zeigte Marie, wie man Gegrilltes ohne Messer und Gabel aß. Zum Glück mußte Madame Carette nicht zuschauen, wie Marie an einem Knochen nagte. Sie nähte an der restlichen Aussteuer und hatte keine Zeit, sie als Anstandsdame zu begleiten.

Berthes Büro schickte sie für ein verlängertes Wochenende nach Buffalo. Sie brachte Streichholzbriefchen aus polnischen und deutschen Restaurants mit nach Hause und einen Aschenbecher, auf dem »Buffalo Hofbrau« stand, und eine Anzahl Artikel, die dort viel billiger waren, wie zum Beispiel Nylonstrümpfe. Marie fragte, ob man in Buffalo noch mit Messer und Gabel äße oder ob man Montreal eingeholt habe. Als sie dann allein waren, saßen Madame Carette und Berthe in der Küche und sprachen über Louis. Die weißen Sommergardinen waren aufgehängt; der Holz-und-Kohle-Herd war mit einem sauberen weißen Wachstuch abgedeckt. Berthe hatte einen neuen Kimono – weiß mit roten Pagoden auf den Ärmeln. Sie stützte die neuen roten Pantoffeln auf die Herdtür. Sie rauchte jetzt und trug den Buffalo-Hofbrau-Aschenbecher überall herum. Madame Carette ließ sich von Berthe versprechen, daß sie nicht in Onkel Gildas' Gegenwart rauchen würde oder auf der Straße oder auf Maries Hochzeitsempfang oder in der guten Stube vorn, wo der Rauch sich in den Gardinen festsetzen könnte. Manchmal hatten sie zum Abendbrot nur Tee und Toast und Gebäck von Celentano. Wenn Berthe ein Eclair aß, sagte sie: »Das hier kriegt Louis nicht.«

Die hellen Abende mit Essen und Kartenspielen glitten in die Vergangenheit und schienen, als der August kam, weit zurückzuliegen. Louis sagte zu Marie: »Wir haben es verstanden, uns zu amüsieren. Die Leute haben keinen Spaß mehr.« Er glaubte, daß die anderen Gäste im Grillrestaurant geheime, quälende Probleme hatten. Während er auf das Weidenkörbchen mit den Hühnchen wartete, hielt er Maries Hand und starrte Männer an, die Griechen sein konnten. Er versuchte ihr mitzuteilen, was in ihm zwischen dem dritten und dem fünfundzwanzigsten Juni vorgegangen war, aber Marie kümmerte es nicht, und er gab es auf. Sie kamen zu ihrer ersten wichtigen Übereinkunft: Keiner von ihnen wollte die Teller mit dem blauen Weidenmuster. Louis sagte, er würde seine Eltern bitten, ihnen als Grundausstattung sechs Gedecke vom Muster englische Rose zu schenken. Sie schien immer noch zu lauschen, und so erzählte er ihr, daß der Name ihrer Pfarrkirche, Saint Louis de France, ihm immer als irgendein persönliches Zeichen erschienen war – eine geheimnisvolle Kraft mußte ihn in die Rue Saint-Hubert und zu Marie geführt haben. Ihre sanften braunen Augen flackerten nie. Sie hatten Onkel Gildas ganz vergessen, und was er gesagt hatte, um sie zu erschrekken.

Louis und Marie wurden am dritten Sonnabend im August getraut, und Blumen von der vorangegangenen Hochzeit häuften sich noch an der Altarschranke, und zwei weitere Hochzeitsgesellschaften warteten hinten in der Kirche. Berthe mutmaßte, daß Marie damit, daß sie den Ring einer Toten annahm und das Kleid einer anderen Frau trug, die mit sechsundzwanzig Witwe geworden war, das schwärzeste Unglück auf sich herabriefe. Ihr fiel ihre unschuldige Nacktheit unter der groben Wollkutte ein. Marie hatte keine Schulden. Sie schuldete Louis nichts. Sie hatte ihn bewahrt vor einer langen Reise an einen fremden Ort, vielleicht sogar vor dem Tod. Als er ihr den unglückbringenden Ring an den Finger steckte, weinte Berthe. Sie wußte, daß einige der Zuschauer – Onkel Gildas oder Joseph und Raymond Driscoll, erstaunlich in ihrer rothaarigen Ähnlichkeit – sie fälschlicherweise für eine neidische ältere Schwester hielten, die gern an Maries Stelle gewesen wäre.

Marie, nun Madame Driscoll, wandte sich nach Berthe um und lächelte, wie sie das zu tun pflegte, als sie Kinder waren. Wieder einmal wollte das Lächeln sagen: Habe ich es richtig gemacht? Hast du das gewollt? Ja, ja, sagte Berthe stillschweigend, doch sie weinte weiter. Marie hatte sich immer an Berthe gehalten; sie hatte zu laufen angefangen, weil sie bei Berthe sein wollte. Sie hatte dagestanden und sich an einem Küchenstuhl festgehalten, und plötzlich hatte sie gelächelt und losgelassen. Später, als Marie drei war und sich angewöhnt hatte, ihre Sachen auszuziehen und zu zeigen, was man nie sehen durfte, hatte Madame Carette sie im Vorratsschuppen hinter der Küche eingesperrt. Berthe hatte sich auf ihrer Seite der Tür hingekniet, geschluchzt und gerufen: »Hab keine Angst, Marie. Berthe ist hier.« Madame Carette hatte sich erweichen lassen und die Tür wieder aufgeschlossen, und da stand Marie, nur im Hemd, und lächelte Berthe an.

Ihre Mutter führend, näherte sich Berthe dem Altargeländer. Marie schien zufrieden; für Berthe war das gut genug. Sie küßte ihre Schwester und küßte den erwählten Gatten. Er hatte sie nicht getrennt, sondern würde eine lange Episode in ihrem Leben sein. Unter den Bildern, die man auf den Kirchenstufen machte, gibt es eines, wo Louis je einen Arm um eine Schwester gelegt hat und die Schwestern hinter seinem Rücken sich die Hand zu reichen versuchen.

Die Hochzeitsgäste schritten in einem feierlichen Zug die Treppe hinunter und um die Ecke – ein anderes Bild in Schwarzweiß. Der augustheiße Bürgersteig brannte unter den dünnen Schuhsohlen der Frauen. Ihre guten Kleider waren zu warm. Auf der Straße spielende Kinder klatschten plötzlich beim Anblick von Marie. Sie winkte mit der linken Hand und zeigte ihren Ring. Die Kinder waren immer noch Frankokanadier, die Nachbarn ebenfalls, sie waren auf ihre Balkone getreten, um Marie anzuschauen. Drei gelbe Blätter fielen – weiß auf einem Foto. Einer der jungen Driscolls lief voraus und brachte die Gesellschaft zum Anhalten. Da ist Marie, die noch nicht versteht, daß sie ihr Zuhause verläßt, und der zuversichtliche Louis, der so bald ihre befremdliche Einfalt kennenlernen soll.

Berthe sah die Straße, als neige sie sich über die Kastenkamera und versuche, den Rahmen gerade zu halten. Es war ein wichtiges Bild, wie ein Präzisionsmeßinstrument – so viel Pflicht, so viel Liebe, so viel unbekümmerte Sicherheit – die Entfernung zwischen letztem April und jetzt. Sie dachte, es mußte sein. Sie liefen wieder los. Madame Carette wurde sich zum ersten Mal klar, was sie und Onkel Gildas und Berthe bewerkstelligt hatten – den nicht wieder rückgängig zu machenden Verlust von Marie. Sie sagte zu Berthe: »Warte mit deiner Heirat, bis ich gestorben bin. Du kannst einen Witwer heiraten. Die geben gute Ehemänner ab.« Berthe war fast vierundzwanzig, gerade an der Grenze. Sie hatte so viele attraktive Angebote ohne Begründung abgelehnt und hatte so viele andere mit ihrem Geschick beim Kartenspiel und ihren flinken blauen Augen eingeschüchtert, daß es sich herumgesprochen hatte und sie nicht mehr wie früher umworben wurde.

Berthe und Marie entfernten sich unauffällig vom Empfang – sie begaben sich also von der guten Stube ins Schlafzimmer –, damit Berthe ihrer Schwester packen helfen konnte. Es stellte sich heraus, daß Madame Carette schon gepackt hatte. Marie hatte noch nie einen Koffer füllen müssen und hätte nicht gewußt, was sie zuerst hineintun sollte. Eine Weile saßen sie auf einer Bettkante und unterhielten sich flüsternd. Berthe rauchte und hielt den Buffalo-Hofbrau-Aschenbecher. Sie zeigte Marie einen schwarz lackierten Zigarettenanzünder, den sie ihrer Mutter nicht gezeigt hatte. Marie hatte angefangen, sich umzuziehen; sie war nur im Unterrock. Sie schaute sich den Zigarettenanzünder von allen Seiten an und gab ihn zurück. Louis fuhr mit ihr für drei Tage nach Quebec City ins

Château Frontenac – das kam zehn Tagen in Old Orchard gleich, hatte er gesagt. Danach würden sie geradewegs in das zweistöckige Haus ziehen, das sich ziemlich weit im Norden des Boulevard Pie IX befand und bei dessen Erwerb ihm sein Vater behilflich war. »Ich besuche euch morgen früh«, sagte Marie, für die morgen noch immer dasselbe wie heute war. Wenn Onkel Gildas Berthe auf Gedeih und Verderb ausgeliefert wäre, hätte sie ihm den Kopf unter Wasser gedrückt. Dann dachte sie, warum ihm die Schuld geben? Sie und Marie waren Montrealer Mädchen, denen man nicht beigebracht hatte, Gefährtinnen von Helden zu sein oder Träume einzufordern, sondern nur, geduldig zu sein.

Von Wolke zu Wolke

Die Erfahrung der Familie mit Raymond glich einer langen
Eisenbahnfahrt mit einem stets wechselnden Ausblick. Seine
Mutter und Tante gehörten einer Generation an, für die Reisen Eisenbahnfahren bedeutete – langsame Zugfahrten hin
und zurück, bei denen man sich ausführlich mit dem Essen
oder einem Kartenspiel mit Fremden beschäftigte, unterbrochen durch ein Aufblitzen himmlischen Lichts vom zugefrore-
nen St.-Lorenz-Strom, der von Sonnenstrahlen getroffen
wurde. Dann kamen die dunkelbraunen Slums, wenn man sich
Montreal näherte, das Zeichen, seine Koffer aus dem Gepäck-
netz zu holen.

Um eine kurze Geschichte abzukürzen, würde seine Tante
Berthe (sie arbeitete in einem Büro voller Anglokanadier) gesagt haben, Raymond war Himmel und Hölle. Die beiden
Schwestern, Mutter und Tante, hatten geglaubt, sie könnten
keinen mehr als Raymond lieben; dann, ganz plötzlich, erschien er seiner Tante so durch und durch unvollkommen, so
festgefahren in seinem Versagen, daß der wechselnde Ausblick
auf seine Launen, Entscheidungen, Bedürfnisse, auf sein Leben, sie nicht mehr interessierten.

Er hatte natürlich einen Vater gehabt – er hatte ihn bis zu
seinem achtzehnten Lebensjahr gehabt, auch wenn es Raymonds Angewohnheit war zu murren, daß er von Frauen erzo-

gen worden war, und zwar schlecht. Seine letzten Erinnerungen an seinen Vater mußten bestimmt den an einem Emphysem sterbenden Louis zeigen, wie er aufrecht in dem weißgestrichenen Korbstuhl im grellen, verbotenen Sonnenlicht saß und eine verbotene Zigarre zerbröselte. Der teilweise gepflasterte Hinterhof hatte keinen Schatten – nur zwei Sonnenschirme mit gelben Fransen, die das Juliblau filterten und es garstig machten. Louis konnte nicht in ihrem falschen Schatten sitzen, sagte, es bringe ihn zum Schwitzen. Hinter den Schirmen war der Kücheneingang zu einem zweistöckigen Haus aus Stuck und Ziegeln, im Stil der späten vierziger Jahre – ein Würfel mit lackierten Türen – am nördlichen Ende des Boulevards Pie IX. »Denke daran, daß dein Vater der Besitzer seines Hauses war«, sagte Louis; und dann: »Als wir hierherzogen, gab es noch unbebaute Grundstücke. Es deprimierte deine Mutter. Sie war einen freien Blick nicht gewöhnt.«

Wo Raymonds Sandkasten gewesen war, stand ein Vogelbad aus Granit mit drei Aluminiumvögeln von Taubengröße auf seinem Rand – das Geschenk von Louis' Firma, als er in den vorzeitigen Ruhestand gehen mußte, weil er so krank war. Eine goldene Taschenuhr hatte er schon. Er teilte Raymond ganz genau mit, wo er die Uhr in seinem Schreibtisch finden würde – in welcher Schublade. Raymond saß mit gekreuzten Beinen im Gras und übte sich darin, ein Küchenmesser zu werfen; seine Mutter hatte seinen Armeedolch gefunden und beiseite geschafft. Sein Vater konnte Atem holen, mußte aber innehalten, bevor er sprach. Auf die nötige Kraft wartend, blickte er in den Himmel, auf einen Mond im Sonnenlicht, blaß und durchscheinend – eine Erinnerung an Dutzende anderer abnehmender Monde. (Es war der Sommer des Spaziergangs auf dem Mond. Raymonds Mutter erwähnt das immer noch, als hätte er einen Gezeiteneinfluß auf ihre Angelegenheiten ausgeübt.)

Die schweigenden Zwischenräume, sein nach oben gewandter Blick erweckten den Eindruck, als suche Louis göttlichen Beistand. In Wirklichkeit wußte er alles, was er sagen wollte. Und Raymond ebenfalls. Raymond – sogar seine Tante wird das nicht abstreiten – zeigte Respekt. Er bemerkte kein einziges Mal: »Das hast du schon erzählt«, oder fertigte seinen Vater in der ewig gleichen hektischen Art der jungen Leute ab: »Ich weiß, ich weiß, ich *weiß*.«

Sein Vater sagte: »In Boston hat es immer gute Arbeitsplätze gegeben« – »Vergiß nie dein Französisch, denn das würde deiner Mutter das Herz brechen« – »Du mußt dir bald mal das Haar schneiden lassen« – »Heirate eine Katholikin, aber nicht eine x-beliebige« – »Mit einem Namen wie Raymond Joseph Driscoll kommst du überall auf der Welt durch« – »Mein Autogrammalbum ist ein Vermögen wert. Bewahr es auf. Es wird dir helfen, wenn du mal knapp bei Kasse bist.«

Zu Lebzeiten schrieb Louis an Hockeyspieler und Filmstars und Lokalpolitiker und bekam recht oft Antwort. Raymond beobachtete ihn als Kind dabei, wie er die Autogramme ausschnitt und sie in ein dunkelblaues, in Leder gebundenes Buch klebte. Jetzt, da Raymond sich in Florida niedergelassen hat und versucht, Karriere im Motelgeschäft zu machen, ist sein ganzes Leben davon geprägt, daß er knapp bei Kasse ist. Er kann kaum glauben, daß das Album nichts wert ist. Leider ist dem so. Die meisten Autogramme waren Faksimiles oder schnell von einem Sekretär hingeworfen worden. Die wenigen authentischen Autogramme waren Namen, zu unbekannt, um eine Rolle zu spielen. Bei dem halben Dutzend, das Louis von einem Spezialhändler auf der Peel Street gekauft hatte, der inzwischen zur Geschäftsaufgabe gezwungen worden war, handelte es sich mit Sicherheit um Fälschungen. Louis behielt »Josef Stalin« und »Harry S Truman« in einer verschlossenen Schublade und sagte zu Marie, seiner Frau, wenn Kanada je von einer der Großmächte besetzt werden würde, oder von beiden gleichzeitig, dann würde sie sicheres Geleit aushandeln können.

Raymond hatte eine dünne Mähne rotbraunen Haars, die sein Profil verdeckte, wenn er sich nach vorn beugte, um sich das Messer wiederzuholen. Er trug Zirkusrodeosachen, silbern und weiß. Louis konnte es nicht ertragen, die Sachen seines Sohnes zu sehen; in der Gereiztheit seiner letzten Zeit verschenkte er welche davon. Raymond bewahrte die Anzüge, die er am liebsten mochte, bei seiner Tante auf. Sie wohnte in einem zweistöckigen Haus ohne Fahrstuhl, mit Balkons vorn und hinten, einem langen, kühlen Korridor und drei Schlafzimmern, auf der Westseite vom Parc Lafontaine. Sie war unverheiratet und brauchte gar nicht so viel Platz; es machte ihr einfach Spaß, von einem Zimmer ins andere zu gehen. Louis sprach englisch mit Raymond, damit er es einmal zu etwas brächte. Er wollte, daß er eine englische Wirtschaftsschule besuchte, wo er Leute kennenlernen könne, die ihm später nützlich sein würden. Raymonds Tante sagte, ihr Englisch sei besser als das von Louis – seine »th« klängen manchmal wie »d«. Louis, keuchend, erwähnte Raymond gegenüber, daß Berthe, was Eigentum betraf, trotz ihrer hochtrabenden Art nicht so gut gestellt sei wie ihre Schwester und ihr Schwager, obwohl sie offenbar mehr Geld hatte, mit dem sie herumwerfen konnte. »Billige Miete in irgendeinem lausigen Viertel – darauf schwört sie«, sagte Raymonds Vater. In seinen letzten, bösen, bitteren Tagen schien er finstere Gedanken über Berthe

48

zu hegen, verglich ihre Karriere mit seiner eigenen, sagte, sie hätte eine angeborene Begierde, mit verheirateten Männern zu schlafen. Aber vor seinem Tod nahm er alles wieder zurück, sagte, sie sei ihm eine gute Freundin gewesen, sei ein Vorbild für andere Frauen, wenn auch nicht unbedingt für verheiratete. Er wünschte sich, daß sie ein Auge auf Marie und Raymond hätte – er sagte, ihm wäre zumute, als ließe er zwei hilflose Kinder zurück, eins achtzehn und das andere in den Vierzigern, zusammen mit den zwei Autos, dem wertvollen Autogrammalbum, der goldenen Uhr und dem abgezahlten Haus.

Louis hinterließ auch eine handschriftliche, unbequeme Bitte, daß er in New Brunswick, wo er herkam, bestattet werden wollte, statt in Montreal. Raymonds Mutter versteckte die Botschaft hinter einem Sofakissen, wo man sie während eines späteren Großreinemachens entdecken würde. Sie brachte es nicht über sich, sie zu zerreißen. Sie begruben Louis auf dem Friedhof von Notre Dame des Neiges, wo sich Marie, nicht zu bald, zu ihm gesellen wollte. Sie ließ eine zweisprachige Inschrift auf den Grabstein setzen, weil er im Geschäft englisch gesprochen hatte und mit ihr französisch.

Raymond sprach in jenen Tagen ebenfalls französisch und englisch, beides unvollkommen. Sein Englisch gehörte zu einer Untergruppe des katholischen Montreal – es klang ein wenig irisch, doch dünner als jede Variante, die man in Dublin hören konnte. Sein französischer Wortschatz speiste sich aus Gesprächen mit seiner Mutter und Tante und hätte voller Zärtlichkeit sein sollen. Er wußte nicht, was er werden wollte. »Wenn ich jemals schreiben sollte, dann schreibe ich ein Buch über die Familie«, sagte er am Tag von Louis' Begräbnis zu seiner Tante und blickte dabei die Verwandten in ihren schwarzen unnatürlichen Sachen, die die Hitze einfingen, an.

Es war das erste Mal, daß er so etwas äußerte, und wahrscheinlich auch das letzte Mal. Der arme Raymond konnte kaum einen Brief hinkritzeln, er beherrschte die Rechtschreibung nicht. Er hatte nichts gegen das Lernen, doch er haßte den Unterricht. Nachdem er von zu Hause weggegangen war, bekamen Berthe und Marie seine Handschrift kaum je zu sehen. Sie hatten seine Stimme am Telefon, die von verschiedenen amerikanischen Orten aus anrief (sie hielten Vietnam für einen amerikanischen Ort), wobei sich sein Akzent allmählich änderte. Sein Französisch füllte sich mit Englisch wie mit einer Füllmasse aus Kies und Sand, und dem Englischen entfremdete er sich nicht ganz – noch nach Jahren sprach er »palm« so aus, daß es sich auf »jam« reimte.

Raymond benahm sich auf dem Begräbnis korrekt, hielt seine Mutter untergehakt, achtete darauf, daß jeder kurz mit ihr sprach, und brachte so die Verwandten, die ihn nicht gut kannten, zu der Bemerkung, daß er ganz nach dem Vater käme. Er trug einen dunklen Anzug, eilig gekauft, und einen von Louis' Schlipsen. Er hatte seit dem letzten Begräbnis in der Familie keinen Schlips mehr getragen; Berthe mußte ihm den Knoten binden. Er gestattete ihr, seine Haare etwas zu stutzen, daß sie nicht mehr bis auf die Schultern hingen.

Marie würde keinen Empfang geben – die Trauergäste mußten sich mit einem Kuß und einem Händedruck am offenen Grab begnügen. Louis' Leute, von denen einige von weither gekommen waren, fuhren mit den Scherben eines Zerwürfnisses zurück, das nicht mehr zu kitten war. Marie machte sich nichts daraus; ihre familiären Gefühle hatten sich auf Raymond und Berthe verengt. Nach dem Begräbnis fuhr Raymond die beiden Schwestern zu Berthes Wohnung. Er saß mit seiner Mutter am Küchentisch und sah Berthe zu, wie sie ein kaltes Hühnchen aufschnitt. Marie behielt ihren Trauerhut auf, einen runden schwarzen Strohhut ohne Krempe mit einem kleinen Schleier. Keiner sagte viel. Das Hühnchen reichte Raymond nicht, daher holte Berthe den Schinken hervor, den sie vergangenen Abend gebacken hatte, falls Marie anderen Sinnes wurde, was die Einladung der Verwandten betraf. Sie stellte das ganze Stück vor ihn hin, und er hackte sich Scheiben ab und aß mit den Fingern. Marie sagte: »Das würdest du dir nicht getrauen, wenn dein Vater dich sehen könnte«, weil sie irgend etwas sagen mußte. Sie und Berthe wußten, daß es ihm nicht gut ging.

Als er fertig war, gingen sie den Korridor hinunter zu Berthes Wohnzimmer. Sie öffnete beide Balkontüren, um etwas Durchzug zu schaffen. Die erhitzte Luft streifte die zur Seite geraffte weiße Gardine, ohne eine Falte zu bewegen. Raymond legte Jackett und Schlips ab. Die Frauen hatten schon ihre schwarzen Strümpfe ausgezogen. Respekt vor Louis hielt sie davon ab, es sich ganz bequem zu machen. Sie hatten für den Rest des Tages nichts Besonderes vor. Berthe hatte sich vom Büro freigenommen, und Marie fürchtete sich davor, nach Hause zu gehen. Sie glaubte, daß irgendeine Substanz von Louis, nicht gerade ein Geist, sich in ihrem Haus auf dem Boulevard Pie IX befand, die Schlösser ausprobierte, die Türgriffe herunterdrückte, Schubladen öffnete, Maries armseliges, verworrenes Haushaltsbuch zur Hand nahm und ein für allemal feststellte, wieviel Geld Marie Berthe genau schuldete. (Berthe hatte immer mit einem kleinen Darlehen am Monatsende ausgeholfen. Sie hatte Marie gezeigt, wie sie die Bücher verwirren konnte, so daß Louis es nie zu erfahren brauchte.)

Raymond streckte sich auf Berthes lindgrünem Sofa mit

einem Berg Kissen unter dem Kopf aus. »Raymond, paß auf, wo du die Füße hinlegst«, sagte seine Mutter.

»Das spielt keine Rolle«, sagte Berthe. »Heute nicht.«

»Ich möchte nicht, daß du dir wünschst, wir wären nicht hier«, sagte Marie. »Nachdem wir eingezogen sind, meine ich. Du sollst überhaupt nicht merken, daß wir im Haus sind. Raymond, bitte Tante Berthe um einen Aschenbecher.«

»Da steht einer gleich neben ihm«, sagte Berthe.

»Ich werde nicht erlauben, daß Raymond seine Füße überall auf die Möbel legt«, sagte Marie. »Ab morgen. Wenn du uns nicht haben willst, brauchst du es nur zu sagen.«

»Ich habe es schon gesagt«, sagte Berthe, worauf Raymond den Kopf wandte und sie eindringlich ansah.

Tränen quollen aus Maries Augen bei der unwahrscheinlichen Vorstellung, daß Berthe ihre nächsten Angehörigen, frisch verwitwet und verwaist, auffordern könnte, sie sollten zusammenpacken und sich davonmachen. »Wir werden glücklich sein, weil wir uns lieben«, sagte sie.

»Hast du Raymond gefragt, wo er wohnen möchte?« fragte Berthe.

»Raymond möchte, was seine Mutter möchte«, sagte Marie. »Er wird sich benehmen. Ich verspreche es. Er wird den Abfall heruntertragen. Nicht wahr, Raymond? Du bringst jeden Abend für Tante Berthe den Abfall hinunter?«

»Nicht jeden Abend«, sagte seine Tante. »Zweimal in der Woche. Wein nicht. Louis würde dich nicht gern weinen sehen.«

Ein scheuer Schauder erfaßte alle drei. Louis kehrte in überlegener Gestalt zu ihnen zurück, Rat und Hilfe bringend. »Papa hätte nichts dagegen, wenn wir uns die Nachrichten ansehen«, sagte Raymond.

Kürzer als eine Minute lang starrten sie auf einen schwankenden Teppich aus Dschungelgrün, aus einem Helikopter heraus gefilmt, und hörten eine französische Stimme mit Montrealer Akzent Ereignisse an einem Ort beschreiben, den die Schwestern nie zu besuchen gedachten. Raymond schaltete auf einen englischen Kanal um, ohne zu fragen, ob einer etwas dagegen hatte. Er war jetzt das männliche Oberhaupt der Familie; jedenfalls hatten sie immer nachgegeben. Vietnam erschien auf englisch fest gegründet, mit einem kanadischen Sergeant im Marinekorps – kurzgeschoren, grauäugig, lässig. Er sprach zu Raymond und sagte, daß es in Ordnung sei für einen Kanadier, sich von einer fremden Armee anwerben zu lassen.

»Wen kümmert das?« sagte Marie schicksalsergeben. Englisch im Fernsehen schläferte sie immer ein. Sie lehnte sich in ihrem Sessel zurück und fing ganz leise zu schnarchen an. Berthe nahm Marie die Brille und den Hut ab und deckte ihre bloßen Beine mit einer Spitzendecke zu. Selbst im wärmsten Wetter kam es vor, daß sie mit dem Gefühl des Fröstelns und des Ungeliebtseins aufwachte. Sie fiel leicht in Ohnmacht; sie erklärte sich das so, daß sich das Blut in ihren Armen und Beinen verdickte und ihr Gehirn unversorgt blieb. Sie schien mit dieser Erklärung zufrieden und suchte keine andere.

Raymond setzte sich auf und warf den Kissenberg herunter. Er raffte sein Haar oben auf dem Kopf zu einem Knoten und hielt es fest. »Sie schicken dich nach San Diego«, sagte er. Was sah er wirklich? Die Brandung des Pazifik? Eine Parade im Sonnenlicht? Berthe hätte fragen sollen.

Als Marie gähnend und seufzend zu sich kam, lackierte Berthe gerade ihre Nägel (sie hatte den Nagellack für die Beerdigung entfernt), und Raymond aß Schokoladenkuchen und schaute sich Rod Laver an. Er hatte das Hemd ausgezogen, die Schuhe und die Socken. »Laver ist der Allergrößte«, sagte er.

»Ah, Raymond«, sagte seine Mutter. »Du hast deinen Vater schon vergessen.«

Wie Marie versprochen hatte, brachte er den Abfall weg und machte einen guten Eindruck auf die portugiesische Familie, die unter ihnen wohnte. (Louis, der nicht mit Ausländern sprach, hatte gar keinen Eindruck gemacht.) Am nächsten Morgen um fünf Uhr sah Berthes Nachbar, der schon auf war, weil er eine zeitige Belieferung seines Gemüseladens erwartete, wie Raymond eine Segeltuchtasche in den Wagen seiner Mutter warf und davonfuhr. Sein Haar war mit einem weißen Lederband zu einem Schwanz gebunden. Er trug einen seiner Rodeoanzüge und ein Paar weißer Stiefel.

Ehe er Berthes Wohnung verließ, hatte er noch ihre Handtasche geplündert, die auf einem Küchenstuhl vergessen worden war – vor einem Jahrhundert, als sie sich zur Beerdigungsfeier versammelt hatten. Ehe er Montreal verließ, machte er einen langen Umweg, um sich von seinem alten Zuhause zu verabschieden. Er fürchtete sich nicht vor Geistern, und er hatte schon einen Vater erfunden, der alles gutheißen würde, was er tat. In Louis' Schreibtisch fand er die goldene Uhr und das eine und andere Dokument, das er, wie er wußte, brauchen würde – unter anderem seine Geburtsurkunde, die ihn als achtzehnjährig auswies. Als letzten Eindruck nahm er den des vergilbten Grases im Hinterhof mit sich. Seit Louis' Tod war nichts gegossen worden.

Berthe hat sich oft gefragt, was die Marineinfanteristen im Rekrutierungsbüro dort unten in Plattsburgh von Raymond hielten, ganz in Silber und Weiß, mit dem glatten Ziegelstaubhaar und dem dünnen, fehlerhaften Englisch. Wahrscheinlich nichts; sie mußten darauf gefaßt gewesen sein, daß Zivilisten wie falsche Künstler aussahen. Es gab immer mal einen, der von Montreal herunterkam. Es war so ähnlich, als ginge man zur Fremdenlegion. Nach seinem ersten Anruf sagte Berthe zu Marie: »Wenigstens wissen wir jetzt, wo er ist«, aber das stimmte nicht; sie wußten es nie genau. Er kam nicht nach San Diego – eine geographische Militärvorschrift teilt den Kontinent. Er hatte sich östlich des Mississippi anwerben lassen, und deshalb wurde er zur Ausbildung nach Parris Island geschickt. Der kanadische Marinesoldat hatte diese Möglichkeit zu erwähnen vergessen. Berthe kaufte eine Anzahl Autokarten, damit sie diese neuen Namen aufsuchen konnte. Der Mississippi schien in Minneapolis stillzustehen. Mit Kanada hatte das nichts zu tun. Raymond hätte sein Auto wenden und nach Hause fahren sollen. (Statt dessen stellte er es in Plattsburgh ab. Später konnte er sich nicht mehr an den Namen der Straße erinnern.)

Er ist nie mehr zurückgekehrt. Seine Ausrede war, daß er nicht wußte, wo er in Montreal unterkommen sollte. Marie verkaufte das zweistöckige Haus und zog zu Berthe. Das letzte, was er im Urlaub sehen wollte, war noch eine standardisierte Motelanlage, und er wußte, daß Berthe ihn nicht im Haus dulden würde.

Er ließ sich für vier Jahre anwerben, dann noch einmal für drei. Marie betrachtete ihn als Gefangenen, der zu seiner Zeit entlassen werden würde. In Ehren entlassen? Ja, oder man hätte ihm nicht gestattet, sich in Florida niederzulassen – er war 1976 immer noch Kanadier; er hätte leicht ausgewiesen werden können. Als er amerikanischer Staatsbürger wurde und

Marie anrief, Glückwünsche erwartend, sagte sie ihm, daß achtundneunzig Prozent der Waldbrände in der Welt von Amerikanern verursacht würden. Das war alles, was ihr dazu einfiel. Seither ist er dort unten geblieben und ist wie ein Pendel zwischen Nord-Hollywood und Hollywood Beach, Fort Lauderdale und dem Streifen Miami, den man Little Quebec nennt, weil da viele Frankokanadier Urlaub machen, hin und her gewandert. Sie haben ihre eigene Zeitung, ihre eigenen Radio- und Fernsehstationen, sie importieren Grillgut aus Montreal. Wenn er ihre Stimmen hört, irritiert ihn das manchmal, läßt ihn das manchmal Heimweh nach dem Sommer von 1969 empfinden, nach der Leichtigkeit, mit der er von Wolke zu Wolke sprang.

Marie glaubt immer noch, daß »Parris Island« einer von Raymonds berühmten Rechtschreibfehlern war. Er muß einen Teil seiner frühen Jugend, den am wenigsten bekannten, an einem Ort namens Paris in Süd-Carolina verbracht haben. Sie macht sich oft Gedanken über andere Mütter und Söhne, und ob Kinder überhaupt etwas von dem Schmerz empfinden, den sie zufügen. Berthe denkt, wie leicht es für Raymond gewesen sein muß, fortzugehen, als die Sonne gerade aufgegangen war, wie er durch Nebenstraßen kam, wo hier und da die Eingangsstufen feucht und dunkel waren und der Himmel noch kein Brennglas war. Er mußte geglaubt haben, das restliche Leben würde so weitergehen. Als sie und Marie das Haus auf dem Boulevard Pie IX nach Anhaltspunkten durchstöberten und sich vorstellten, er hätte einen Brief zurückgelassen, hätte ein wenig Liebe zurückgelassen, ließen sie die Jalousien unten, als wäre in diesen Zimmern noch einer anwesend, der das Tageslicht scheute.

Florida

Berthe Carettes Schwester Marie verlebte acht Weihnachtsfeste ihres Lebens in Florida, wo ihr Sohn sich eine Zukunft im Motelgewerbe aufbaute. Jedesmal, wenn Marie hinunterreiste, fand sie Raymond bei einem Neubeginn in einem anderen Motel vor; seine Motels schienen ihm unter den Händen wegzusterben. Sie kam dann stets elektrisch aufgeladen nach Montreal zurück. Berthe konnte ihr keinen Teelöffel reichen, ohne einen Schlag zu bekommen, als träfe sie eine kleine Silberkugel. Ihre Schwester glaubte, die Elektrizität werde durch eine chemische Veränderung bewirkt, die auftrete, wenn sie von Fort Lauderdale in Richtung auf eine feuchte, dunkle, schneereiche Stadt fliege.

Marie hatte seit 1969, dem Jahr, als ihr Mann starb, ununterbrochen bei Berthe gewohnt. Sie erwartete immer noch, was Berthe als Dienste eines Ehemannes ansah: Abholen vom Flughafen, Herbeirufen von Taxis, Aufhalten von Türen, Austeilen von Trinkgeldern. Berthe mußte mit dem Bus hinaus zum Dorval-Flughafen fahren, mit Maries zweitbestem Pelzmantel über dem Arm und ihren hochhackigen Stiefeln in einer Plastiktüte. Durch eine Glaswand konnte sie ihre Schwester durch den Zoll gehen sehen, gekleidet in ein neues Ensemble in einer Eisfarbe – Erdbeere, Zitrone-Pfirsich –, alles aufeinander abgestimmt, machmal sogar ihr Haar. Sie wußte, daß Marie so vorsichtig gewesen war, die amerikanischen Fabrikationsschilder aus den Kleidern zu trennen und kanadische einzunähen, falls die Zollbeamten eine Leibesvisitation machten.

»Sag bloß, es ist noch Winter«, jammerte Marie und küßte Berthe, als sei sie monatelang fort gewesen und nicht nur ein paar Tage. Als Berthe Marie in ihren zweitbesten Nerzmantel half (Pfoten und Stücke), bekam sie den ersten der silbernen Schläge.

In einem Jahr, als ihr Sohn Raymond sich in eine geschiedene Frau verliebt hatte, die doppelt so alt war wie er (es hielt nicht lange), kam Marie knisternd nach Hause und entlockte allem, was sie berührte, Funken. Als sie ein Pfefferminzbonbon aß, fühlte sie es im Mund explodieren. Berthe hatte einen Topf mit blühenden papierweißen Narzissen auf Maries Frisierkommode gestellt, ein Willkommensgruß, der sich in den drei Spiegeln wieder und wieder zeigte. Marie schlurfte, noch immer in ihren Stiefeln, den mit Teppichläufern ausgelegten Korridor entlang. Sie hatte ihr Florida-Benehmen an sich, gab vor, aus Versehen in Berthes Wohnung geraten zu sein. Sobald sie die Pflanze erblickte, ging sie geradewegs darauf zu und gab ihr einen Kuß. Die Blume wurde elektrisch aufgeladen und entlud sich wieder. Berthe untersuchte den Fleck an Maries Lippen, wo sie einen Schlag bekommen hatte. Sie fand nichts, keine Spur. Trotzdem legte Marie einen Eiswürfel auf.

Sie wartete bis Mitternacht, ehe sie Raymond anrief, um in den Genuß des niedrigeren Tarifs zu kommen. Sein Anschluß war bis zwei Uhr besetzt; er sagte, die Polizei wäre dagewesen und hätte Nachforschungen auf Grund eines Gerüchts angestellt. Marie erzählte von der Pflanze. Er ließ sich die Geschichte von ihr zweimal erzählen, dann sagte er, sie hätte eine elektrostatische Reserve aufgebaut, weil sie in Stiefeln auf einem zottigen Vorleger gestanden habe. Sie hätte keine ordentliche Erdung gehabt, als sie sich der Blume näherte.

»Raymond hätte mehr mit seinem Leben anfangen können«, sagte Marie, als sie auflegte. Berthe, die noch wach war, dachte, er hatte alles getan, was ihm möglich gewesen war, bei seinen geistigen Fähigkeiten und seinem Charakter. Sie sprach das nicht aus – sie erwähnte ihren Neffen nie, erkundigte sich nie nach seinem Befinden. Er war jung von zu Hause weggegangen und hatte viel Kummer und Ärger bereitet.

Bei Maries achtem Besuch kam Raymond mit einer mageren Person, die er als seine Frau bezeichnete, zum Flughafen. Sie hatte dunkelblondes Haar und eine jener unfrisierten Dauerwellen, lauter Korkenzieherlocken. Marie schaute sie an und schaute wieder weg. Raymond erklärte, daß er wieder nach Nord-Hollywood gezogen war. Marie sagte, das mache ihr nichts aus, solange sie ihr Haupt irgendwo zur Ruhe legen könne.

Schweigend verließen sie den Flughafen. Draußen sagte sie: »Was ist das für ein Wagen? Japanisch? Dein Vater hatte eine Vorliebe für Buick.«

»Er gehört Mimi«, sagte er.

Marie stieg vorn ein und setzte sich neben Raymond, und die magere Frau kletterte hinten in den Wagen. Marie sagte in französisch zu Raymond: »Du hast mir ihren Namen noch nicht gesagt.«

»Aber ja doch. Ich habe sie dir vorgestellt. Mimi.«

»Mimi ist kein Name.«

»So heißt sie«, sagte er.

»Das kann nicht sein. Das ist immer eine Abkürzung für etwas – für Michèle. Hast du schon mal von der heiligen Mimi gehört? Sie ist nicht etwa geschieden? Du wurdest kirchlich getraut?«

»In einer Art Kirche«, sagte er. »Sie gehört einer christlichen Bewegung an.«

Marie wußte, was das bedeutete: heidnische Bräuche. »Du hast dich dieser Dingsbums – dieser Bewegung – nicht etwa angeschlossen?«

»Ich möchte mich nirgends anschließen«, sagte er. »Aber es hat mein Leben verändert.«

Marie versuchte, das geordnet zu überdenken, in Gedanken beschäftigte sie sich mit den Aspekten von Raymonds Leben, die einer Veränderung bedurften. »Welche Frau würde den einzigen Sohn einer Mutter ohne deren Segen heiraten?« sagte sie.

»Mom«, sagte Raymond, wechselte zu Englisch und vergaß vielleicht, daß sie es nicht mochte, wenn er sie so nannte. »Sie ist neunundzwanzig. Ich bin dreiunddreißig.«

»Wie ist ihr Geburtsname?« fragte Marie.

»Frag sie selbst«, sagte er. »Ich habe nicht ihre Familie geheiratet.«

Marie lockerte den Gurt und drehte sich mit einem Lächeln um. Die Frau hatte die Augen geschlossen. Sie schien zu beten. Ihre Haut war sommersprossig, blaß für das Klima; vielleicht hatte sie eine der Oasen des Herzens erreicht, wo es keine Wetterextreme mehr gibt. Was Raymond betraf, er war scharf und trocken, mit einer hohen, fiebrischen Stirn. Seine Vergangenheit hatte sich verflüchtigt. Es ärgerte ihn, daß er französisch sprechen mußte. Bei einem anderen Besuch seiner Mutter hatte er ihren Montrealer Akzent kritisiert und gesagt, daß er in den Straßen von Saigon besseres Französisch gehört hätte. Er zündete sich eine Zigarette an, doch noch ehe sie sagen konnte: »Dein Vater ist an einem Emphysem gestorben«, warf er die Zigarette aus dem Fenster.

Mimi, vielleicht durchs Gebet mit Geduld gewappnet, ließ sich hören: »Ich freue mich jedenfalls, Raymonds Mutter zu begrüßen. Mögen wir ein friedliches und alle bereicherndes Weihnachtsfest verleben.« Ihre Stimme bewegte sich in einer angespannten eintönigen Lage, wie bei einem Sopranrezitativ. Schüchtern, dachte Marie. Sie warf einen weiteren verstohlenen Blick auf sie. Ihre Augen, nun offen, waren blaßblau und hatten kurze schwarze Wimpern. Ganz plötzlich wirkte sie verführerisch und ängstlich, auf Vergebung hoffend, bevor die Sünde offenbart war. Das war gut, doch nicht gut genug, um sie zur Katholikin zu machen.

Raymond brachte Maries Gepäck in ein anständiges Zimmer mit hellen Wänden und apfelsinenfarbenen Vorhängen und ebensolcher Bettdecke. Das Motel wirkte sauber und gutgehend, doch bei den anderen war das auch der Fall gewesen. Mimi war in eigener Angelegenheit verschwunden. (»Mir ist schlecht«, hatte sie beim Aussteigen gesagt, die eine sommersprossige Hand auf dem Magen, die andere am Hals.)

»Es wird ihr bald besser gehen«, sagte er zu Marie.

Allein mit Marie, nannte er sie *Maman*, zog sie zum Fenster und zeigte ihr, daß die kanadische Fahne neben dem Sternenbanner wehte. Hier wimmelte es von Kanadiern, sagte er. Sie stahlen wie die Waschbären. Ein Pärchen hatte sogar die Wasserhähne aus dem Bad mitgehen lassen. »Und das waren nett aussehende Leute.«

»Dein Vater hat nie die eigenen Leute schlecht gemacht«, sagte Marie. Sie wollte keinen Streit anfangen, sondern gewisse Grenzen aufzeigen. Er prüfte die Handtücher, zählte die Kleiderbügel, stellte die Klimaanlage höher (oder tiefer, sie konnte das nicht feststellen). Er wandte sich um, während sie in ihr Chiffonkleid mit dem Hibiskusmuster schlüpfte, falls sie ausgehen wollten. In einem Spiegel beobachtete er, wie sie die Schnallen ihrer roten Sandalen schloß. Berthes Weihnachtsgeschenk.

»Mimi ist die erste Frau, die ich kennengelernt habe, die mich an dich erinnerte«, sagte er. Marie ließ das durchgehen. Sie gingen Arm in Arm über den Parkplatz, und er wies sie auf Verschiedenes hin, was sie interessieren mochte – Nummernschilder aus Quebec, ein paar absterbende Palmen. In der Hotelhalle lag ein Tannenbaum, dessen Äste noch verschnürt waren. Raymond stieß mit seinem tropfenden Schuh gegen den Baum. Er liege seit einer Woche hier, sagte er, und er nadele schon. Vielleicht wollten Marie und Mimi ihn schmücken.

»Womit schmücken?« fragte Marie. Jedes Jahr, seit sieben Jahren, hatte sie Christbaumschmuck gekauft, den Raymond immer mit dem Baum weggeworfen hatte.

»Weiß *ich* doch nicht«, sagte er. »Mimi möchte, daß ich ihn auf einen Spiegel stelle.«

Marie wollte wissen, welchen Titel Raymond hier im Etablissement hatte. »Geschäftsführer«, hatte er gesagt, aber er und Mimi wohnten wie Hausmeister in ungünstig gelegenen Räumen, die von der Halle aus zu erreichen waren. Um in ihre Küche zu gelangen, die gleichzeitig Vorratsraum für Bier und alkoholfreie Getränke war, mußte sich Marie hinter die Rezeption drängen. Jede Tür hatte einen Spion und eine Vorlegekette. Wenn es in der Halle klingelte, spähte Raymond immer angestrengt hinaus, ehe er öffnete. Es arbeitete noch ein anderes Paar hier, erklärte er, aber die waren über Weihnachten verreist.

Die drei aßen in der Küche, beengt durch Kisten und Kasten. Marie bat um eine Schürze, um ihr Chiffonkleid zu schützen. Mimi besaß keine und schien sich über die Bitte zu wundern. Sie hatte eine einfache Mahlzeit aus Shrimps und gekochtem Reis und schlichtem Obstsalat zubereitet. Kein Wunder, daß Raymond austrocknete. Marie zeigte ihnen Bilder von Berthes Weihnachtsbaum, dieses Jahr in Rot und Gold.

Mimi blickte lange auf einen Schnappschuß von Berthe, die ein Glas hielt und mit gekreuzten Beinen und vielleicht etwas hochgerutschtem Rock dasaß. »Was ist in dem Glas?« fragte sie.

»Gin tut meiner Schwester so gut«, sagte Marie. Ihre Shrimps, mit irgendeinem Diätgetränk hinuntergespült, hatten ihr nicht geschmeckt.

»Erstaunlich, daß sie nie verheiratet war«, sagte Mimi. »Wie alt ist sie? Etwas über fünfzig? Sie sieht immer noch gut aus, körperlich und geistig.«

»Ich bin befremdet«, sagte Marie in französisch. »Ich bin befremdet vom Verlauf dieser Unterhaltung.«

»Mimi kritisiert Tante Berthe nicht«, sagte Raymond. »Es ist ein Kompliment.«

Marie wandte sich an Mimi. »Meine Schwester brauchte nie zu heiraten. Sie hat immer gut verdient. Sie kauft sich ihre Pelzmäntel selbst.«

Mimi wußte nichts von Berthe, stellvertretende Büroleiterin bei »Prestige Central Burners« – einem multinationalen Konzern mit Zweigstellen in zwei Städten, eine davon Cleveland. Voriges Jahr hatte Mr. Linden vom Cleveland-Büro Berthe zum Essen eingeladen. Seine Frau hatte ihn verlassen; er war dabei, den Verlust zu verschmerzen. Berthe beabsichtigte ihm zu sagen, sie sei eine lebenslange Verpflichtung der Firma gegenüber eingegangen, und für eine zusätzliche Hingabe sei kein Raum mehr. Sie schlug das Ritz-Carlton vor – sie war schon einmal dort gewesen und hatte einen Lieblingstisch. Während des Essens sprachen sie über die verschiedenen Zubereitungsarten von Forelle und über die erstaunlichen architektonischen Veränderungen, die in Cleveland und Montreal zu beobachten waren. Berthe erwähnte, daß die Leute, wenn wieder ein Wahrzeichen abgerissen wurde, sagten: »Es ist so schlimm wie in Cleveland.« Es war schwer, den notwendigen Fortschritt mit den Ansprüchen der Tradition zu versöhnen. Mr. Linden sagte, daß Tradition wandelbar sei.

»Mir gefällt Ihre Art zu denken«, sagte er. »Wenn Sie ein Mann wären, Miss Carette, dann hätten Sie mit Ihrem Verstand und Ihrer Befähigung zur Synthese…«, und er zeigte auf die Glasschüssel mit Heidelbeerdessert auf dem Servierwagen, als ob er sagen wollte: »es noch weiter bringen können.«

Am darauffolgenden Tag hob Berthe eine Summe von ihrem Sparkonto für den Ruhestand ab und machte eine Anzahlung auf einen Nerzmantel (im Pastellton und in voller Länge) und ging in dem Mantel zur Arbeit. Das war ihre Antwort. Marie bewunderte diese Gegenattacke mehr als jede historische Tat. Sie wollte, daß auch Mimi sie bewunderte, doch sie war müde nach dem Flug und dem Schock über Raymonds Heirat und dem trockenen, enttäuschenden Mahl. Mitten in der Geschichte versagte ihr Englisch.

»Was sagt sie?« fragte Mimi. »Dieser Mann hat ihr einen Mantel geschenkt?«

»Es ist zu schade, daß es für Tante Berthe nicht besser gelaufen ist«, sagte Raymond. »Ein Witwer aus der Führungsetage. Na, nicht genau ein Witwer, aber sachlich gesehen das-

64

selbe. Tante Berthe sieht immer noch toll aus. Du hast ja gehört, was Mimi gesagt hat.«

»Berthe braucht keinen Witwer«, sagte Marie. »Sie kann auf ihrem Balkon vorn sitzen und die Witwer beobachten, die jeden Sonntag im Parc Lafontaine herumlaufen. In der Wohnung ist kein Platz für einen Witwer. Alle Wandschränke sind voll. Im Gästezimmerschrank sind Sachen, die dir gehören, Raymond. Der schöne weiße Rodeogürtel mit der Silberschnalle, den dir Tante Berthe zum vierzehnten Geburtstag geschenkt hat. Berthe hat dafür dreißig Dollar bezahlt, damalige Dollar, als der kanadische mehr wert war als der amerikanische.«

»Zehn Cent mehr«, sagte Raymond.

»Zehn Cent einer anderen Zeit«, sagte Marie. »Die sind wie achtzig heutige Cent.«

»Tante Berthe kann ja umziehen, wenn es ihr zu eng wird«, sagte er. »Oder sie kann mir einfach den Gürtel schicken.« Er sprach zu Mimi gewandt: »In Montreal ziehen die Leute öfter um als in jeder anderen Stadt der Welt. Ich kann dir Zahlen zeigen. Mein Vater war kein Montrealer, daher wohnten wir immer im gleichen Haus. *Maman* verkaufte es, als er starb.«

»Ich hätte nichts dagegen, das Haus mal zu sehen«, sagte Mimi, als fordere sie Marie heraus, es vorzuzeigen.

»Warum sollte Berthe umziehen?« sagte Marie. »Zuerst willst du sie mit einem Fremden verheiraten, dann willst du sie aus ihrem Heim werfen. Sie hat eine Wohnung mit drei Schlafzimmern zu einer Miete, die du nicht für möglich halten würdest. Sie wäre ja verrückt, wenn sie die aufgeben würde. Es ist leichter, einen anständigen Millionär zu finden als eine Wohnung wie die meiner Schwester.«

»Man heiratet doch nicht, um drei Schlafzimmer zu haben«, sagte Mimi, die immer noch Berthes Bild in der Hand hielt. »Man heiratet aus Liebe und weil man nicht allein sein will.«

»Ich lasse sie nicht allein«, sagte Marie. »Ich liebe meine Schwester, und meine Schwester liebt mich.«

»Glaubst du, daß ich Raymond geheiratet habe, um viel *Platz* zu haben?« sagte Mimi.

Raymond sagte etwas in englisch. Marie verstand es nicht, aber es klang häßlich. »Raymond«, sagte sie. »Entschuldige dich bei deiner Frau.«

»Sprich nicht mit ihm«, sagte Mimi. »Du regst ihn nur auf.«

»Untersteh dich, deinen Stuhl umzuwerfen«, sagte seine Mutter.

»Raymond! Wenn du zu der Tür dort hinausgehst, bin ich nicht mehr da, wenn du wiederkommst.«

Die beiden Frauen saßen still da, nachdem die Tür zugeworfen worden war. Dann hob Mimi den umgestoßenen Stuhl auf. »Das ist der wahre Raymond«, sagte sie. »Das ist Raymond in der Öffentlichkeit und privat. Ich mache es keiner Mutter zum Vorwurf, wie der Mann sich entwickelt.«

»Er hatte Haar wie Weizen«, sagte Marie. »Es bekam diese rotbraune Farbe, als er drei war. Er sah aus wie ein Engel. Das ist das erste Mal, daß ich ihn so erlebe. Natürlich ist er vorher noch nie verheiratet gewesen.«

»Er wird jetzt auf dem Bett liegen und schmollen«, sagte Mimi. »Ich bin das nicht gewöhnt. Ich war vorher auch noch nie verheiratet.« Sie begann die Teller am Ausguß zu spülen. Das schlitzartige Fenster bot den Blick auf Autos und die kranken Palmen. Tränen liefen ihr über die Wangen. Sie versuchte, sie am Arm abzuwischen. »Ich glaube, er will mich verlassen.«

»Was ist, wenn er es wirklich tut«, sagte Marie und schaute sich vergeblich nach einem sauberen Geschirrtuch um. »Ein böser, ungehorsamer Junge. Er ist von zu Hause weggelaufen und nach Vietnam gegangen. Der letzte Mann in unserer Familie. Er hätte daran denken sollen, Söhne zu bekommen, statt herumzureisen. Raymonds Vater hieß Louis. Mein Vater hieß Odilon. Odilon-Louis – das ist ein netter Name für einen Jungen. Er ist in jeder Sprache möglich.«

»In meiner Familie haben wir nur Mädchen«, sagte Mimi.

»Und was Raymond auch noch getan hat«, sagte Marie, »er hat die goldene Uhr seines Vaters gestohlen. Dann hat er sie verloren. Er hat sie einfach genommen und dann verloren.«

»Raymond hat die Uhr nie verloren«, sagte Mimi. »Er hat sie vermutlich zwei oder drei verschiedenen Leuten verkauft. Raymond wird immer Raymond bleiben. Ich bekomme ein Kind. Hat er dir das erzählt?«

»Das brauchte er nicht«, sagte Marie. »Ich habe es erraten, als wir im Wagen waren. Weine nicht mehr. Sie können das hören. Das Kind kann dich hören.«

»Er hat schon viel von Raymond zu hören bekommen.«

Maries Englisch versiegte. »Hör mal«, sagte sie, um Worte ringend. »Dieses Kind hat eine Großmutter. Es hat Berthe. *Du* hast Berthe. Kümmere dich nicht um Raymond.«

»Er wird ein Vaterbild brauchen«, sagte Mimi. »Nicht nur eine Menge Frauen.«

»Raymond hat einen gehabt«, sagte Marie. »Trotzdem hat er sich von den Marinetruppen anwerben lassen.«

»Er oder sie«, sagte Mimi. »Ich will es nicht wissen. Ich will mich überraschen lassen. Ich hoffe, daß er mich mag. Sie. Das Gefühl sagt mir, es ist ein Mädchen.«

»Es wäre gut, wenn man es vorher wüßte«, sagte Marie.

»Nur wegen der Einkäufe – um zu wissen, was man kaufen soll. Möchtest du aufheben, was von den Shrimps übriggeblieben ist, oder es wegwerfen?«

»Aufheben«, sagte Mimi. »Raymond hat fast nichts gegessen. Er wird später Hunger haben.«

»Der böse Junge«, sagte Marie. »Mich kümmert es nicht, wenn er überhaupt nichts mehr ißt. Er wird schon merken, wie es ist, allein auf der Welt zu sein. Ohne seine Mutter. Ohne seine Tante. Ohne seine Frau. Ohne sein Kind.«

»Ich möchte nicht, daß er allein ist«, sagte Mimi und wandte Marie ihr Gesicht mit den Tränenspuren und den traurigen Löckchen, die an den feuchten Wangen klebten, zu. »Er ist ja nicht wirklich fortgegangen. Ich habe nur gesagt, ich glaube, daß er daran denkt.«

Marie versuchte, sich an englische Wendungen zu erinnern, die Berthe benutzte. Wenn sie mit Leuten aus dem Büro sprach, pflegte Berthe zu sagen: »Alles zu seiner Zeit« und »Das kann er nicht machen« und »Du kannst mit mir rechnen« und »Keine Sorge«.

»Er wird dich nicht verlassen«, sagte Marie. »Das kann er nicht machen, dafür sorge ich. Du kannst mit mir rechnen.« Ihr Ellbogen berührte leicht den Griff der Kühlschranktür; sie spürte einen silbernen Funken durch den Chiffonärmel. Das war das erste Mal, daß so etwas in Florida passiert war; das war wie ein Signal der Zustimmung von Berthe. Mimi wischte sich die Hände an Küchenkrepp ab und wandte sich zu Marie.

»Paß auf«, sagte Marie und umschlang Raymonds Frau und Raymonds Kind. »Paß auf, daß das Kind keinen Schlag bekommt. Hier ist alles elektrisch geladen. Ich bin geladen. Ab jetzt müssen wir uns vorsehen. Wir müssen darauf achten, daß wir Erdung haben.« Sie war ins Französisch gefallen, aber das machte nichts. Das Kind konnte hören und verstand, was sie sagen wollte.

Dédé

Pascal Brouet ist jetzt vierzehn. Er ging früher auf ein Lycée, doch als seine Eltern von den Dealern auf der Straße vor den Toren erfuhren, ließen sie ihn auf eine Privatschule wechseln. Hier ist die Situation ungefähr die gleiche, aber er hat das nicht erzählt; er will nicht noch einmal die Schule wechseln, diesmal vielleicht in eine Internatsschule außerhalb von Paris geschickt werden, wo es nichts Anständiges zu essen gibt und das Licht um zehn gelöscht werden muß. Er würde sich nicht als intrigant oder verschlossen bezeichnen. Er versucht zu vermeiden, daß die Aufmerksamkeit auf die Verantwortungsklausel in dem Vertrag gelenkt wird, der den Frieden zwischen den Generationen bestimmt.

Wie sein Vater, der Richter, bietet er Neutralität an, ehe er sich in eine Auseinandersetzung begibt. »Ich gebe gern zu«, beginnt er, oder: »Ich möchte nicht das Gespräch ganz an mich reißen...« Manchmal findet der Satz kein Ende. Wie sein Vater läßt er die Lider sinken, versucht, leicht und langsam zu sprechen. Der Richter ist berühmt für seine Art, wie er ganz allmählich aus dem Gespräch aussteigt. Einmal wurde er als der jüngste Richter bezeichnet, der bei der Verhandlung eingeschlafen ist; er pflegte sich zu absentieren, wenn er glaubte, er werde nicht benötigt, und loszulegen, wenn der Fall eine Wendung nahm. Offensichtlich verpaßte er nie eine

Wendung. Er hat Pascal sein eigenes Gehirn beschrieben – es funktioniert wie ein ausnehmend ebenmäßig laufendes Auto mit einem unsichtbaren Fahrer, der lenkt. Der Fahrer ist der unbewußte Wille des Richters.

Für Pascal ist ein Gehirn eine Tür, offen oder geschlossen. Seine Zensuren sind gut, jedoch nicht überragend gut. Er hat eine natürliche Begabung – ein exaktes, tadellos ausgeprägtes Gedächtnis. Welchen Gebrauch wird er davon machen? Er glaubt, er könne genauso gut Schauspieler wie Rechtsanwalt werden. Wenn er das seinen Eltern sagt, scheinen sie nichts dagegen zu haben. Er könnte Schauspieldirektor werden, mit einem eigenen Theater, oder Direktor eines der großen Nationaltheater, der neue Werke in Auftrag gibt, die Klassiker aufpoliert, anstehende Fragen mit ein oder zwei Worten löst.

Die Brouets sind tolerante Eltern, die auf alles vorbereitet sind. Sie sind sich zum erstenmal im Mai 1968 begegnet, ein paar Schritt von einer Barrikade aus brennenden Autos entfernt. Sie hatte einen Stein in der Hand; als sie sah, daß er sie anblickte, legte sie ihn nieder. Sie gingen zusammen den Boulevard Saint-Michel entlang, und er erzählte ihr von seinem Plan, das Justizwesen zu reformieren. Er war etwas älter, um die sechsundzwanzig. In Beantwortung seiner Frage sagte sie, sie sei aus dem Elsaß. Er erinnerte sie daran, wie der Dichter Paul Éluard seine zukünftige Frau auf der Straße aufgelesen hatte, an einem regnerischen Abend. Sie war auch aus dem Elsaß und ganz ausgehungert und hatte in einer verzweifelten, verwirrten, laienhaften Art vorgegeben, eine Prostituierte zu sein.

Nun, das war nicht ganz die gleiche Geschichte. 1968 absolvierte die zukünftige Madame Brouet ein Studium, um Handschriftenanalytikerin zu werden, und es sollte eine Anstellung folgen – so hatte man ihr versprochen – in der Personalabteilung eines großen Kaufhauses. Inzwischen wohnte sie bei einem protestantisch-reformierten Pfarrer und seiner Familie in der Rue Fustel-de-Coulanges. Sie war auf dem Heimweg zum Abendbrot gewesen, als sie stehengeblieben war, um den Stein aufzuheben. Sie hatte eine Mutter im Elsaß und einen kleinen Bruder, Amedée – »Dédé«.

»Sylvie und ich kannten beide Seiten der Barrikaden«, sagt der Richter heute gern. Was er damit sagen will, ist, daß man sie nicht in eine politische Ecke drängen kann. Der Stein in der Hand hat sie zur Rebellin gemacht, zumindest in seiner Erinnerung. Sie schaut nie in eine Zeitung, wegen ihres Rufes, absolut gegen alles zu sein. So sagt er, aber vielleicht ist das nicht ganz korrekt – sie schaut sich die Seiten an, die mit »Kultur« gekennzeichnet sind, um zu sehen, was in den Galerien los ist. Er liest beim Frühstück drei Morgenzeitungen und, wenn er Zeit hat, *Le Monde* vom vorigen Abend. Beim Lesen verengt er die Augen. Manchmal hat er einen Blick, als ob alles, was er denkt und glaubt, in eine Fremdsprache und plötzlich wieder zurück übersetzt worden wäre.

Als Pascal ungefähr neun Jahre alt war, sagte sein Vater: »Was glaubst du denn, daß einmal aus dir wird?«

Sie saßen beim Frühstück. Pascals Onkel Amedée war da. Wie alle anderen auch nannte ihn Pascal Dédé. Pascal schaute ihn über den Tisch weg an und sagte: »Ich möchte Junggeselle werden, wie Dédé.«

Seine Mutter hatte gestöhnt: »O nein!« und ihr Gesicht mit den Händen bedeckt. Der Richter hatte abgewartet, bis sie sich wieder erholt hatte, ehe er sprach. Sie sah lächelnd und ein wenig verlegen hoch. Dann erklärte er, langsam und sorgfältig, daß Dédé zu jung war, um als Junggeselle betrachtet zu werden. Er war Student, ein Jugendlicher. »Student, Student«, wiederholte er, weil er vielleicht glaubte, wenn er es immer wieder sagte, würde Dédé fleißig studieren.

Dédé hatte eine Knopfnase, die bei einem so großen Menschen lächerlich wirkte, und eine Fülle blonden Lockenhaars. Wegen des Haars konnte ihn der Richter nicht ernst nehmen; sein privater Name für Dédé war »Harpo«.

Dieser Abschnitt von Pascals Leben, als er bald zehn war, fiel in den Herbst vor einem wichtigen Wahljahr. Die Wahl war noch fünf Monate hin, doch man diskutierte schon beim Abendessen und beim sonntäglichen Mittagsmahl. Eines Sonntags im Oktober wurde der Tisch von Wespen angegriffen, die aus dem Garten kamen, angelockt von Melonenscheiben – den letzten der Saison, besonders duftend und süß. Die Glastüren zum Garten standen offen. Sonnenlicht drang herein und fiel durch die Weinkaraffen und löste sich auf der polierten Tischoberfläche in Blaßrot und Gold auf. Von seinem Platz aus konnte Pascal den umfriedeten Garten sehen, die Häuserblocks dahinter, eine goldene Pappel und die Korbstühle, wo vorher die Gäste mit ihren Getränken gesessen hatten.

Es waren zwei Ehepaare da: die Turbins, älter als Pascals Eltern, und die Chevallier-Crochets, die noch nicht lange verheiratet waren. Madame Chevallier-Crochet besuchte Donnerstag nachmittags mit Pascals Mutter einen Kunstgeschichtskurs. Sie waren noch nie hier gewesen und waren überrascht, in Paris einen verborgenen Garten mit Stühlen, Gras, einem Rechen, einem Baum vorzufinden. Gerade als ihre Äußerungen des Erstaunens allmählich versiegten und Zwischenräume des Schweigens auftraten, erschien Abelarda, frisch aus

Cádiz gekommen, an der Tür und rief sie zum Essen. Sie sagte: »Es ist fertig«, obwohl das nicht das war, was Madame Brouet ihr zu sagen aufgetragen hatte; wenigstens nicht in dieser Art. Die Gäste erhoben sich ohne Hast. Sie waren vielleicht genauso hungrig wie Pascal, wollten es aber nicht zeigen. Abelarda blieb stehen, starrte in die obersten Blätter der Pappel und versuchte sich daran zu erinnern, was sie hätte sagen sollen.

Ein paar Minuten danach, als sie gerade mit ihrer Melone anfangen wollten, kamen Wespen auf den Tisch geplumpst wie Kieselsteine. Die Erwachsenen erstarrten, als bedrohe man sie mit einer Waffe. Pascal wußte, wenn man still saß, erhöhte man die Wahrscheinlichkeit, daß man gestochen wurde. Wenn man mit der Serviette wedelte, Befehle rief, flogen die Wespen vielleicht fort. Doch von ihm erwartete man keine Anweisungen; er war dort mit Erwachsenen zusammen, um zu entdecken, wie man Konversation macht, wie man interessant plaudert, ohne vorlaut zu sein, wie man amüsiert, ohne sich anzubiedern. In diesem Augenblick tat Dédé etwas Unerwartetes und Tapferes: Er nahm den Teller mit den Melonen, der vor Wespen wimmelte, und schaffte ihn nach draußen, bis zum Fuß des Baumes. Und bei seiner Rückkehr wurde ihm applaudiert; zumindest klatschte seine Schwester, und die junge Madame Chevallier-Crochet rief: »Bravo! Bravo!«

Dédé lächelte, aber er lächelte ja immer. Seine Schwester wünschte, er täte das nicht; das Lächeln gab seinem Schwager einen weiteren Grund, ihn Harpo zu nennen. Als er sich setzte, schien er sich um seinen Stuhl zu winden. Er war zu groß, um jemals bequem zu sitzen. Er brauchte größere Stühle, Tische, die sowohl höher als auch breiter waren, damit er sich nicht an die Knie stieß oder seine Füße auf die Schuhe der gegenübersitzenden Dame stellte.

Pascals Vater sagte nur: »Also keine Melone mehr.« Das war etwas, was er besonders gern aß, und vielleicht gab es nun bis zum nächsten Sommer keine mehr. Wenn Dédé ihn um seine Meinung gefragt hätte, statt so plötzlich aufzuspringen, hätte er vielleicht gesagt: »Laß sie nur stehen« und das Risiko in Kauf genommen, gestochen zu werden.

Gut; für keinen gab es mehr welche. Die Gäste saßen ein wenig gerader und warteten auf den nächsten Gang: Rind, Kalb oder Hammel, oder möglicherweise auch Ente. Pascals Mutter bat ihn, die Balkontür zu schließen. Sie erwartete keine zweite Wespeninvasion, aber es mochte einige verirrte geben. Madame Chevallier-Crochet bemerkte, daß Pascal groß für sein Alter sei, und fragte dann, wie alt er sei. »Er ist beinahe zehn«, sagte Madame Brouet und blickte ihren Sohn etwas erstaunt an. »Ich kann es fast nicht glauben. Ich habe kein Zeitgefühl.«

Madame Turbin sagte, sie müsse nicht auf eine Uhr schauen, um zu wissen, wie spät es sei. Es mußte jetzt dreiviertel zwei sein. Wenn das stimmte, dann war ihre Tochter Brigitte gerade in Saloniki gelandet. Wenn ihre Tochter in ein Flugzeug stieg, begleitete sie Madame Turbin immer in Gedanken, Minute für Minute.

»Thessaloniki«, erklärte Monsieur Turbin.

Die Chevallier-Crochets hatten ihre Hochzeitsreise nach Sizilien gemacht. Wenn sie noch einmal die Wahl hätten, sagten sie, dann würden sie sich anders entscheiden und nach Griechenland fahren.

Sie würden feststellen, daß es mit Sizilien nicht zu vergleichen sei, sagte Madame Brouet. Ihre Gedanken waren ganz woanders – bei Abelarda. Wahrscheinlich hatte Abelarda erwartet, daß sie sich bei einer zweiten Portion Melone aufhielten. Vielleicht saß sie untätig in der Küche und hörte sich im Radio ein spanisches Musikprogramm an. Madame Brouet fing einen hellwachen Blick ihres Gatten auf, interpretierte ihn richtig und ging in die Küche nach dem Rechten sehen. Einer der Männer wandte sich an Monsieur Brouet und wollte wissen, ob er etwas Aufklärendes zu den Wahlkandidaten sagen könne – bedauerliche Geschichten machten die Runde. Pascals Vater wurde oft um Auskunft gebeten. Er hatte Beziehungen in Paris, wie feste Seile zu oberen Beamtenkreisen und Politikern. Eine Schwester war mit dem Bürochef eines Ministers und Kabinettmitglieds verheiratet. Ihre Kinder wurden in einem Wagen mit rot-weiß-blauer Standarte zur Schule gefahren. Der Chauffeur konnte parken, wo er wollte. Der Großvater des Richters hatte als Leutnant bei der Kavallerie angefangen und war durch einen Herzanfall an dem Tag gestorben, als er zum Vorsitzenden eines Komitees für die Kriegsgräber in Übersee ernannt wurde. Sein Porträt als Kind auf einem Pony hing im Speisezimmer. Der Künstler soll eine Fotografie kopiert haben; deshalb wirkte das Pony so steif und waren die Farben falsch. Das Zimmer, in dem Pascal schlief, war im Sommer das Schlafzimmer jenes Kindes gewesen; das Haus hatte sich einmal in der Vorstadt befunden, war fast ein Landhaus gewesen. Jetzt war die Straße draußen wie eine Durchgangsstraße; selbst bei geschlossenen Türen hörten sie, wie der Sonntagsverkehr über eine Kreuzung flutete, unterwegs nach Boulogne und der Saint-Cloud-Brücke.

Der Richter erwiderte, daß er nicht das Gespräch an sich reißen wolle, aber soviel vermöge er mit einiger Sicherheit zu sagen: Etliche Männer, für keinen von denen habe er viel übrig, standen sich jetzt in Konfrontation gegenüber. Manchmal war ihm zumute, als müsse er in Hinblick auf die Zukunft seine

Hände in Unschuld waschen. (Als er das sagte, rieb er sich die Hände.) Bevor seine Gäste jedoch Entsetzen oder Enttäuschung zeigen konnten, fügte er hinzu: »Aber man kann nicht gleichgültig bleiben. Das ist ein altes Land, eine ehrwürdige Zivilisation.« An dieser Stelle wurde seine Stimme immer leiser. »Wir sind verpflichtet... Man muß... Eine gewisse unverbrüchliche Loyalität...« Und er legte die Hände auf den Tisch, ruhig, zu beiden Seiten seines Tellers.

In diesem Augenblick kehrte Madame Brouet zurück, die Wangen und die Stirn zart gerötet, als ob sie einem heißen Herd zu nah gekommen wäre. Abelarda kam als nächste herbei, um die Teller zu wechseln. Auch sie hatte ein zart gerötetes Gesicht.

Pascal sah die Kandidaten wie Rugbymannschaften aufgestellt. Er durfte sich im Fernsehen Rugby ansehen. Seine Eltern machten sich nichts aus Fußball – die Spieler gaben an, kassierten absurde Geldmengen, nur um einen Ball zu kicken, und mit ihren Turnhosen stimmte irgend etwas nicht. »Bei so viel Geld könnten sie sich Turnhosen kaufen, die richtig passen«, hatte Pascals Mutter gesagt. Rugbyspieler waren anders. Sie waren die Verkörperung von Aktion und ihrem Ergebnis, in idealer Gestalt. Aus Liebe zum Sport machten sie sich schmutzig. Frankreich hatte den Wettkampf der Fünf Nationen gewonnen und dabei sogar die gefürchteten Waliser geschlagen, deren Fans immer solch unheimliches Geheul auf den Tribünen anstimmten. Eigentlich versuchten sie zu singen. So mußten sich die frühen Kelten vor der römischen Eroberung zum Gesang versammelt haben, hatte der Richter Pascal erzählt.

Keiner am Tisch hätte für eine Rugbymannschaft getaugt. Sie waren zu dünn. Dédé war ein Besenstiel. Natürlich spielte

Pascal in der Schule Fußball, in einem kleinen betonierten Hof. Die kleineren Jungen, die Sechs- und Siebenjährigen, versuchten Michel Platini nachzuahmen, aber nichts klappte bei ihnen. Sie warfen den Ball hoch in die Luft und traten ins Leere, das Bein quer über dem Brustkorb, die Arme ausgebreitet.

Der Richter musterte das Gericht, das Abelarda jetzt herumreichte: Rebhühner in einem Nest kleingehackter Kohlblätter – eine völlige Überraschung. Pascal blickte über den Tisch hinweg Dédé an, der ohne einleuchtenden Grund vor sich hin lächelte. (Wenn Pascal weiter dem Blick seines Vaters gefolgt wäre, dann hätte man ihm vielleicht später in aller Freundlichkeit gesagt, daß man Essen nicht anstarrte.)

Im Moment war kein Gesprächsbeitrag mehr von Monsieur Brouet zu bekommen. Während die Gäste sich vom Rebhuhn nahmen, erzählten sie sich gegenseitig allbekannte Geschichten. Der gesundheitliche und moralische Zustand aller Kandidaten verschlechterte sich zunehmend. Dem einen mußte man Injektionen aus zermahlenem japanischen Tang verabreichen; sonst wurde er ohnmächtig, manchmal mitten im Satz. Andere hielten sich mit einer Mixtur von Kokain und Vitamin C aufrecht. Ihr persönliches Vermögen hatten sie erworben, indem sie in Schwulenbars und fremde Kriege investierten und die Armen aus ihren Wohnungen warfen. Nur das Ministerium des Inneren kannte die Beschaffenheit und das Ausmaß ihrer geheimen finanziellen Transaktionen. Und doch mußte man einige dieser Leute für besser als andere befinden, wenn die Demokratie nicht zum Stillstand kommen sollte. Wie Monsieur Brouet aufgezeigt hatte, kann man nicht seine Hände in Unschuld waschen und die Zukunft ignorieren.

Der Richter hatte angefangen, gleichmäßig und tief zu atmen. Vielleicht machte ihn das Sonnenlicht, das auf die Glasscheiben der verschlossenen Türen traf, schläfrig.

»Étienne ist nie ganz wach oder ganz eingeschlafen«, sagte seine Frau und meinte das als Kompliment.

Sie war auf alle, die mit ihr verwandt waren, stolz, selbst wenn sie angeheiratet waren, und rühmte sich ihres Vaters, der von Heim und Familie weggelaufen war, um in Neukaledonien zu leben. Er hatte Mut bewiesen und einen Sinn für Initiative, wie Dédé bei den Wespen. (Inzwischen, mit vierzehn, hat Pascal das oft gehört.) Aber Stolz ist nicht dasselbe wie hilflose Liebe. Die Person, die sie in dieser speziellen Art am meisten liebte, war Dédé.

Dédé war zu den Brouets gekommen, weil seine Mutter, Pascals Großmutter, nicht mehr wußte, was sie mit ihm anfangen sollte. Er war nie laut oder unberechenbar, zwang keinem eine Meinung auf, doch man konnte ihn nicht unbeaufsichtigt lassen – obwohl er wählen konnte und alt genug war, um einiges zu tun, was er tat, so zum Beispiel, mit dem Namen seiner Mutter auf einem Scheck zu unterschreiben. (Zugegebenermaßen nur einmal.) Das war sein zweiter Besuch; der erste im letzten Frühjahr hatte seinen Charakter nicht geformt, trotz der Unterhaltung seines Schwagers, der zärtlichen Besorgnis seiner Schwester, des Gefühls von Sinn, das daraus geschöpft werden konnte, daß er seinen kleinen Neffen zur Schule brachte. Nach Colmar zurückgeschickt (fester Händedruck mit dem Richter am Gare de l'Est, Tränen und Pralinen von seiner Schwester, Übergabe einer Originalzeichnung von Pascal), hatte er – nicht vorsätzlich – die Küche seiner Mutter angezündet, danach seine eigene Bettwäsche. Taten ohne Vorsatz, hatten auch die Versicherungsleute schließlich eingeräumt, aber sie waren nicht allzu erfreut gewesen. Seine Mutter wurde zur Zeit wegen Erschöpfung behandelt und von einer Privatschwester betreut, der sie teure Geschenke zukommen ließ. Sie hatte ungefähr soviel Geschäftssinn wie Harpo, sagte der Richter. (Ohne seinen Kopf von den Hausaufgaben zu heben, bekam Pascal alles mit, was im Hausflur, auf der Treppe und in zwei Nachbarzimmern gesagt wurde.)

Als sie alle vier beim Frühstück saßen, wiederholte Madame Brouet den Namen ihres Bruders in jedem zweiten Satz; sie wollte wissen, ob Dédé noch ein Toastbrot wünschte, ob einer ihm bitte die Erdbeermarmelade reichen würde, ob er genug Decken auf seinem Bett hätte, ob er noch einen Schlüssel brauche. (Er war ein großer Verlierer von Schlüsseln.) Der Richter studierte seine drei Morgenzeitungen. Er wollte Harpo nichts weiterreichen. Madame Brouet sprach eigentlich nur mit sich selbst.

In jenem Herbst machte Dédé ein Fernstudium, um sich auf eine Auswahlprüfung für Beamte vorzubereiten. Wenn er unter die ersten zwölf kam und vielleicht Hunderte kluger junger Männer und Frauen ausstach, hätte er sich für einen Posten bei der staatlichen Eisenbahn qualifiziert. Er würde natürlich drinnen arbeiten; keiner erwartete von ihm, daß er bei jedem Wetter draußen war und an der Strecke entlanglief, um zu kontrollieren, ob etwas repariert werden mußte. Große Künstler, geehrte und berühmte Führungskräfte hatten an einem Schreibtisch in einem Büro der Eisenbahn angefangen. Pascals Mutter mußte immer, wenn sie das sagte, innehalten, während sie in ihrem Gedächtnis nach den Namen suchte. Die Eisenbahn war immer eine Brutstätte von außergewöhnlichen Karrieren gewesen, pflegte sie fortzufahren. Sie wies Dédé dann darauf hin, daß ihr Vater Aufseher von staatlichen Bauprojekten gewesen war.

Nach dem Frühstück wand Dédé einen langen Schal um den Hals und brachte Pascal zur Schule. Er hatte eine Wohnung mit verrückbaren Wänden erfunden. Alles, was man brauchte, konnte in Reichweite gerückt werden, indem man einige Hebel betätigte oder auf einen Knopf drückte. Man konnte sein Leben mitten in einem Zimmer verbringen, ohne sich bewegen zu müssen. Er und Pascal feilten an der Erfindung; darüber sprachen sie auf dem Weg zu Pascals Schule. Dann kam Dédé nach Hause und studierte bis zum Mittag. Am Nachmittag zeichnete er neue Entwürfe für seine Idee. Vielleicht war er einsam. Der Arzt, der seine Mutter betreute, hatte ihn gebeten, zur jetzigen Zeit nicht anzurufen oder zu schreiben.

Pascals Mutter glaubte, Dédé brauche eine Freundin, wenn er auch noch nicht soweit war, um zu heiraten. Pascal hörte sie sagen: »Kunst und Wissenschaft, Architektur, Kultur.« Das waren die Faktoren, die Dédés Leben verändern konnten, und zu denen er durch die rechte Frau Zugang finden würde. Madame Brouet hatte jemand im Auge – Mademoiselle Turbin, die eine recht verantwortliche Stellung in einem Reisebüro innehatte. Sie wurde oft ins Ausland geschickt, um Reisende heimzuholen oder ihre Beschwerden zu prüfen. Das heutige Essen war um sie herum geplant worden, doch in letzter Minute war sie nach Griechenland gerufen worden, wo ein von einem Hund gebissener Tourist eine Notbehandlung gegen Tollwut bekommen hatte und glaubte, daß die Griechen ihn umbringen wollten.

Ihre Eltern waren trotzdem gekommen. Es war ein Privileg,

den Richter kennenzulernen und ein seltenes altes Haus zu besuchen, eins der letzten seiner Art, das noch in Privatbesitz war. Vor dem Essen hatte Madame Turbin darum gebeten, herumgeführt zu werden. Madame Brouet führte die Frauen und achtete darauf, daß sie die Tür zu Dédés Zimmer nicht öffnete – dort hatte es erst vor ein paar Stunden ein Feuer im Papierkorb gegeben, und alles dort drinnen war verkohlt oder versengt oder durchgeweicht.

Beim Mittagessen löste sich Monsieur Turbin von der Politik und beschrieb die Behandlung, die der Tourist in Saloniki höchstwahrscheinlich erhalten hatte – sie war auf der ganzen Welt gleich und machte den Gebrauch einer langen Nadel erforderlich. Er zeigte sein Messer vor, um die ungefähre Länge zu demonstrieren.

»Aufhören!« schrie Madame Chevallier-Crochet. Sie hielt sich ihre Serviette über Nase und Mund; man sah nur noch ihre wilden Augen. Alle hörten auf zu essen, die Gabeln in der Luft – alle außer dem Richter, der Kohlstücke beiseite schob, um an das letzte Stück Rebhuhn zu kommen.

Monsieur Chevallier-Crochet erklärte, daß seine Frau sich vor Nadeln fürchtete. Er konnte das nicht erklären; er hatte sie als Kind nicht gekannt. Es schien eine außergewöhnliche Angst zu sein, eine, die sie absonderte. Inzwischen schloß seine Frau die Augen, öffnete sie wieder, aber nicht so weit wie vorher, legte ihre Serviette ordentlich auf ihren Schoß und schluckte ein Stück Brot hinunter.

Monsieur Turbin sagte, es täte ihm leid. Er hatte angenommen, daß jeder Landsmann des großen Louis Pasteur schon die eine oder andere Injektionsnadel gesehen haben müsse. Nadeln waren nur Mittel zum Zweck.

Mademoiselle Brouet blickte ihren Mann hilfesuchend an,

aber der hatte gerade einen Bissen in den Mund geschoben. Er war immer der letzte, der bedient wurde, wenn Gäste da waren, und alles war, wenn es ihn erreichte, schon kalt. Darum wahrscheinlich aß er so hastig. Er zuckte mit den Schultern und wollte damit sagen: Wechselt das Thema.

»Pascal«, sagte sie und wandte sich an ihn. Schließlich fiel ihr etwas ein: »Kannst du dich an Mademoiselle Turbin erinnern? Charlotte Turbin?«

»Brigitte?« sagte Pascal.

»Sicher erinnerst du dich noch«, sagte sie und hörte überhaupt nicht zu. »Im Reisebüro in der Rue Caumartin?«

»Sie hat mir das Corrida-Plakat geschenkt«, sagte Pascal und wunderte sich, wie sie das hatte vergessen können.

»Wir haben sie aufgesucht, du und ich, als wir nach Ägypten fahren wollten. Erinnerst du dich jetzt?«

»Wir sind nie nach Ägypten gefahren.«

»Nein. Papa konnte damals nicht weg, deshalb sind wir wieder nach Deauville, wo Papa so viele Cousins hat. Du erinnerst dich also an Mademoiselle Turbin mit dem schönen rotbraunen Haar?«

»Kastanienbraun«, sagten die beiden Turbins aus einem Munde.

»Meine Schwester«, sagte Dédé ganz plötzlich und deutete mit der Linken auf sie, während die Rechte ein Weinglas umklammerte. »Ehe sie heiratete, hat mir Mutter erzählt...« Die Geschichte, wie sie auch sein mochte, stürzte ihn in Gelächter. »Ein Hund versuchte sie zu beißen«, brachte er heraus.

»Du kannst uns das ein andermal erzählen«, sagte seine Schwester.

Er lachte leise weiter, nur so vor sich hin, während Abelarda wieder die Teller wechselte.

Der Richter musterte seinen neuen sauberen Teller. Keine unmittelbaren Überraschungen: Salat, ein anderer Teller, Käse, ein Dessertteller. Seine Frau hatte es mit Mademoiselle Turbin aufgegeben. Wirklich, jetzt war er an der Reihe, bedeutete ihm ihr Schweigen.

»Vielleicht habe ich das schon erwähnt«, sagte der Richter. »Und ich möchte mich nicht ständig wiederholen. Aber ich hätte gern gewußt, ob Sie auch der Ansicht sind, daß der Dreh- und Angelpunkt der französischen Politik heute nicht mehr in Frankreich ist.«

»Der Mittlere Osten«, sagte Monsieur Turbin und nickte mit dem Kopf.

»Washington«, sagte Monsieur Chevallier-Crochet. »Washington ruft jeden Morgen in Paris an und sagt: Macht dies, macht das.«

»Der Mittlere Osten und die Sowjetunion«, sagte Monsieur Turbin.

»Sehen Sie«, sagte Monsieur Brouet. »Wir sind alle einer Meinung.«

Viele der Verwandten und Freunde des Richters fanden, er sollte der Regierung, der Macht näher sein. Aber seine Frau wollte, daß er blieb, wo er war, und seine Pension bezog. Nach seiner Pensionierung, wenn Pascal erwachsen war, würden sie Tibet besuchen und Nordchina und den Winter in Kaschmir verbringen.

»Also heute morgen –«, sagte Dédé und fuhr mit etwas fort, was ihm im Sinn lag.

»Ein andermal«, sagte seine Schwester. »Mach dir keine Gedanken wegen heute morgen. Es ist alles vergessen. Étienne redet jetzt.«

Heute morgen! Die Gäste ahnten nicht, hatten keinen blassen Schimmer, was sich hier im Speisezimmer an eben diesem Tisch abgespielt hatte. Dédé hatte überglücklich verkündet: »Ich habe mein Diplom.« Denn Dédé machte ein Fernstudium, das zu keinem irgendwie gearteten Diplom führen konnte. Es mußte sein Versuch sein, das Studium abzubrechen, damit er heimfahren konnte.

»Diplom?« Der Richter legte den gestrigen *Le Monde* sorgfältig zusammen, ehe er ihn hinlegte. »Was meinst du damit, ein Diplom?«

Pascals Mutter erhob sich, um frischen Kaffee zu brühen. »Ich freue mich, das zu hören, Dédé«, sagte sie.

»Ein Diplom wofür?« fragte der Richter.

Dédé zuckte mit den Schultern, als hätte sich keiner die Mühe gemacht, ihm das mitzuteilen. »Es ist erst gestern gekommen«, sagte er. »Ich habe mein Diplom, und jetzt kann ich nach Hause fahren.«

»Kannst du uns etwas zeigen?«

»Es war nur ein Brief, und ich habe ihn verloren«, sagte Dédé. »Ein richtiges Diplom kostet zweitausend Franc. Ich weiß nicht, wo ich das Geld auftreiben soll.«

Der Richter wirkte nicht ungläubig; das war wegen seiner Ausbildung. Aber dann sagte er: »Du hast vor ungefähr einem Monat mit deinem Studium angefangen?«

»Ich habe schon lange daran gedacht«, sagte Dédé.

»Und nun haben sie dir ein Diplom verliehen. Du hast ganz recht – es ist an der Zeit, daß du nach Hause fährst. Du kannst den Zug heute abend nehmen. Ich rufe deine Mutter an.«

Pascals Mutter kam mit einer großen weißen Kaffeekanne zurück. »Ich frage mich, wo deine erste Arbeitsstelle sein wird«, sagte sie.

Warum waren sie und ihr Bruder so weltfremd? Vielleicht wegen ihrer Mutter, der Großmutter in Colmar. Einmal hatte sie Pascal beim Kinn gepackt und ihn zu zwingen versucht, ihr in die Augen zu sehen. Das hatte sie mit ihren Kindern gemacht. Pascal weiß jetzt, daß es nicht angeht, wenn einem das Kinn wie mit einem Schraubstock festgehalten wird und man mit ungeteilter Aufmerksamkeit einem blauen starren Blick begegnet. Irgendwo im Hintergrund des Gehirns ist ein zweites Selbst mit fest geschlossenen Augen. Dédé und seine Schwester konnten anscheinend jedem Blick begegnen, sogar dem des Richters, wenn er vollem Wachsein am nächsten kam. Sie hörten scheinbar zu, doch die Person, zu der er zu sprechen glaubte und ihr Herz zu erreichen versuchte, war taub und blind. Pascals Mutter hört zu, wenn sie wissen will, was als nächstes geschehen könnte.

Alles, was Pascal im Augenblick verstand, war, daß Dédé, als er das Diplom erwähnte, nur etwas sagte, von dem er sich einfach wünschte, es sei wahr.

»Wir werden dich vielleicht nie sehen, wenn du erst einmal mit der Arbeit angefangen hast«, sagte Pascals Mutter und schenkte Dédé Kaffee ein.

Der Richter blickte drein, als wäre ein so großes Glück nicht zu erwarten. Abelarda, die nach oben gegangen war, um die Betten zu machen, schrie vom oberen Treppenabsatz, daß Dédés Zimmer voller Qualm sei.

Abelarda wanderte langsam um den Tisch mit einem Pflaumenkuchen, dunkelrot und golden, ganz mit gebranntem Zukker überzogen, und einer Schüssel Schlagsahne. Madame Turbin blickte auf den Kuchen und schüttelte verneinend den Kopf – Monsieur Turbin durfte nun keinen Zucker mehr essen, und sie hatte sich Desserts abgewöhnt. Es schien nicht recht zu sein, ihn in Versuchung zu führen.

Das stimmte, sagte ihr Mann. Sie bereitete sogar seinetwegen keine Süßspeisen mehr. Er beschrieb ihre vergangenen Taten – ihre berühmte Schokoladenmousse mit kristallisierter bitterer Orangenschale, ihre gefeierte Ananastorte.

»Meinen gestürzten Grießpudding mit Aprikosensoße«, sagte sie. »Ich muß das Rezept hundertmal weitergegeben haben.«

Madame Chevallier-Crochet fragte, ob sie wohl ein Stück haben könne, das halb so groß sei wie dasjenige, das Abelarda schon geschnitten hatte. Abelarda stellte die Schlagsahneschüssel ab und teilte das Stück. Das halbe Stück war immer noch zuviel; Abelarda sagte, es könne nicht noch einmal geteilt werden, ohne völlig zu zerkrümeln. Monsieur Chevallier-Crochet sagte zu seiner Frau: »Um Gottes willen, nimm es und laß einfach übrig, was du nicht schaffst.« Madame Chevallier-Crochet erwiderte, daß alles, was sie sagte oder tat, falsch zu sein schiene, sie sollte besser einfach dasitzen, ohne etwas zu sagen und zu tun. Abelarda, aufmunternd summend, schob ein Kuchenbruchstück und eine Pflaume auf ihren Teller.

»Keine Sahne«, sagte sie, zu spät.

Madame Brouet schaute das Porträt des Großvaters ihres Mannes an, dann ihren Sohn, vielleicht auf der Suche nach Ähnlichkeit. Sophie Chevallier-Crochet hatte in ihrem Kunstgeschichtskurs lebhaft und intelligent gewirkt. Madame Brouet hatte den Mann vorher nie gesehen, und es war unwahrscheinlich, daß sie ihn je wieder zu Gesicht bekam. Sie ließ sich große Portionen Kuchen und Sahne geben, um ein Beispiel zu schaffen, falls die anderen beiden Damen die Männer eingeschüchtert hatten.

Monsieur Turbin, nachdem er sich versichert hatte, daß kein zusätzlicher Zucker in die Schlagsahne gerührt worden war, nahm mehr Schlagsahne als Kuchen. Seine Frau, die ihn eindringlich beobachtete, schlürfte Wasser über ihrem leeren Teller. »Es ist nur Obst«, sagte er.

Der Richter nahm sich alle Krümel und Zuckerbrösel vom Teller. Er ließ den Löffel in der Schlagsahneschüssel klirren und kratzte an den Seiten; sie war fast leer. Das war die Schuld von Monsieur Chevallier-Crochet, der seinen Teller wie in einem Traum immer mehr beladen hatte, bis Abelarda die Schüssel weggenommen hatte.

Die Gäste hatten ihren Kaffee gegen halb fünf ausgetrunken und waren um dreiviertel fünf gegangen. Als sie fort waren, legte sich Madame Brouet hin – nicht auf eine Couch oder ein kleines Sofa, sondern auf den Fußboden des Wohnzimmers. Sie starrte die Decke an und sagte zu Pascal, er solle sie allein lassen.

Abelarda, Dédé und der Richter waren oben in Dédés Zimmer. Abelarda half ihm packen. Spät am Abend fuhr ihn der Richter zum Gare de l'Est.

Dédé ist ungefähr vor einem Jahr wieder nach Paris gekommen. Er soll jetzt anders sein. Er hat eine Halbtagsstelle bei einer Umfrageabteilung des Fernsehens; jeden Tag bekommt er eine Liste mit Telefonnummern im Pariser Raum und ruft sie an, um zu hören, was sich die Leute am Abend zuvor angesehen haben und welches Programm sie sich statt dessen lieber angesehen hätten. Seine Mutter hat ihm eine Einzimmerwohnung gekauft, von der man über den Parc de Montsouris blickt. Die Brouets haben nie versucht, mit ihm Verbindung aufzunehmen oder ihn zum Essen einzuladen. Dédés Paris –

unbekannt, fast fremd – liegt in einer auf keinem Plan ver-
zeichneten Entfernung von Pascals Haus.

Eines Abends, es ist noch nicht lang her, als sie alle drei zu
Abend aßen, sagte Pascal: »Was ist, wenn Dédé einfach an die
Tür käme?« Er meinte natürlich die Haustür, doch seine El-
tern blickten zur Glastür und den sich dort in den dunklen
Scheiben spiegelnden Lampen, so daß der Blick in die Nacht
verwehrt wurde. Pascal stellte sich vor, dort draußen stünde
Dédé mit dem großen Haarschopf, beobachtete sie und lä-
chelte.

Er ist jetzt fast genauso groß wie Dédé. Vielleicht hatte sein
Vater seine Größe nicht richtig bemerkt – sie entstand so all-
mählich –, doch als Pascal aufstand, um an jenem Abend beim
Essen den Vorhang vor die Tür zu ziehen, schaute ihn sein
Vater an, als ob er plötzlich einschätzte, was für ein Mann er
werden würde. Es war ein fester Blick, weder heiß noch kalt.
Einen Augenblick lang sagte sich Pascal, er wird nie wieder
einschlafen. Was seine Mutter betraf, so saß sie lächelnd und
träumend da und hoffte immer noch auf einen Grund, um
Dédé wieder lieben zu können.

Himmelreich

Nachdem er vierundzwanzig Jahre in der Republik Saltnatek verbracht hatte, wo er die erste moderne Universität gründete, den Wortschatz und die Grammatik der Sprache von Saltnatek aufzeichnete und in einem entlegenen Dorf eine allophylische (weder zur indogermanischen noch zur semitischen Sprachfamilie gehörende) Sprache entdeckte, die außer denen, die sie benutzten, keinem bekannt war, kehrte Dr. Dominic Missierna nach Europa zurück und stellte fest, daß das keinen interessierte. Saltnatek hatte weder eine üppige Vegetation, noch war es reich oder verführerisch, und es war auch nicht arm genug, um internationales Mitleid zu erregen. Die Universität überlebte mit Zuschüssen, die der Verteidigungetat übrigließ, und selbst Missierna mußte zugeben, daß es ihm nicht gelungen war, erstklassige Lehrkräfte anzuziehen. Er hatte seine Energie vergeudet bei der Jagd nach Geld für Gehälter und Ausstattung, bis zu dem Tag, an dem eine undankbare Regierung ihn entließ und der jüngste Revolutionsrat ihn, ohne ihm für irgend etwas zu danken, in ein Flugzeug setzte.

Er trauerte noch immer um seine Saltnatek-Jahre. Es schmerzte ihn, auf einem linguistischen Kongreß in Helsinki zu hören, wie jüngere Kollegen auf die leichtfertigste Weise Saltnatek mit Malta und Madagaskar verwechselten. Saltnatek bestand aus einem Archipel kahler Inseln, von denen eine zu

Beginn des Jahrhunderts Anlaufpunkt für Kreuzfahrtschiffe gewesen war. Die meisten Touristen hatten sich nicht einmal die Mühe gemacht, an Land zu gehen – es gab nichts zu bewundern, nur gerade Reihen schlichter Häuser, und nichts zu kaufen, außer den Gehäusen von Riesenseeschnecken, auf die die Künstler der Nation spiralförmig eingeritzt hatten: WHEN THIS YOU SEE, REMEMBER ME. Man glaubte, das Motto stamme vom Deckel einer Schnupftabaksdose, die man in der Tasche eines ertrunkenen Marineoffiziers während der napoleonischen Kriege gefunden hatte. (Missierna vermutete, daß die Dose vielleicht ein Glücksbringer war, obwohl sie am Ende kein glückliches Geschick beschert hatte. Er behielt das für sich; es gehörte nicht zu seinen Aufgaben, Spekulationen anzubieten.) Selbst dieser geringe Handel war zum Erliegen gekommen, als nach dem Ersten Weltkrieg eine Gesellschaft zum Schutz von Seeschnecken einen Boykott von verstümmelten Schneckengehäusen erzwang – ein Verbot, das in Saltnatek große Verwirrung und wirtschaftlichen Schaden stiftete.

In Helsinki offenbarte Missierna mit jagendem Herzen und stellenweise bebender Stimme die Existenz einer komplexen lebenden Sprache, gesprochen von einer durch Inzucht entstandenen Bevölkerung, die Kinder von ausgesprochen diebischem Wesen, großer Schläue und leerer Schönheit in die Welt setzte. Er stand auf einem Podium, das zu groß für ihn und schlecht beleuchtet war, in einem Saal von der Größe einer Konzerthalle. Neun Männer und drei Frauen saßen vereinzelt in den ersten fünfzehn Reihen. Sie waren still und zeigten keine Reaktion, und sobald er mit seinem Vortrag fertig war, erhoben sie sich in derselben stillen Weise und gingen nacheinander hinaus. Es gab keine Fragen; er hatte ein weiteres

System nach Europa gebracht, und keiner wußte, wie man den alten beikommen sollte.

Wenn er enttäuscht war, so teilweise deshalb, weil er nicht mehr jung war und es fast zu spät dafür war, daß seine Kompetenz, vielleicht sein Genie, die verdiente Anerkennung erführe. Obwohl er viel weniger eitel war als alle die Lehrer zweiter Wahl, die er geprüft und für Saltnatek angeworben hatte, hoffte er noch, daß wenigstens eine Schlußfolgerung nach ihm genannt werden möge, damit seine Enkel, wenn sie in einem Lehrbuch auf seinen Namen stießen, sagen konnten: »So war er also – bescheiden, kreativ.« Aber alles, was überhaupt jemand auf dem Kongreß in Helsinki sagte, war: »Sie haben nichts nachgewiesen, was nicht am Beispiel des Ungarischen gezeigt werden kann.«

Während der Jahre, in denen er mit einer solchen Besessenheit tätig war, war Europa klein geworden, hatte sich verausgabt, war geistig so kahl geworden wie Saltnateks sandige und steinige Inseln. Die zweifelnden Stimmen waren dünn und metallisch. Keiner hörte zu. Seine Kollegen sagten: »Schritt für Schritt«, und: »Eins nach dem anderen.« Sie traten ausrangierte Regeln der Anrede breit, sie durchstöberten das Gelände nach Fetzen von Vernunft und Logik. Das Heil war im Staub oder nirgends zu finden. Selbst wenn er zwanzig neue wissenschaftliche und poetische Methoden offenbarte, Ordnung mit Hilfe von Wörtern zu schaffen, würde man ihm sagen: »Wir sollten uns lieber mit Angelegenheiten beschäftigen, die unmittelbar vor uns liegen, die uns näher sind.«

Er war ein geschiedener Vater, was bedeutete, daß er Kinder und Enkelkinder hatte, doch keinen besonderen Ort, wo er hingehen konnte. Saltnatek war wie ein Kind gewesen, und er war länger bei ihm als bei irgendeinem anderen geblieben, hatte es in die Volljährigkeit begleitet, und es hatte ihn benutzt und abgewiesen, wie Kinder das tun, weil es ihr Recht ist. Es lag nicht in seiner Natur, emotionale Ultimaten zu stellen. In der Vergangenheit hätte es seine Aufgabe sein können – er hätte es sich zur Aufgabe machen sollen –, die Kommunikationsmuster zwischen seinen leiblichen Kindern zu beobachten, selbst wenn die tabellarisch dargestellten Informationen ihn deprimiert und erschreckt hätten. Er hätte sie wie eine unabhängige Republik behandeln und um Einreise nachsuchen können. Selbst jetzt noch dachte er daran, sich zum nächsten Weihnachtsfest einzuladen. Bestimmt würde er das zeitlich begrenzte Visum erhalten, das keiner einem heimatlosen alten Mann zu verweigern wagt, einem angesehenen Verwandten, nicht arm, der nur Verständnis braucht – und daß man Rücksicht nimmt auf seine Schwerhörigkeit, seine steife Schulter, sein Bedürfnis, früh um fünf aufzustehen und zu frühstücken, seine Allergie gegenüber Butter und Weißwein.

Was sollte er auf die weihnachtliche Erkundungsreise mitnehmen? Die erste Regel bei Exkursionen zu unverdorbenen Gemeinwesen lautet: Bringe keine Geschenke mit. Wenn man nicht den Vorwurf der Bestechung auf sich ziehen will. Aber schließlich konnte er, wie jeder Wissenschaftler, der einen Kritiker abwehrt, die Geschenke rechtfertigen, indem er sich sagte, ein anderer Besucher könnte das Gemeinwesen in noch verderblicherer Weise vergiften, während er, Missierna, kaum Druck ausübte. Er war für seine Kinder ein Federgewicht gewesen; er war ihnen kaum nahegekommen. Ein Geschenk von Vater zu Kind stärkt gewiß eine natürliche Bindung. Als sie noch klein waren, brachte er eine Armbanduhr mit nach Hause und ließ sie darum losen. Bei Dienstreisen hatte er Radiobatterien eingepackt; seine Reisen hatten ihn gelehrt, daß sie in jungen Republiken oft knapp werden. Er hatte überallhin Skischuhe mitgenommen, wo es schneebedeckte Berge gab, außer an Orte, wo der Schnee heilig war. Er hatte immer Geduld bewiesen, ein ausgeglichenes Verhältnis zur Zeit, während er sich durch das Dorngestrüpp der Transitvisa, sechsmonatigen Aufenthaltserlaubnisse und fünfjährigen Forschungszuschüsse kämpfte. Um Zutritt zu seiner eigenen Familie zu erhalten, mußte man Formulare ausfüllen, nahm er an. Er mußte nur erkennen, worauf die Fragen zielten, das war alles.

Von seinem Hotelzimmer in Helsinki konnte Missierna die Ostsee und durch die Gischt fliegende Möwen sehen. Nachts schwebten Geister am Horizont entlang. Er nahm es als gegeben an, daß es Geister waren – da er so lange unter Leuten gelebt hatte, die viele davon sahen – und nicht etwa nur die weißen Schatten des Sommers.

Eine versicherungsstatistische Studie gab ihm noch sechs weitere Lebensjahre, wenn er so weitermachte, acht, wenn er das Rauchen aufgab, neuneinhalb, wenn er sich eine optimistische Haltung zulegte. Wie wäre es mit weißer Magie? Sollte man nicht versuchen, ein paar weitere Sommernächte mit Hilfe von Gedichten und Beschwörungen hinzuzufügen? Warum nicht einen Heiligen anrufen – einen so unbekannten Heiligen, daß die direkte Verbindung zwischen Missiernas Geist und dem als Erinnerung vorhandenen Geist des Heiligen sauber wäre, frei vom Durcheinander anderer, fremder Stimmen? Er könnte damit beginnen, seinen eigenen Namen immer wieder zu sagen, bevor er sich entschied, welche Beschwörung folgen sollte.

Seine Enkel lebten ganz gewiß mit Magie. Jeden Morgen gab es frisches Tageslicht. Sachen, die man auf den Boden hatte fallen lassen, wurden sauber und ordentlich zusammengelegt vorgefunden. Ein grauhaariger Mann auf dem Kongreß, der behauptete, einst bei Missierna studiert zu haben, hatte ihm erzählt, sehr bald werde es gesetzlich vorgeschrieben sein, Kinder zu befragen, ob sie ihre Eltern anerkennen, statt andersherum. Es würde einige kalte Zurückweisungen geben, vermutete Missierna, und einige selbstsüchtige und einige durch Verlegenheit verursachte. Es mochte auch Fälle einfacher Antipathie geben. Die meisten Kinder würden wahrscheinlich ihre Eltern akzeptieren, aus Mitleid, oder um ein starkes Band der Blutsverwandtschaft zu erhalten oder um eine Erbschaft geltend zu machen oder um in Harmonie mit einer Sternkonstellation zu sein. Einige auch, um sich den Anblick von Tränen der Erwachsenen zu ersparen. Einige wenige mochten das blinde Vertrauen zeigen, um das Eltern beten. Die neue Unsicherheit, der Schrecken des Verstoßenwerdens bewegte Erwachsene schon zu dem extremen Konservatismus, der normalerweise typisch für die Jüngsten ist. Ein Mißtrauen gegen alles Neue und gegen Veränderung war sicher schuld an Missiernas geringer Zuhörerschar, am Schweigen des Auditoriums und der mangelnden Bereitschaft, mehr zu erfahren.

In Saltnatek hatte er gegen das Ende hin einige der kühlen Bemerkungen zu hören bekommen, die einfach sagten, er sei kein Vater; er hatte sie von Studenten zu hören bekommen, die er unterrichtet, aufgezogen, genährt hatte, und die jetzt bereit waren, ihn in die Wüste zu schicken: »Sie können nicht behaupten, daß wir Sie nicht gewarnt haben.« »Ich habe versucht, Ihnen zu sagen, daß es Ihnen eines Tages leid tun wird.« »Es tut mir leid, wenn es Ihnen leid tut. Aber das ist auch alles, was mir leid tun muß.« Auch von seinen eigenen Kindern waren warnende Signale gekommen, die er als Frechheiten fehlinterpretiert hatte: »Kannst du bei einer Kellnerin denn keine Tasse Kaffee bestellen, ohne ihr dein ganzes Leben zu erzählen?« »Andere Väter steigen nicht in den falschen Bus ein.« »Bitte steh nicht auf und tanze. Du wirkst dann so lächerlich.« Ihre Augen waren klar und rein, doch Unbehagen und Kränkung verliehen ihnen einen teuflischen Ausdruck. Die Augen von Kindern sind die Augen von Kleinbürgern, entschied er. Sie können nichts dafür; sie sind mit der Frage geboren worden, ob der Busfahrer mit seiner Meinung von ihren Eltern recht hat.

Fünfundzwanzig Jahre lang hatten die Augen von Saltnatek ihn taxiert und hatten sich dann abgewandt. Er war sich selbst groß und ungeschickt geworden – ein Vater ohne Autorität, enteignet, in einem Flughafen herumstolpernd zurückgelassen, als ob er krank oder betrunken sei.

Er vermochte noch die ersten Testsätze auswendig herzusagen, die er für seine Forschungen benutzt hatte:

»Jetzt, da Sie es erwähnen, begreife ich, was Sie meinen.«

»Es gibt wohl kein Gesetz, das es verbietet.«

»Ich fühle mich nicht wohl, aber ich hoffe, daß ich mich bald wohl fühlen werde.«

»Jeder kann ihm schreiben. Er beantwortet alle Briefe.«

»Schlagen Sie es nach. Sie werden herausfinden, daß ich schon immer recht gehabt habe.«

Zu Beginn seiner Arbeit in Saltnatek hatte er um eine Verordnung der Regierung gebeten, um die Sprachentwicklung zu drosseln – der Wortschatz durfte während seiner Untersuchungen vor Ort nicht wachsen. Seine Erweiterung hätte die Wortzählung durcheinandergebracht. Sie hatten nicht so recht gewußt, wie sie ihn nennen sollten. Einige hatten »Vater« zu ihm gesagt, was vom Klang her, wie sie es aussprachen, seinem Namen nahekam. Seine eigenen Kinder hatten es eine Zeitlang sogar vermieden, »du« zu sagen, und aus ihrer Begrüßung solche Sätze gestrichen wie: »Was hast du uns mitgebracht?« und »Bleibst du lange?« Sie waren wie Dauerpatienten in einem Krankenhaus oder eingesperrte Rebellen. Ihr Ausdruck, vorsichtig und zurückhaltend zugleich, sollte ihm offenbar bedeuten: »Wenn du beabsichtigst, ständig zu kommen und zu gehen, dann bring uns wenigstens etwas mit, was wir brauchen.«

Seine Kinder waren nicht stolz auf ihn. Er selbst war daran schuld; er hatte ihnen nicht genug erzählt. Vielleicht wirkte er alt, doch sich selbst erschien er jung. Im Rasierspiegel erblickte er den jungen Mann, der er auf der Universität gewesen war. In seinen Träumen, sogar seinen schlechten Träumen, war er nie älter als einundzwanzig.

Saltnatek war sein letztes Abenteuer. Er würde sich seinen wahren Kindern zuwenden, ob sie den alten Forscher willkommen hießen oder nicht. Oder er könnte eine andere Beschäftigung finden – etwas Ruhiges; er konnte Europa bei seinem Nieder- und Untergang beobachten, mit seiner Kleinlichkeit und verblaßten Grausamkeit, seinem griesgrämigen Reichtum und seiner Sentimentalität. In der Schäbigkeit konnte es etwas zu entdecken geben – einen Maßstab, abgeleitet aus der Vergangenheit und der Gegenwart, da sie nun gewaltsam auf die gleiche Gestalt und Größe gebracht wurden. Aber was war, wenn er seine Mischung aus Pflichtbewußtsein und Neugier verloren hatte, seine berufliche Demut, seine Schonungslosigkeit? In diesem Fall könnte er zwar beginnen, doch er würde nie zu einem Ende kommen.

In Helsinki hatte er junge Kollegen Republiken beschreiben

hören, die sie kaum gesehen hatten. Anscheinend hatten sie sich aus zufälligen, privaten Gründen hierhin und dahin ziehen lassen. Er mochte die Gründe nicht, und er bedauerte, daß er in seinem Vortrag den Geschwisterinzest in jenem Dorf in Saltnatek erwähnt hatte. Er war so gewissenhaft gewesen zuzugeben, daß er sich auf Folklore und Legenden verließ und wahrscheinlich nie erfahren würde, was geschah, wenn sich die Kinder ihrer Kleider entledigten. Wiederholte Handlungen sind religiös, aber bei Kindern kann man nie entscheiden, ob sie heidnisch, atheistisch, agnostisch, pantheistisch, animistisch sind, wenn nur die Spur eines Rituals, ein heruntergerasseltes Gebet, übrigbleibt.

Sagen wir, daß er seine Enkel wie ein wenig bekanntes Land benutzte; er würde ihre Sprache nach Informationen durchkämmen müssen. Was sagten sie, wenn sie »Unendlichkeit« dachten? In dem Dorf in Saltnatek hatte man ihm schlichte Bilder angeboten – ein flackerndes Licht, ein Feuer, das nicht gelöscht werden konnte, eine Sonne, die in langen Zyklen aufging und unterging, eine helle Nacht. Alles und nichts.

Vielleicht hatten sie recht und nur der gegenwärtige Augenblick existiert, dachte er. Wie sie sich Unendlichkeit vorstellen, ist ihre Angelegenheit. Aber wenn ich anfange, mich um meine eigenen Angelegenheiten zu kümmern, sagte er sich, dann habe ich keinen Daseinsgrund mehr.

Gab es irgendeinen Anlaß, den jetzigen Augenblick in Europa mit Unbehagen zu betrachten? Was war denn nicht in Ordnung? Es gab keinen Streit zwischen Wales und der Türkei, Italien und Schleswig-Holstein befanden sich nicht im Krieg miteinander. Es war Jahre her, seit irgendeine Bevölkerungsgruppe auf der Flucht ihre Toten ausgegraben und mitgenommen hatte. Es schien ihm jetzt so, daß sein Lebenswerk – das Ausgraben, die Überredungs- und Bestechungskünste, um an verborgene Bedeutungen zu gelangen – auf Exhumierung und Flucht hinauslief.

Die Dorfkinder hatten sich weiße Sturzhelme und Motorräder gewünscht. Er hatte ihnen Helme gegeben, doch gesagt, er könne keine Motorräder beschaffen, die gefährlich wären, die alten Fenster zum Klirren und die Babys zum Schreien bringen würden. Außerdem gab es keine Straßen. Einige der Frauen im Dorf verwendeten die Helme als Blumentöpfe, aber die Helme waren luftdicht, es gab keinen Abfluß, die Pflanzen starben. Die Helme würden nie verrotten. Nur die verstümmelten Riesenschnecken, in den Ozean zurückgeworfen, konnten sich zersetzen. Missierna fragte sich an dem Tag, an dem er entdeckte, daß Helme nicht sterben und daher keine Hoffnung auf eine Auferstehung haben, ob die Zeit gekommen sei, mit dem Denken aufzuhören.

Er hätte in seiner Vorlesung nicht erwähnen sollen, daß die Dorfkinder von leerer, aber ungewöhnlicher Schönheit waren, daß sie sich steile neue Straßen und Motorräder wünschten. Es konnte schwerfällige, träge, lüsterne Wissenschaftler veranlassen, dorthin zu reisen und sie zu verführen, und noch eine langweilige und plumpe Rasse ins Leben zu rufen.

Das alles dachte er spät in der Nacht in seinem Hotelzimmer und tagsüber, während er durch die Straßen Helsinkis ging. Er besuchte das Konsulat von Saltnatek, weil er sich merkwürdig verloren vorkam, wie ein Vater, dem per gerichtlicher Verfügung untersagt worden war, über das Schicksal und die Erziehung seiner Kinder mitzuentscheiden. Er ging in eine Buchhandlung, die Europas größte sein sollte, und in ein Kaufhaus, das Europas teuerstes zu sein schien. An einer

100

Straßenecke kaufte er Schokoladeneis in einem Plastikkegel. Er gab den Kegel nicht zurück, wie es erwartet wurde. Er glaubte, er habe dafür bezahlt. Er überquerte eine belebte Straße und sagte sich: »Der Kegel gehört mir. Ich gebe ihn nicht her.«

Na also – er war habsüchtig geworden. Diese kleine neue, interessante Einschätzung beschäftigte einige Minuten lang seine Gedanken. Warum sollte er den Kegel behalten? Man hätte ihn sogar in Saltnatek weggeworfen, sogar in der ärmsten, schäbigsten Behausung. Kinder wollten in ihrer kollektiven Vision jetzt Busse ohne Fahrer, Flugzeuge ohne Piloten, Unterricht ohne Lehrer. Wollten auf die Welt kommen und schon schreiben und rechnen können oder es nie können – es war alles dasselbe Rätsel. Oder sie wollten nur ein bißchen von allem wissen. Er sah Helme auf dem Fenstersims vor sich, aus denen Farne wuchsen. Inzwischen war den Frauen beigebracht worden, Kieselsteine für den Wasserabzug zu verwenden. Er sah Kinder mit Motorrädern, die andere Besucher mitgebracht hatten, den Berg hinaufrasen. Als er sich das vorstellte oder glaubte, er könne es sehen – das war beides eins –, begriff er, daß er nie wieder zurückkehren würde, selbst wenn sie ihn haben wollten. Er würde seine sechs versicherungsstatistischen Jahre auf seinem eigenen Halbkontinent zu Ende leben. Er würde sich vorstellen oder glauben, es sehen zu können, wie dessen Säulen verrotteten und Tang um die Fundamente wirbelte. Er würde die verbrauchte Luft atmen, die nach totem Meeresleben stank. In der saubereren Luft von Saltnatek hätte er ein paar Tage über die ihm verbleibenden sechs Jahre hinaus leben können. Und dann? Dann wäre er tot umgefallen, vor die Füße der leerblickenden, diebischen Kinder, und hätte eine Sekunde länger, als es das Leben erlaubt, die Kadenz ihres Gelächters gehört, mit dem sie sich über ihn lustig machten – den verfallenden, neugierigen alten Fremden, der immer noch versuchte, ihnen ihr Wort für ›Himmelreich‹ abzulisten.

Über die Brücke

Wir kamen vom Place de la Concorde und gingen über die Brücke, meine Mutter und ich – Arm in Arm, wie zwei Schwestern, die sich nie streiten. Sie hatte die Einladungen zu meiner Hochzeit in einer ledernen Einkaufstasche – ich sollte mit Arnaud Pons verheiratet werden. Der Cousin meines Vaters, Gaston Castelli, Abgeordneter für einen Wahlkreis im Süden, hatte sich bereit erklärt, die Umschläge zu frankieren. Er erwartete uns im Palais Bourbon, auf der anderen Seite der Brücke. Von seinem kleinen Büro aus konnte man nichts Interessantes sehen – nur eine Mauer und einige Fenster. Eine Schreibkraft, die anscheinend niemandem zugeteilt war, saß vor seiner Tür. Er glaubte, daß sie da war, um ihn auszuspionieren, und aus diesem Grund hatte er meiner Mutter gesagt, sie solle die Einladungen nicht sehen lassen.

Man hatte mich ein- oder zweimal zu ihm mitgenommen. An der Wand hingen zwei Fotografien von Vincent Auriol, dem Präsidenten der Republik, eine davon signiert, und ein Bild von dem Restaurant, in dem Jean Jaurès erschossen worden war; es zeigte die Fassade und die Kellner, die in ihren langen weißen Schürzen davor auf der Straße standen. Die Möblierung seines Zimmers bestand aus einem Louis-Philippe-Sessel mit Heftpflaster um alle vier Beine, einer massigen Couch, über die eine Decke gebreitet war, und, für Besucher, ein paar wackligen lackierten Stühlen, aus einem anderen Zimmer entwendet. Wenn die Nationalversammlung tagte, schlief er auf der Couch. (Abgeordnete sollten eigentlich nicht hier im Gebäude wohnen, aber einige der auswärtigen sparten gern die Hotelkosten ein.) Sein Sohn Julien kämpfte in Indochina. Meine Mutter hatte mir schon vorsichtshalber aufgetragen, ich solle mich erkundigen, wie es Julien gehe und wann seiner Meinung nach der Krieg beendet sein werde. Noch vor wenigen Monaten hätte sie vielleicht auf eine Hochzeit bei Juliens Rückkehr angespielt und vorgegeben, sie scherze, aber jetzt war es für Einflüsterungen zu spät – ich stand mit einem anderen fast schon vor dem Altar. Meine Heirat mit Julien war eine Idee, an der meine Eltern und der Cousin Gaston Gefallen gefunden hatten. Wir wären gewissermaßen ewig ihre Kinder geblieben.

Wenn Cousin Gaston zum Essen kam, sprach er mit Papa über ihre Verwandten in Nizza und den dekadenten Zustand von Frankreich. Man erwartete nicht, daß sich Frauen ins Gespräch mischten; Mama fand immer einen Vorwand, in die Küche zu verschwinden und alles mit Claudine, einem Bauernmädchen aus der Normandie, der sie das Kochen und Bedienen beigebracht hatte, zu besprechen. Claudine war ungefähr in meinem Alter, aber Mama war viel offener mit ihr als mit mir; sie war überzeugt, daß Claudine über alle Wege und Winkel des Lebens Bescheid wußte. Da ich keinen Grund hatte, mich zu entfernen, musterte ich das Silber, das Dekor auf meinem Teller, meine Hände. Derweilen fuhren die Männer fort, sich über den Niedergang der Moral und den Mangel an Courage bei der Mittelklasse auszulassen. Ihre Meinungen darüber, was zu tun sei, gingen auseinander – unser Cousin war Sozialist, wenn auch kein verbissener. Er setzte seine Hoffnung in die neue Generation von Führungskräften der Nachkriegszeit, die Marx lasen, ohne dogmatische Marxisten zu werden, während mein Vater glaubte, mit den schlauen Leuten der Nachkriegszeit ginge es wie mit uns anderen rapide bergab.

Einmal erwähnte Cousin Gaston, warum sein Büro so schäbig ausgestattet war. Anscheinend mußte die Regierung große Summen in den Straßenbau stecken; die Straßen waren während des Krieges verfallen und befanden sich heute natürlich in noch schlimmerem Zustand. Arbeitstrupps deutscher Kriegsgefangener, die sie reparieren sollten, hatten das Straßenbett vieler Straßen mit Blättern und dürren Zweigen gefüllt. Als der Unterbau zu verrotten begann, war die Straßendecke eingebrochen. Jetzt wurden sie von französischen Arbeitern repariert – sie waren in Gewerkschaften, von Kommunisten geführt, organisiert und immer am Rande eines Generalstreiks. Es war kein Geld mehr da.

»Es war noch nie Geld da«, sagte Papa. »Wenn doch, dann halten sie das geheim.«

Ihm war nicht wohl bei der Frankierungsgeschichte. Die Schreibkraft im Korridor könnte es mitbekommen und es an einen Reporter von einer der oppositionellen Wochenzeitungen weitergeben. Der Reporter würde dann einen ätzenden Artikel über Vetternwirtschaft und den Mißbrauch öffentlicher Gelder schreiben und dabei Namen nennen. (Meine Mutter machte sich nie Sorgen. Kleine Vergünstigungen gehörten für sie zur angenehmen Seite des Lebens.)

Es war heiß auf der Brücke, Juli im April. Wir hatten noch unsere warmen Mäntel an. Zuviel gutem Wetter konnte man nicht trauen. Über dem Fluß sah man keine Wolken, sondern genau die Art von kompaktem blauen Himmel, die ich leicht zu malen fand. In der Mitte angekommen, blieben wir stehen, um auf ein Boot mit Wimpelschnüren und Touristen auf der Bank zu blicken. Einige der Männer hatten ihre Hemden ausgezogen. Ich starrte aufs Wasser und sah, wie weit unten es war und wie kalt es wirkte, und ich sagte: »Wenn ich nicht katholisch wäre, würde ich mich hineinstürzen.«

»Sylvie!« – als ob sie mich in einer Menschenmenge verloren hätte.

»Wir nehmen soviel Mühe auf uns«, sagte ich. »Nur damit ich einen Mann heiraten kann, den ich nicht liebe.«

»Woher weißt du, daß du ihn nicht liebst?«

»Ich würde es wissen, wenn ich ihn liebte.«

»Du hast es nicht versucht«, sagte sie. »Man braucht Geduld, wie beim Üben von Tonleitern. Willst du denn keinen Mann?«

»Nicht Arnaud.«

»Was paßt dir denn nicht an Arnaud?«

»Ich weiß nicht.«

»Hm«, nach einer Pause, »was *weißt* du denn?«

»Ich will Bernard Brunelle heiraten. Er wohnt in Lille. Sein Vater besitzt ein großes Textilunternehmen – die Fabriken, alles. Wir schreiben uns. Er weiß nicht, daß ich verlobt bin.«

»Brunelle? Brunelle? Textilien? Aus Lille? Es klingt wie ein Mißverständnis. In Lille heiraten sie einfach untereinander, und Textilien heiraten Textilien.«

»Eins weiß ich gewiß«, sagte ich. »Ich will Bernard heiraten.«

Meine Mutter war eine geborene Überredungskünstlerin; sie vermied Konfrontation, zog es vor, sich auf ein anderes Terrain zu begeben und lächelnd zu locken. Man versprach fast alles, um das Lächeln auf ihrem Gesicht zu erhalten. Sie war schlank und lebhaft, wie eine Vierzehnjährige. Mein Vater sah sie gern in Blumenhüten, deshalb trug sie noch immer die geblümten Stirnbänder mit ihren kleinen Schleiern, die vor zehn Jahren Mode gewesen waren. Papa erzählte immer von einer Trauerfeier, wo Mama ihren Hut abgenommen hatte, um sich eine Mantilla übers Haar zu legen. Ein Platzanweiser, der den Hut neben ihr auf der Kirchenbank bemerkte, hatte ihn mit den anderen Blumen um den Sarg arrangiert. Als ich Arnaud die Geschichte wiedererzählte, sagte er, die Blumen-hut-Anekdote sei uralt. Er hätte sie ein dutzendmal als Bericht von einem jeweils anderen Begräbnis gehört. Ich begriff nicht, warum Papa sie immer wieder erzählen sollte, wenn sie nicht wirklich passiert war, oder warum Mama ihn gewähren lassen sollte. Vielleicht war sie die erste Frau, der das zugestoßen war.

»Du sagst, daß Bernard dir geschrieben hat«, sagte sie in ihrer leichtesten, nettesten, spöttischsten Art. »Aber wohin hat er denn die Briefe geschickt? Nicht nach Hause. Ich hätte es mitbekommen.«

Kein Verschwörer gibt so leicht seine Verbindungen preis. Meine bestanden in Chantal Nauzan, meiner vertrauten Freundin, der Tochter eines Generals, den mein Vater sehr bewunderte. Vor kurzem hatte Papa angefangen zu behaupten, wenn ich ein Junge wäre, hätte er sich für mich eine Karriere in der Armee gewünscht. Da ich ein Mädchen war, wünschte er nicht, daß ich etwas Besonderes oder ganz Spezielles tat. Er wollte nicht sagen müssen: »Meine Tochter ist…« oder: »Sylvie macht…«, weil das so klingen könnte, als sei ich bedürftig oder wenig attraktiv.

»Liebe Sylvie«, fuhr meine Mutter fort. »Sieh mich an. Ich möchte deine Augen sehen. Hat er in einem Brief, den er mit seinem Namen unterzeichnet hat, ›Heirat‹ geschrieben?« Ich wandte den Blick ab. Was für eine Frage! »Würdest du mir den Brief zeigen – den wichtigen? Ich verspreche, ihn nicht ganz zu lesen.« Ich schüttelte verneinend den Kopf. Ich würde Bernard nicht teilen. Sie begab sich auf neues Terrain, so schnell, daß ich kaum folgen konnte. »Und du würdest dich um seinetwillen von einer Brücke stürzen?«

»Nur in meiner Vorstellung«, sagte ich. »Ich stelle es mir vor, wenn Arnaud mich Schallplatten anhören läßt – alle diese Geschichten von sterbenden Frauen, Brünhilde und Mimi und Butterfly. Ich denke dann, daß ich mir für den Rest meines Lebens Schallplatten anhören und an Bernard denken werde. Das ist es, was mich erwartet, weil ihr – du und Papa – das so wollt.«

»Nein«, sagte sie. »Das wollen wir ganz und gar nicht.« Sie stellte die Ledertasche auf das Geländer und drehte sie über dem Fluß um, beide Hände zu Hilfe nehmend. Ich sah zu, wie die Umschläge gemächlich herabregneten, auf dem dunklen Wasser landeten und auseinandertrieben. Fremde lehnten auf dem Brückengeländer und starrten auch hin, aber keiner sagte etwas.

»Papa wird wissen, was als nächstes zu tun ist«, sagte sie, die Ruhe selbst, und schüttelte die Tasche zu guter Letzt noch einmal. »Schreib jetzt erst einmal keine Briefe mehr und sage nichts von Bernard. Zu keinem.«

Ich hätte ihren Ton oder Ausdruck nicht beschreiben können. Sie benahm sich, als hätten wir dem Leben ein Schnippchen geschlagen, oder den Männern; aber vielleicht habe ich das danach nur hineininterpretiert. Ich suchte nach einem Anhaltspunkt und fragte mich, welche Reaktion sie von mir erwartete, aber sie hatte sich schon wieder auf den Weg gemacht und erfand gerade die Geschichte, die wir unserem Cousin erzählen würden, der immer noch in seinem Büro auf uns wartete, um uns einen Gefallen zu tun. (Schließlich sagte sie, daß die Hochzeit wegen eines Todesfalls in Arnauds Familie aufgeschoben werden müsse.)

»Papa wird nun mit Monsieur Pons nicht mehr befreundet sein können«, bemerkte sie. »Er wird ihm fehlen. Ich hoffe, dein Monsieur Brunelle in Lille kann ihn dafür entschädigen.«

»Ich kenne ihn gar nicht«, sagte ich.

Dicht unter der Oberfläche des Flusses sah ich weiße Flekken, ziemlich weit weg. Es hätten Bonbonpapiere sein können oder Abfälle von einem Lastkahn. Mama schien ebenfalls die Strömung zu studieren. Sie sagte: »Ich bitte dich nicht, mir zu erzählen, wie du ihn kennengelernt hast.«

»In den Jardins du Luxembourg. Ich habe die Bienenkörbe skizziert.«

»Du hast ein hübsches Aquarell nach dieser Skizze gemacht. Ich werde es rahmen lassen. Du kannst es in deinem Schlafzimmer aufhängen.«

Meinte sie jetzt, oder nach meiner Heirat? Ich war größer als sie; als ich den Kopf wandte und in ihrem Gesicht zu lesen versuchte, waren meine Augen auf einer Höhe mit ihrer glatten Stirn und dem Gänseblümchenstirnband, das sie an diesem Tag trug. Sie sagte: »Mein Mädchen« und nahm meine Hand – nicht besitzergreifend, sondern als eine Art Willkommensgruß. Ich war ihr ähnlich, schien sie mir zu sagen, obwohl sie meines Wissens nie eine Verlobung aufgelöst hatte. Eine andere Geschichte meines Vaters handelte davon, wie sie ihm einen Antrag gemacht hatte, ihm nachgestellt und ihn in die Enge getrieben und das unglaubliche Angebot gemacht hatte. Er war damals ein junger Arzt, neu in Paris. Jetzt war er Facharzt für Ohrenheilkunde mit einer großen Praxis. Sein Sprechzimmer und seine Sekretärin und sein Wartezimmer befanden sich in einem separaten Flügel der Etagenwohnung. Wenn die Fenster bei warmem Wetter offen standen, konnten wir ihn lachen und mit Mademoiselle Coutard, der Sekretärin, scherzen hören. Sie war schon viele Jahre bei ihm und führte ihm die Bücher; er pflegte zu sagen, sie kenne alle seine bösen Geheimnisse. Die Verwandten meiner Mutter hielten ihn für zu südländisch, zu leicht zu amüsieren, zu laut bei seinem Gelächter. Meine Castelli-Urgroßeltern hatten einen Obstgroßhandel gegründet, gegenüber dem alten Busbahnhof in Nizza. Der ganze Block stand jetzt leer und wartete auf seinen Abriß, damit hohe Gebäude die ockergelben Lagerhallen und Läden mit ihren dunkelroten Dächern ersetzen konnten. CASTELLI stand noch immer über einer Toreinfahrt, in verblaßtem Blau. Mein Vater hatte hart an sich gearbeitet, um seinen Akzent zu verlieren, der in Paris komisch klang und verhinderte, daß ihn Patienten ernst nahmen, aber er kehrte immer wieder, wenn er mit Cousin Gaston zusammen war. Cousin Gaston hütete seinen Akzent, er polierte ihn auf und verfeinerte ihn – seine Wähler mißtrauten jeder Stimme, die nach nördlich von Marseille klang.

Ich kann nicht sagen, was in jenem Frühjahr in der Welt vor sich ging; mein Vater sah junge Frauen nicht gern Zeitungen lesen. Aus Indochina drangen Echos zu mir, und Nachrichten von unserem Cousin Julien machten in der Familie die Runde, doch der Krieg selbst war wie das Gemurmel aus einem Radio in einem entfernten Raum. Ich weiß, daß es das Jahr von *Imperial Violets* war, mit Luis Mariano in der Hauptrolle. In der

Pause kam er ins Theaterfoyer heraus, wo seine Schallplatten verkauft wurden, und gab Autogramme auf Programmhefte und Plattenhüllen. Ich kaufte »Liebe ist ein Veilchenstrauß«, und meine Mutter und ich stellten uns an, aber als ich an der Reihe war, sagte ich meinen Namen so leise, daß sie ihn für mich wiederholen mußte. Nach der Vorstellung kam er sechsmal vor den Vorhang und stand eine lange Weile da und warf Handküsse.

Meine Mutter sagte: »Fang nicht an, von Mariano zu träumen, Sylvie. Er ist Schauspieler. Er meint vielleicht kein Wort ernst, was er über die Liebe sagt.«

Das sah mir nicht ähnlich. Er war zu alt für mich, und ich vermutete, daß Schauspieler zu allen gleich nett waren. Ich wollte viele Kinder und einen Mann, der immer da war, der nicht auf Reisen und auf Proben war. Ich wollte, daß er mich mehr als andere Leute mochte. Ich träumte von Bernard Brunelle. Ich war mit Arnaud Pons verlobt.

Arnaud war der Sohn eines anderen Mannes, den mein Vater bewunderte, ich glaube, mehr als jeden anderen. Sie hatten sich durch einen Patienten meines Vaters kennengelernt, einen Monsieur Tarre. Mein Vater hatte ihn wegen eines chronisch vereiterten Ohres behandelt – acht Sitzungen, und zum Schluß, als Monsieur Tarre fragte, ob er sofort einen Scheck wolle oder lieber eine Rechnung schicken würde, antwortete mein Vater, daß er bar bezahlt würde, und zwar auf die Hand. Monsieur Tarre erkundigte sich, ob das bei ihm üblich sei. Mein Vater sagte, das sei bei allen Spezialisten üblich, von denen er wüßte, woraufhin Monsieur Tarre ihn vor einen Ethikausschuß zu zerren drohte. »Und auch Ihre Sekretärin!« schrie er. Wir konnten ihn im anderen Flügel der Wohnung hören. »Ihre Komplizin im Verbrechen!« Meine Mutter zog mich vom Fenster weg und sagte, ich müsse weiterhin nett zu Mademoiselle Coutard sein.

Es stellte sich heraus, daß Monsieur Tarre vor seiner Pensionierung im Gesundheitsministerium gearbeitet hatte und alle Vorschriften kannte. Papa beruhigte ihn, indem er zustimmte, einen Rechtsanwalt zu konsultieren, den Monsieur Tarre kannte und der Alexandre Pons hieß. Ihm gefiel der Klang des Namens, der an den Süden erinnerte. Selbst als sich herausstellte, daß jene speziellen Ponses seit Generationen in Paris ansässig waren, zog Papa sein Wohlwollen nicht zurück.

Monsieur Pons kam ein paar Tage später zusammen mit Monsieur Tarre, der anscheinend jede Menge Zeit hatte. Er sagte meinem Vater, daß eine Verwarnung von einem Ethikausschuß nichts war, verglichen mit einer Anklage wegen Steuerhinterziehung. Stellen Sie sich vor, sagte Monsieur Pons, wie ein Team von Männern in Nadelstreifenanzügen in Ihren Konten herumstöbert. Er wandte sich an seinen Freund Tarre und fuhr fort: »Auch in deinen. Wenn die erst einmal dabei sind.«

Monsieur Tarre sagte, sein Leben sei ein Glashaus, jeder könne gern hineinschauen, aber nach weiteren Bemerkungen von Monsieur Pons und einer Reihe großzügiger Vorschläge von meinem Vater stimmte er zu, die Sache fallenzulassen.

Um Monsieur Pons zu danken und auch, um ihn näher kennenzulernen, bat Papa meine Mutter, ihn zum Essen einzuladen. Aus irgendeinem Grund wartete Monsieur Pons einige Tage, ehe er anrief und mitteilte, daß er eine Frau habe. Es stellte sich heraus, daß sie schwierig war, erinnere ich mich. Sie erzählte nämlich, wie sie innerhalb von achtzehn Monaten sechsmal ohnmächtig geworden war, und gerade als der Lammbraten serviert wurde, verkündete sie, daß ihr beim Geruch von Fleisch schlecht werde. Als meine Mutter jedoch herausfand, daß es auch einen Pons-Sohn gab, sechsundzwanzig Jahre alt, unverheiratet, zu Hause wohnend und in der Rechtsabteilung einer großen Seeversicherungsgesellschaft arbeitend, lud sie die beiden wieder ein, diesmal mit Arnaud.

Während des zweiten Essens sagte Mama: »Sylvie ist ein wenig Künstlerin. Alles, was an den Wänden des Speisezimmers hängt, ist Sylvies Werk.«

Arnaud schaute sich kurz um. Er war schweigsam, doch nicht schüchtern, mit einem schmalen Gesicht und braunen Haaren. Seine Gedanken weilten woanders, vielleicht in anregenderer Gesellschaft. Er aß alles auf seinem Teller auf, manchmal runzelte er dabei die Stirn; wenn es etwas war, was er zu mögen schien, heiterte sich sein Gesicht auf. Er sah mich an, dann wieder meine Darstellungen von ländlichen Gegenden bei Rom und vom Hafen von Neapel im Jahr 1850. Ich war mir sicher, er konnte sehen, daß es Kopien waren, und kannte die Originale und verachtete mich vielleicht.

»Es sind nur Kopien«, bekam ich heraus.

»Aber voller Gefühl«, sagte Mama.

Er nickte, als ob er eine flüchtige und etwas dreiste Bekannte grüße – es war ein Blick, der weder kalt noch herzlich war. Ich überlegte, wie wohl seine Freunde sein mochten, und ob sie einen besonderen Test bestehen müßten, ehe er sich zu einer Unterhaltung herbeiließ.

Nach dem Essen gab es im Wohnzimmer die üblichen Schwierigkeiten beim Kaffee. Es dauerte, bis Claudine servierte, und es dauerte noch länger, bis sie die leeren Tassen abräumte. Ein Tisch mit Chinoiserien stand genau unter dem Kronleuchter, doch Mama achtete darauf, daß nie etwas daraufgestellt wurde. Sie fand einen Vorwand, um auf den Marmorfußboden aufmerksam zu machen, weil sie sich an seinem kühlen Anblick erfreute, aber keiner ging auf die Bemerkung ein. Madame Pons war die erste, die sich hinsetzte. Sie stellte ihre Tasse auf den Boden, schlug die Beine übereinander, und ihr Fuß wippte im Takt einer Melodie, die in ihrem Kopf erklang. Vielleicht erinnerte sie sich an einen Abend vor ihrer Heirat, als sie, ausstaffiert mit Plisseerock und Perlenketten, getanzt hatte; ich hatte Bilder von meiner Mutter in dieser Aufmachung gesehen.

Ich hatte mein eigenes Tassenproblem gelöst, indem ich Kaffee ablehnte. Jetzt setzte ich mich in einiger Entfernung von Madame Pons auf einen Stuhl; ich vermutete, daß sie bald aus ihrem Traum hochfahren und anfangen würde, mir persönliche Fragen zu stellen. Ich blickte auf meine Hände und sah, daß sie Farbflecken hatten. Ich setzte mich auf sie – keiner achtete darauf.

Meine Mutter zeigte Arnaud einzelne Skizzenblätter und ungerahmte Aquarelle von mir, die sie in einer Mappe aufhob – noch mehr italienische Landschaften, Kopien, und Szenen aus Pariser Parks, nach der Natur gezeichnet.

»Nehmen Sie eins! Nehmen Sie eins!« rief sie.

Mein Vater kam herüber, um zu sehen, was für einen Geschmack Arnaud hatte. Er hatte das Blatt gewählt, das ihm am nächsten war, eine Kreidezeichnung des Vesuv – nicht meine beste Arbeit. Mein Vater lachte und meinte, meine Vorstellung von einem ausbrechenden Vulkan sei einem brennenden Heuhaufen ähnlich.

Bernards Vater reagierte nicht auf den ersten Kontaktversuch meines Vaters – einen Brief, der so begann: »Wie ich höre, sind unsere beiden Kinder, Bernard und Sylvie, bestrebt, ihr

Schicksal zu vereinen.« Vielleicht war er zu sehr mit Nachforschungen darüber beschäftigt, ob wir solvent seien, sagte Papa.

Meine Mutter sagte die Hochzeitstermine ab, beim Standesamt und bei der Kirche. Es gab nur ein paar Geschenke, die an nahe Verwandte zurückgegeben werden mußten. Die Namen der anderen Gäste hatten sich in der Seine aufgelöst. »Es sollte schnell geschehen«, hatte sie meinem Vater gesagt, nachdem erst einmal der plötzliche Sinneswandel ein halbes dutzendmal erklärt worden war und er den Schock beinah verkraftet hatte. Er fragte sich, ob die Eile irgend etwas mit Schande zu tun hätte, obschon er das kaum von mir glauben konnte. Nein, nein, nichts von der Art, sagte sie. Sie wollte mich sicher und versorgt und in guten Händen sehen. Nun, natürlich wollte er auch etwas Ähnliches.

Was mich betraf, so war ich sicher, daß ich auf die Welt gekommen war, um Bernard Brunelle zu heiraten und nach Lille zu ziehen und in einem großen Steinhaus zu wohnen. (»Backstein«, verbesserte mich meine Freundin Chantal, als ich es ihr erzählte. »Dort oben in Lille gibt es nur Backstein.«) Eine ganze Etage wäre reserviert für die Zimmer meiner Kinder, ihre Schlafzimmer und Unterrichtsräume. Sie würden Englisch, Russisch, Deutsch und Italienisch lernen. Es gäbe Privatlehrer und Gouvernanten, Urlaub am Meer, Ponys zum Reiten, Geburtstagsfeste mit riesigen rosa Kuchen, weißbehandschuhte Diener. Ich hatte nie jemanden gekannt, der genau so lebte, aber meine Vision war so präzise und farbenprächtig, daß der Himmel sie mir gesandt haben mußte. Ich sah die Gardinen in den Zimmern der Kinder, ihre weichen Haare und klaren Augen und ihre ordentlichen Schulbücher. Ich wußte, daß es in Lille jeden Tag regnen konnte – ich würde mich nie beklagen. Das Wetter wäre ein Teil meines verwunschenen Lebens.

Inzwischen war Arnaud natürlich von meinem Vater zu einem wichtigen Gespräch eingeladen worden. Aber dann kniff mein Vater und sagte, er würde nichts unternehmen, wenn nicht auch meine Mutter dabei wäre. Schließlich hatte ich zwei Eltern. Er dachte daran, Arnaud zum Essen in ein Restaurant einzuladen – zum Beispiel ins »Lipp«, das so laut und voll war, daß man die möglichen Anzeichen von Schock bei Arnaud nicht bemerken würde. Mama wies darauf hin, daß es immer damit endete, daß man den Lärm zu übertönen versuchte und dadurch Gefahr lief, belauscht zu werden. Schließlich bat Papa ihn für ungefähr fünf Uhr in die Wohnung. Er kam mit Osterglocken für meine Mutter und einem kleineren Sträußchen für mich. Er glaubte, Papa wolle den Heiratsvertrag ändern; er würde gleich eine Wohnung für uns kaufen, statt uns ein zwanzigjähriges zinsfreies Darlehen zu gewähren, das bei Abwertung oder Inflation angepaßt werden konnte.

Sie empfingen ihn stehend im Wohnzimmer, und Mama händigte ihm den verschlossenen Umschlag mit der Zurückweisung aus, die sie mir zu formulieren geholfen hatte. Wenn ich geschrieben hätte, was einer exakten Analyse am nächsten kam, hätte das gelautet: »Ich habe versucht, dich zu lieben, und ich kann es nicht. Meine Gefühle dir gegenüber sind herzlich und voller Respekt. Wenn du nicht möchtest, daß ich deinen Anblick verabscheue, dann geh bitte weg.« Ich denke, das ist bei allen ähnlichen Irrtümern die Wahrheit, doch keiner spricht sie aus. Jedenfalls hätte Mama das nicht gestattet. Sie hatte umschreibende Entschuldigungen diktiert, die mit guten Wünschen für sein zukünftiges Glück endeten. Was meinten wir mit Glück für Arnaud? Ich vermute, Seelenfrieden.

Papa ging zum Fenster und trommelte gegen die Scheibe. Er machte eine unüberlegte Bemerkung – daß er einen Teil der Kirche Saint-Augustin sehen könne, die Luft sei so klar. In Wirklichkeit ließ dichter, grauer, peitschender Regen alles außer der nächsten Baumreihe verschwinden.

Arnaud sah von dem Brief hoch und sagte: »Ich träume wohl.« Sein kluges, melancholisches Gesicht hatte die Farbe des Regens. Meine Mutter befürchtete, er würde ohnmächtig, wie das Madame Pons so gern tat, und würde sich auf dem Marmorfußboden am Kopf verletzen. Die Kühle des Marmors war allen durch die Schuhsohlen gedrungen. Sie versuchte, die Männer auf einen Teppich herüberzubekommen, doch Arnaud schien wie gelähmt. Um die Stille zu überbrücken, redete sie weiter über den Fußboden – der Marmor stamme aus Italien; man habe sie vor ihm gewarnt; er sei schwer zu reinigen, und er speichere die Kälte.

Arnaud starrte auf seine Füße, dann auf ihre. Schließlich fragte er nach mir.

»Sylvie hat sich aus dem weltlichen Leben zurückgezogen«, sagte meine Mutter. In meinem Brief hatte ich nichts von der Heirat mit einem anderen Mann erwähnt, daher stellte er eine zweite, logische Frage: Ob ich daran denke, Nonne zu werden?

Der Regen, der draußen Kastanienblüten zerpflückte, klang, als werfe man Steinchen gegen die Fensterscheiben. Ich weiß es, weil ich in meinem Schlafzimmer, ein Stück weiter hinten, war. Ich konnte Arnaud damals nicht als einen Menschen sehen, der erstarrt und betäubt ist. Er war ein Hindernis auf einer Bahnstrecke. Meine zärtliche und tüchtige Mutter hatte sich bereit erklärt, ihn von den Gleisen zu räumen.

An jenem Abend sagte ich: »Wenn nun seine Eltern hier auftauchen und eine Szene zu machen versuchen?«

»Das würden sie sich nicht trauen«, sagte sie. »Du warst mehr, als sie sich je erträumt hatten.«

Das war eine merkwürdige neue Art, die Ponses zu sehen. Bisher hatten ihre Bildung und Herkunft und ihr Interesse für Dinge der Vergangenheit einen ärgerlichen Mangel an Voraussicht ausgeglichen – sie hatten nie Eigentum erworben, das ihr einziger Sohn erben könnte. Sie wohnten immer noch in einem elenden Viertel in der gleichen, düsteren Wohnung, die sie 1926, im Jahr ihrer Heirat, angemietet hatten. Sie lag in einer Straße mit wenig einladenden Geschäften und Versicherungsagenturen, östlich vom Bahnhof Saint-Lazare, in der Nähe der alten deutschen Kirche. (Arnaud hatte mich in die Kirche zu einem Konzert mit Schallplattenmusik mitgenommen. Ich war vorher noch nie in einer protestantischen Kirche gewesen. Sie war dürftig und kahl und wirkte zweckmäßig, wie eine große Besenkammer. Ich fragte mich, wo sie die protestantischen Verschwörungen ausheckten, die Cousin Gaston oft erwähnte, beispielsweise die Zerstörung der mediterranen Kultur mit friedlichen Mitteln. Ich erinnere mich, daß ich mich einsam und fehl am Platz fühlte und Arnauds Hand nahm. Er zeigte seinen abwesenden, der Musik ganz hingegebenen Ausdruck und schien es nicht zu bemerken. Jedenfalls hatte er nichts dagegen.)

Familien wie die Ponses waren schon viel früher aus der Gegend fortgezogen, aber Arnauds Vater sagte, seine Besitztümer seien zu alt und kostbar, um polternd eine Wendeltreppe hinuntergeschafft und in einen Möbelwagen gehievt zu werden. Papa glaubte, er wolle nur seinen verlängerbaren Mietvertrag behalten, auf den zufällig die günstigen Bedingungen eines willkürlichen Mietkontrollgesetzes zutrafen – er zahlte immer noch ungefähr die gleiche Miete wie vor dem Krieg.

118

Was er dabei sparen mochte, war nie an Farbe oder neue Gardinen gewendet worden. Seine elf Zimmer ähnelten sich und machten alle den gleichen abgewohnten Eindruck; man wußte nie, ob man gerade im Speisezimmer oder in einem Schlafzimmer war. Überall waren antike Tische und Bettgestelle. Die Spiegel hatten alle die gleichen dunklen Flecken, die an Landkarten erinnern. Papa fragte sich oft, ob die Ponses wirklich wußten, wie sie aussahen, wenn sie sich doch silbrig hell erblickten und ganze Gesichtspartien gefleckt waren oder fehlten.

Eins der ersten Dinge, die Madame Pons mir gezeigt hatte, war ein stummes Cembalo, das sie mir und Arnaud vererben wollte. Um sein Äußeres wiederherzustellen – von seinem Klang ganz zu schweigen –, hätte ein erfahrener Restaurator monatelang arbeiten müssen, das war mehr, als sich Arnaud leisten konnte. Als ich mich nach etwas anderem umsah, worüber ich mich unterhalten konnte, erblickte ich in einer entfernten, düsteren Ecke einen Badezuber mit Waschtisch, in ihrer Art wertvolle Zeugen der Vergangenheit, vor Alter streifig und fleckig. Jemand hatte sie vor kurzem benutzt – die Handtücher auf einem Ständer daneben wirkten feucht. Ich hatte guten Grund zur Annahme, daß die ganze Familie dieselben Handtücher benutzte.

Was lief im Winter meiner Verlobung für Monsieur Pons schief? Sogar Papa fand es nie heraus. Er vermutete, Monsieur Pons hatte in zu großem Stil zuviel Steuerberatung erteilt. Er entfernte das Messingschild mit den Sprechstunden von seiner Wohnungstür und ging in eine Firma arbeiten, die nicht seinen Namen trug. Seine Frau hatte eine ungewöhnliche Vergangenheit, aristokratisch und irgendwie bohemehaft zugleich. Meine Eltern überlegten, was das bedeuten könnte.

119

Meine Kinder würden ein Viertel blaues Blut erben, das stimmte, aber vielleicht bekämen sie auch die Neigung mit, nackt in Montmartre zu tanzen. Ihr Vater war im Ersten Weltkrieg gefallen, und er hinterließ Möbel, einen Namen und die lange Tradition, in einer Schlacht umzukommen. Sie war die erste Frau in ihren Kreisen, die je gearbeitet hatte. Ihre Mutter weinte jeden Morgen, wenn sie mitansah, wie die Tochter ihren Hut feststeckte und ihr Essensgeld zählte. Sie hieß Marie-Eugènie-Paule-Diane. Ihr Mann rief sie Nenanne – ich habe nie mitbekommen, warum.

Arnaud hatte Jura studiert, wegen der Familientradition, aber seine wahre Berufung war es, Musikkritiken zu schreiben. Er wäre gern Musikkritiker bei einer Tageszeitung gewesen, unbestechlich und gefürchtet. Er wollte die Hohlheit und Vulgarität des Pariser Geschmacks enthüllen; so sagte er. Dirigenten und Sopranistinnen würde den besonderen Grad von Angst spüren, der eine gute Aufführung hervorbrachte, wenn sie wußten, daß der unbestechliche Arnaud Pons im Hause war. (Arnaud könne überhaupt nicht beurteilen, ob er unbestechlich sei, sagte mein Vater. Er habe nie versucht, seinen Lebensunterhalt mit dem Schreiben von Kritiken in Paris zu verdienen.)

Wir verbrachten die meiste Zeit, die wir zusammen waren, mit dem Anhören von Schallplatten, während Arnaud mir erklärte, was bei Toscanini oder Bruno Walter nicht stimmte. Er hielt dann die Platte an und spielte die gleiche Stelle noch einmal, auf die Fehler hinweisend. Die Musik wirkte so abgenutzt und schäbig wie das Zimmer. Ich stellte mir die Musiker in jenen großen Orchestern der Vergangenheit von einer Staubschicht überzogen vor, auf Instrumenten spielend, die rissig, geborsten, voller Fingerabdrücke waren und mit Leim und Strick zusammengehalten wurden. Meine Kinder in Lille hatten makellose Instrumente, die perfekt gestimmt waren. Ihre Musik strömte in einen dunklen Garten hinaus, der vom stillen Regen durchtränkt war. Aber dann wurden meine Gedanken von den schrillen Tönen und Schreien einer von Arnauds verfluchten Sopranistinnen überwältigt – eine Tosca, eine Mimi –, und ich schloß meine Augen und ließ mich fallen. Eine stille Wasserfläche kam mir entgegen. Ich starb nicht, doch ich ließ los.

Bernards Vater antwortete auf Papas zweiten Kontaktversuch, der dem ersten sehr ähnelte. Er schrieb, daß sein Sohn Student sei, ohne eigene Unterkunft oder eigenes Einkommen. Es würde noch lange dauern, ehe er sein Schicksal mit irgendeinem anderen verbinden könne, und es würde nicht meins sein. Bernard hege keine Zuneigung für mich; überhaupt keine. Er habe mich für ein attraktives Mädchen mit künstlerischen Neigungen gehalten, sehr entgegenkommend und vielleicht ein wenig einsam. Da er ein leidenschaftlicher Briefeschreiber sei, mit Brieffreunden sogar im entfernten Belgien, habe Bernard mir die Hand brieflicher Kameradschaft geboten. Ich habe die Hand eilig ergriffen und es als Verpflichtung betrachtet. Bernard sei bereit, vor Gericht zu beschwören (falls eine Gerichtsverhandlung zu den unvernünftigen Absichten meines Vater zähle), daß er kein Risiko eingegangen sei und nie die Kontrolle verloren habe bei einer ungebundenen jungen Person, die er in einem öffentlichen Park getroffen habe. (Meine Eltern wunderten sich über »ungebunden«. Ich mußte erklären, daß ich meinen Verlobungsring abzunehmen und lose in einer Tasche zu tragen pflegte. Sie fragten mich nach dem Grund dafür. Mir fiel nichts ein.)

Monsieur Brunelle hoffte, so ging der Antwortbrief weiter, daß Monsieur Castelli meinen leidenschaftlichen Ergüssen in Form von Briefen ein Ende setzen würde. Ihr erregter Inhalt und ihre Häufigkeit – nicht weniger als drei pro Tag – störten Bernards Studium und bereiteten ihm in der Tat schlaflose Nächte. Bestimmt würde mein Vater mich nicht die Leidenschaft eines jungen Herzens an eine Illusion, die zu nichts führte, verschwenden sehen wollen (»an eine Schimäre, die nur in der Sahara der Enttäuschung verdorren kann«, war, was Monsieur Brunelle tatsächlich schrieb). Er bat meinen Vater, dem Wort eines Gentleman zu vertrauen, daß meine Ergüsse vernichtet worden seien. »Gentleman« war in englisch und unterstrichen.

Meine Eltern schlossen sich in ihrem Schlafzimmer ein. Von meinem eigenen Zimmer aus, wo ich am Fenster saß und Bernards Botschaften in der Hand hielt, konnte ich die Schreie meines Vaters hören. Er gab Mama die Schuld. Schließlich kam sie herein, und ich stand auf und gab ihr das ganze Bündel – drei Briefe und eine Postkarte.

»Nur den wichtigen«, sagte sie. »Denjenigen, den ich mir vergangenen April von dir hätte zeigen lassen sollen. Ich will den Brief, in dem vom Heiraten die Rede ist.«

»Es stand zwischen den Zeilen«, sagte ich und beobachtete ihr Gesicht beim Lesen.

»Es stand nirgends.« Plötzlich schien ich ihr leid zu tun. »O Sylvie, Sylvie. Meine arme Sylvie. Zerreiß ihn. Zerreiß jeden einzelnen. Und das Ganze nur, weil du Arnaud nicht zu lieben versuchen wolltest.«

»Ich habe geglaubt, daß er mich liebt«, sagte ich. »Bernard, meine ich. Er hat nie das Gegenteil gesagt.«

Die vom Himmel gesandte Vision von meinem zukünftigen

Leben war schon verblaßt; die Stimmen meiner engelhaften Kinder wurden undeutlich. Vielleicht hatte ich nur die Seiten eines alten Geschichtenbuches mit schwarzweißen Stichen umgeblättert.

Ich sagte: »Ich entschuldige mich bei Papa und bitte ihn um Verzeihung. Ich kann nicht erklären, was geschehen ist. Ich dachte, er wollte, was ich wollte. Er hat nie das Gegenteil gesagt. Ich verspreche, nie wieder Bilder zu malen.«

Ich hatte nicht vorgehabt, die Bemerkung über das Bildermalen zu machen. Es war mir so herausgerutscht. Ehe ich sie zurücknehmen konnte, sagte Mama: »Dir verzeihen? Du bist wie ein kleines Kind. Schließt die Verzeihung auch ein, daß wir unsere ergebensten Entschuldigungen an die Familie Brunelle schicken und erklären müssen, daß unsere einzige Tochter einfältig ist? Erklärt das ein Verhalten, das kein vernünftiger Mensch verstehen kann? Eltern wußten schon, was sie taten, wenn sie ihre Töchter an der kurzen Leine hielten. Meine Mutter las jeden Brief, den ich schrieb, bis ich verheiratet war. Wir waren zu liebevoll, zu nachsichtig.«

Ihr Gesicht wirkte verhärmt und eingefallen. Ihre Liebe, ihre Verbundenheit, was von ihrer Jugend und ihrem Reiz übrig war, zog sich von mir zurück, um für Papa dasein zu können. Sie stand ganz still, fast in Habachtstellung. Ich glaube, wir beide waren ratlos. Ich glaube, sie wartete auf ein Zeichen, damit sie das Zimmer verlassen konnte. Schließlich rief mein Vater sie. Ich hörte sie murmeln: »Geh mir bitte aus dem Weg«, obwohl ich überhaupt nicht in der Nähe der Tür war.

Meine Freundin Chantal – meine Poststation, mein Postillon d'amour – kam herüber, sobald sie die Neuigkeiten hörte. Meine Mutter hatte sie Chantals Mutter am Telefon zugeflü-

stert, in einer Version der Ereignisse, die mich gänzlich entschuldigte und die Brunelles zu Mitgiftjägern, neureichen Pro-
vinzkaufleuten und Grobianen machte. Chantal wußte es besser, obwohl sie immer noch glaubte, daß die Brunelles ihre
Sache falsch dargestellt hatten und Kritik verdienten. Sie hatte
Pralinen mitgebracht, um mich aufzuheitern; wir verspeisten
in einer Ecke des Salons sitzend, wie zwei Reisende in einer
Hotelhalle, fast eine ganze Schachtel. Sie trug ihr Haar nach
der neuesten Mode, kurzgeschnitten und in der Stirn kräftig
gelockt. Ich habe den Namen der Schauspielerin, die diese
Mode ins Leben rief, vergessen; Chantal hatte ihn mir gesagt,
aber ich konnte ihn mir nicht merken.

Chantal war eine gute Freundin, vielleicht weil sie mich nie
ernsthaft als Rivalin betrachtet hatte; und wenn ich das sage,
beurteile ich sie vielleicht falsch. Jedenfalls verlor sie keine
Zeit, mir energische Ratschläge zu geben. Ich solle mir das
Haar schneiden lassen, mein Aussehen verändern. Es sei der
erste Schritt auf dem Weg in ein neues Leben. Sie wußte, daß
ich Kinder mochte und vielleicht nie eigene haben würde – ich
wüßte ja nicht, wie man es anstellt, einen Mann zu treffen,
oder wie ich einen, der mir zufällig über den Weg lief, festhalten sollte. Das Nächstbeste wäre, wenn ich ein Lehrerseminar
besuchte und mich zur Kindergärtnerin ausbilden ließe. Dazu
brauchte es nicht viel, sagte sie. Man ermunterte die Kinder,
mit Buntstiften zu malen und zu singen und im Kreis zu laufen. Nach dem Essen setzte man sie aufs Töpfchen und brei-
tete Decken für das Nachmittagsschläfchen auf dem Boden
aus. Sie kannte viele Mädchen, die das gemacht hatten, nachdem ihre Verlobungen, aus irgendeinem Grund, auseinander-
gegangen waren.

Sie hatte vor kurzem bei einem Familienurlaub in den Alpen einen Kapitänleutnant kennengelernt, und nun planten sie die Hochzeit zu Weihnachten. Vielleicht konnte ich meine Familie überreden, das gleiche zu versuchen; doch einen Verlobten im Gebirge zu finden, war eine neue Idee – meiner Mutter erschien sie riskant und zweifelhaft, während mein Vater sich Schwindler und Ausländer durch den Schnee stapfend vorstellte, die hinter den Töchtern anderer Männer her waren.

Seit dem Fiasko, wie er es nannte, wollte mich Papa nicht ansehen. Wenn er etwas zu sagen hatte, brüllte er es Mama zu. In diesem Jahr nahmen sie ihren Jahresurlaub nicht, sondern blieben bei heruntergelassenen Jalousien in ihrer Wohnung und taten so Buße für meine Sünden. Alle Welt war unterwegs, nur wir nicht. Aus der Normandie schickte Claudine meiner Mutter eine Ansichtskarte mit der Basilika von Lisieux und der Botschaft: »Meine Mama teilt als Mutter respektvoll Ihren Kummer« – als wäre ich gestorben.

Als wir eines Abends zu Tisch saßen – die Gardinen waren zugezogen, keiner sagte viel –, hob Papa plötzlich die Hände, die Handflächen nach außen gekehrt. »Wieviel Hände sind das?« fragte er, mich direkt ansprechend.

»Zwei?« Ich formulierte es als Frage, falls es eine Falle war.

»Richtig. Zwei Hände. Alles, was ich brauchte, um eine erstklassige Berufskarriere zu machen. Ich habe meiner Frau das Leben ermöglicht, das sie sich wünschte, und meiner Tochter eine fürstliche Erziehung.«

Ich spürte die gespannte Aufmerksamkeit meiner Mutter, weil sie wollte, daß ich sagte, was Papa erwartete. Er hatte eine Flasche Brouilly fast allein ausgetrunken und schien zu unbesonnener Handlung bereit. Letzten Endes war die Botschaft schlicht: Er hatte mir vergeben. Mein Leben war ein Chaos, und unsere Familienehre hatte ernstlich Schaden genommen,

125

aber ich war nicht allein daran schuld. Man möge sich doch die jungen Männer ansehen, mit denen ich zu tun hatte: kastrierte Schoßhündchen. Kein Wunder, daß es heutzutage so viele alte Jungfern gab. Ich hatte die einzig männliche Generation des zwanzigsten Jahrhunderts verpaßt, die Altersgruppe, zu der Monsieur Pons, Cousin Gaston und natürlich Papa selbst zählten.

»Wir waren eine starke Sprosse in der Leiter des Fortschritts«, sagte er. »Nach uns ist die ganze Leiter zusammengebrochen.« Der Name Pons, selten erwähnt, schien eine weit zurückliegende Katastrophe heraufzubeschwören, an die sich wenige Treue erinnerten. Er senkte das Haupt, und ich dachte bei mir, er wird doch wohl nicht zu weinen anfangen. Mir fiel ein, wie meine Mutter gesagt hatte: »Wir waren zu liebevoll.« Ich sah den Speicher in Nizza und unseren Namen in verblaßtem Blau. Es gab keine Castellis mehr, außer Julien in Indochina. Ich hielt mir die Serviette vor das Gesicht und heulte los.

Papa wurde heiterer. »Zwei Hände«, sagte er, diesmal zu Mama. »Und keine Hilfe von irgendeiner Seite. Stimmt das nicht?«

»Alle haben dich bewundert«, sagte sie. Sie räumte ab und holte den Nachtisch. Ich war zu überwältigt, um ihr zu helfen; außerdem wollte sie mich nicht. Sie vermißte Claudine. Meine Mutter setzte sich wieder und schaute Papa an, ohne mich zu beachten. Ich war ein trauriger Gast, wie Madame Pons, die beim Anblick von Kalbskotelett beinah hysterische Anfälle bekam. Vielleicht hätten sie ihre Gesellschaft der meinen vorgezogen, wenn sie die Wahl gehabt hätten. Sie hatte ihnen nichts getan und ihnen gelegentlich Grund zum Lachen gegeben. Ich lehnte den Nachtisch ab, obwohl keiner sich darum kümmerte. Sie aßen ihre frischen Feigen, in Honig gedünstet, mit fetter

Sahne – eigentlich zu süß für Mama, aber Papa aß sie sehr gern. »Je süßer das Essen, desto besser die Laune« war eine allgemeine Wahrheit, die sie auf das eheliche Leben anwandte.

Meine Mutter träumte, sie sähe, wie eine junge Frau von einem hohen Gebäude gestoßen würde. Die Frau stürzte kopfüber mit wehendem Hochzeitsschleier herab. Der Schleier nahm am nächsten Tag Gestalt an, als Einzelheiten des Traumes wiederkehrten. Zunächst beschrieb Mama das Opfer als Mann, aber der Schleier machte den Fehler deutlich. Sie erwähnte ihren Schrecken und ihr Entsetzen über meine Bemerkung auf der Brücke. Der Traum war ihr ganz sicher als Erinnerung gesandt worden; man sollte mir keine Steine in den Weg legen oder mir schroff widersprechen oder mich in die falsche Richtung drängen. Chantals Pläne für meine Zukunft waren ihr schlimmer als töricht vorgekommen – sie schienen geradezu gefährlich. Ich wußte nichts von kleinen Kindern. Ich würde zulassen, daß sie Münzen und Bleistiftstummel schluckten, würde das eine oder andere Kind bei unseren Ausflügen in Parks und auf Plätzen zurücklassen, würde ihre Regenstiefel und Pullover verlieren. Kindergärten waren Orte für Nonnen und aufopferungsvolle Jungfern. Noch wichtiger, in dem Umfeld gab es keine Männer, außer hin und wieder einen Aufsichtsbeamten, schon verheiratet und schlecht bezahlt. Männer mit magerem Einkommen heirateten immer jung. Das war keine Meinung, sagte meine Mutter. Das entsprach der Statistik.

Wegen des Traumes begann sie, mir ihre Gefühle zu zeigen – durch Andeutungen und Schweigen oder dadurch, daß sie mir Geschichten von unglücklichen und verzweifelnden unverheirateten Lehrerinnen, die sie gekannt hatte, erzählte. Ihre Namen hatte ich noch nie gehört und wunderte mich, wann ihr alle diese Martines und Georgettes begegnet waren. Mein Vater, nicht zugänglich für Träume, besonders für solche der bedrohlichen Art, wollte wissen, wieso ich einen solchen Drang verspürte, Kindern, die nicht mit mir verwandt waren, die Nasen und Hintern abzuwischen. Wenn man sich um seinen eigenen Nachwuchs kümmern mußte, war das schon undankbar genug. Er redete vom krassen Egoismus der Kleinen, ihren gedankenlosen Fragen, ihrer Vorliebe für Schmutz. Nichts war abstumpfender für den Geist eines erwachsenen Menschen als der Kreislauf der selbstbezogenen Tage und langen, konturlosen Sommer eines Kindes.

Ich fing an, bis spät in den Tag hinein zu schlafen. Nichts konnte mich wecken, nicht einmal, wenn Papa von einem Zimmer zum anderen nach meiner Mutter rief. Um die Mittagszeit wanderte ich ungewaschen in die Küche und wärmte mir übriggebliebenen Kaffee auf. Claudine, zurückgekehrt, um die Aufmerksamkeit meiner Mutter voll in Anspruch zu nehmen, wusch Salat und panierte Schnitzel fürs Mittagessen und lief um mich herum, als gehöre ich zum Mobiliar. Eines Morgens brachte mir Mama das Frühstück auf einem Tablett und setzte sich auf die Bettkante und sagte, Julien sei als vermißt gemeldet. Er könnte in Gefangenschaft geraten oder tot sein. Auf neue Nachrichten wartend, solle ich ein ruhiges Leben führen und beten. Ich erinnere mich, daß sie zum Ausgehen angekleidet war und für die Jahreszeit unpassende Sachen trug – ganz in Hellblau, mit einem Stirnband von Vergißmeinnicht und ihren Türkisohrringen und einer Reihe kleiner Kettchen. Ihre neue Uhr, Papas letztes Geschenk, war so groß wie eine Münze. Sie mußte sie an die Augen führen.

»Es ist noch nicht zu spät, weißt du«, sagte sie. Ich starrte sie an. »Zu spät für Arnaud.«

Ich nahm an, sie meinte, er könne immer noch in Indochina getötet werden, wenn er das wollte. Wenn man Cousin Gaston und Papa hörte, konnte man sich vorstellen, nur danach sehne sich jeder jüngere Mann. Ich fing an zu sagen, daß Arnaud jetzt siebenundzwanzig war und vielleicht zu alt für Kriege, doch Mama unterbrach mich: Arnaud hatte Paris verlassen und lebte jetzt in Rennes. Im April letzten Jahres, nach dem Treffen im Wohnzimmer, hatte er seine Seeversicherungsgesellschaft darum gebeten, ihn in eine Zweigstelle zu versetzen. Es hatte Monate gedauert, ihm den richtigen Platz zu besorgen; da er Arnaud war, hatte er nicht nur eine Versetzung, sondern auch eine Beförderung verlangt. Bis vor fünf Tagen hatte er noch nie allein gewohnt. Es war immer eine Frau dagewesen, um ihn zu betreuen – nämlich Madame Pons. Madame Pons war sicher, daß er schon angefangen hatte, sich in Rennes nach jemandem umzuschauen, den er heiraten konnte. Beginnen würde er wahrscheinlich mit den Mädchen in seinem neuen Büro und würde dann den Kreis auf die Kirche und auf Konzerte ausweiten.

»Es ist noch nicht zu spät«, sagte Mama.

»Arnaud haßt mich jetzt«, sagte ich. »Außerdem kann ich arbeiten. Ich kann irgendeinen Kurs machen. Madame Pons hat gearbeitet.«

»Wir wissen nicht, als was Madame Pons gearbeitet hat.«

»Ich könnte Kinder betreuen, nachmittags mit ihnen spazierengehen.«

Meine Zweierreihe von Schutzbefohlenen, Hand in Hand, blieb am Bordstein stehen. Ein Polizist hielt den Verkehr an. Wir überquerten die Straße und betraten den Hof einer alten

Abtei, jetzt ein Museum. Die Kinder kletterten über Bruchstücke von Statuen und zerborstene Säulen. Ich zeigte ihnen mittelalterliche Engel.

Madame Pons wollte keine fremde Schwiegertochter aus einer Provinzstadt, sagte meine Mutter. Sie wollte immer noch mich.

Zum ersten Mal begriff ich etwas vom Pakt der Mütter und der Verschwörung, die nie endet. Sie stehen wie Bäume zusammen, Schatten spendend und schützend, den Blick versperrend, und nur eben so viel Licht hereindringen lassend, wie es ihnen gerade paßte. Sie schickte sich an, das Tablett fortzubringen, obwohl ich nichts angerührt hatte.

»Steh auf, Sylvie«, sagte sie. Es hätte wie ein Befehl gewirkt, wenn nicht der Ton gewesen wäre. Ihre lockende, neckende Art war wieder da. Ich wunderte mich noch immer über das hellblaue Kleid; gab sie vor, es sei Frühling, und versuchte aufzunehmen, was im April fallengelassen wurde? »Wird Zeit, daß du dir das Haar schneiden läßt. Manchmal siehst du wie achtzehn aus. Das ist vielleicht ein Teil deines Problems. Wir können im Trois Quartiers essen und dir ein paar Sachen kaufen. Wir sind gut dran, daß wir Papa haben. Er murrt nie über Ausgaben.«

Meine Mutter hatte nie ihr eigenes Konto gehabt oder einen Scheck unterschrieben. Als verheiratete Frau hätte sie Papas Einverständnis gebraucht, und er zog es vor, bei Bedarf bündelweise Geld zu übergeben. Mademoiselle Coutard machte die Umschläge fertig und notierte die Beträge in einem Hauptbuch. Dank eines von Monsieur Pons erfundenen Systems wurde das Geld von Papas Einkommenssteuer abgezogen.

»Und dann«, sagte Mama, »kannst du zwei Wochen ins Gebirge fahren.« Es war keine Überraschung: Chantal und ihr

Kapitänleutnant wollten auf einer verliebten Pilgerreise wieder nach Chamonix, doch General Nauzan, Chantals Vater, wollte nichts davon wissen, wenn ich nicht mitführe. Es war in meiner Mission einbegriffen, in ihrem Zimmer zu schlafen; die Nauzans wollten nicht gezwungen sein, die Hochzeit vorzuverlegen, und wünschten kein großes, gesundes Baby sieben Monate nach der Feier auftauchen zu sehen, um es als Frühgeburt zu deklarieren. Damit ich mir nicht überflüssig vorkäme – tagsüber, heißt das –, würde der Kapitänleutnant seinen Bruder mitbringen, einen jugendlichen Tennisstar, fünfzehn Jahre alt.

(Wir hatten schon die reichliche Hälfte unserer ersten Woche in Chamonix hinter uns, ehe Chantal nachmittags zu verschwinden begann und mich zurückließ, damit ich eine Tennisstunde von dem Star erhielt. Ich glaube mich daran erinnern zu können, daß sie mir spät nachts in der Dunkelheit unseres gemeinsamen Zimmers erzählte: »Ehrlich gesagt, könnte ich ohne diese ganze Seite der Angelegenheit auskommen. Möchtest du morgen an meiner Stelle mit ihm gehen? Er findet dich sehr nett.« Aber diese Art von Erinnerung ähnelt dem Versuch, ein Buch mit ausgerissenen Seiten zu lesen. In gewissen Abständen werden Dinge gesagt, und nichts fügt sich zusammen.)

Ich stand auf und zog mich an, wie meine Mutter es wünschte, und wir fuhren mit dem Bus zu ihrer Friseuse. Sie nannte sich Ingrid. An den großen Wandspiegel geklebt waren ungefähr ein Dutzend aus der *Paris Match* ausgeschnittenen Fotografien von Ingrid Bergman und ihrem kleinen Jungen. Ich zog einen rosa Kittel an, der meine Sachen schützte, und Ingrid schnitt mir das lange Haar ab. Meine Mutter hob ein paar Locken auf, eine für Papa, die anderen, falls ich jemals später sehen wollte, wie ich einmal ausgesehen hatte. Die zwei Frauen entschieden, daß ich mit Locken in der Stirn einfältig aussähe, deshalb kämmte Ingrid die neue Frisur glatt.

Was Chantal behauptet hatte, stimmte: Ich sah völlig anders aus. Ich wirkte selbstsicher, todschick, ziemlich einschüchternd. Ingrid hielt einen Spiegel hoch, damit ich meinen Hinterkopf und mein Profil sehen konnte. Ich wendete langsam den Kopf. Ich hatte einen schlanken Hals und tadellose Ohren und die Stirn meiner Mutter. Eine Sekunde lang blitzte ein Gedanke auf und erstarb dann: Mit ihrem blauen Kleid und blauen Blumenhut und zahlreichen Schmuckstücken war Mama wie ein kleines herausgeputztes Mädchen. Ich starrte mich lange an, und die Frauen lächelten sich zu. Ich sah im Spiegel, wie sich ihre Blicke begegneten. Sie glaubten, sie beobachteten das Aufkeimen von Stolz, von der Art, die mich stark machen würde. Selbst Eitelkeit hätte ihnen gefallen; jedes Erwachen wäre gut.

Ich spürte nichts außer der Sehnsucht nach einem Leben, das zu meinem veränderten Aussehen paßte. Es war ein Verlangen, leidenschaftlicher und geheimnisvoller als jede Art von Liebe. Meine Rolle konnte von keiner anderen Person gespielt werden. Ich brauchte jetzt nur noch darauf zu warten, daß sich mein wahres Leben enthüllte und die anderen Spieler mich hereinließen.

Mein Vater faßte die Nachricht aus Indochina als Teil des Familienfluches auf. Er hatte gehofft, ich würde Julien heiraten. Er hätte dann Castelli-Enkel gehabt. Aber Julien und ich waren uns zu nah im Alter und zankten uns unablässig. Er war mehr wie ein Bruder. »Liebhaber« war immer noch mit ein wenig Selbsttäuschung verbunden. Vielleicht hatte ich immer einen Fremden gewollt. Papa sagte, es träfe stets die Besten, wie in allen Kriegen. Er bedauerte, nicht im letzten Krieg niedergeschossen worden zu sein. Er war neunundvierzig und hatte überlebt, nur um mit anzusehen, daß seine einzige Tochter völlig am Boden, eine anständige Familie beinahe ausgestorben, die gesamte Nation faul und weichlich war.

Er wiederholte das alles und mehr, als er mich zum Bahnhof fuhr, wo ich mich mit Chantal, dem Kapitänleutnant und dem jugendlichen Tennisstar treffen sollte. Seine Abschiedsworte tadelten mich, weil ich Gleichgültigkeit gegenüber Juliens Schicksal an den Tag legte, und ich stieg unter Tränen in den Zug ein.

Meine Mutter war zu Hause an dem hübschen kleinen Schreibtisch, wo sie so viele bedeutungsvolle Ereignisse plante. Zum ersten Mal in ihrem Leben lud sie per Telefon zum Essen ein. Ich habe noch den Brief, den sie mir nach Chamonix schickte, worin sie beschrieb, was es zum Essen gab und was Madame Pons getragen hatte: ein lachsfarbenes, ärmelloses Kleid, spitze Stöckelschuhe und falsche Perlen. Sie hatte auch den von mir verschmähten Verlobungsring getragen. Madame Pons konnte sich jetzt ruhig mangelndes Urteilsvermögen und schlechten Geschmack leisten. Wir waren die Bittsteller.

Mein Vater war vorgewarnt worden, daß es wegen Madame Pons Fisch geben würde, aber er hatte es vergessen und sagte ziemlich laut: »Willst du mir etwa erzählen, daß es nach dem Steinbutt nichts mehr gibt? Streiken die Fleischer? Ist heute Karfreitag? Ist die ganze Welt verrückt geworden? Armes Frankreich!« Und zu Monsieur Pons gewandt sagte er: »Ich meine das ernst. Diese Veränderungen der Sitten und Gebräuche sind Teil des Niedergangs.«

Die beiden Gäste gaben vor, nicht zu verstehen. Sie blickten

auf mein Bild des Hafens von Neapel – voller Angst, sagte
Papa später, daß wir versuchen könnten, es ihnen zu schenken.

Als Papa mich fragte, ob es mir in den Alpen gefallen habe,
sagte ich: »Es wurde viel Tennis gespielt.« Das hatte die dämp-
fende Wirkung, die ich erhofft hatte, und er fing an, von einem
Mann zu reden, der aus der Armee desertiert war, weil er Pazi-
fist war, und der eigentlich erschossen werden sollte. Mama
nahm mich beiseite, sobald sie konnte, und erzählte mir ihre
Neuigkeiten: Arnaud war immer noch unschlüssig. Er hatte
weiterhin freie Wahl, und das war wie eine unbeständige Wet-
terperiode. Die beiden Mütter studierten den Himmel. Wie
lange konnte sie anhalten? Er erwähnte mich nie, aber
Madame Pons war sicher, daß er auf ein Zeichen wartete.

»Was für ein Zeichen?« fragte ich. »Ein Brief von Papa?«

»Von Papa kannst du nicht erwarten, daß er weitere Briefe
schreibt«, sagte sie. »Es muß von dir kommen.«

Wieder einmal ließ ich mir von meiner Mutter einen Brief
an Arnaud diktieren. Ich hatte keine Ahnung, was ich sagen
sollte – oder eher, wie ich es richtig sagen sollte. Es war die
förmliche Bitte um eine Verabredung, wann immer es Arnaud
passen würde, am Ort seiner Wahl. Das war alles. Ich unterschrieb mit meinem vollen Namen: Sylvie Mireille Castelli.
Ich hatte noch nie einen Brief an jemanden in Rennes geschickt. Ich konnte mir seine Straße nicht vorstellen. Ich fragte
mich, ob er im Haus eines anderen wohnte oder eine eigene
Wohnung gefunden hatte. Ich fragte mich, wer ihm das Frühstück machte und seine Sachen aufhängte und die Handtücher
im Bad wechselte. Ich fragte mich, was er beim Anblick meiner
Handschrift empfinden würde; ob er den Brief ungelesen verbrennen würde.

Er ließ zehn Tage verstreichen, ehe er antwortete, daß er nichts dagegen hätte, mich zu sehen, und schlug Mittagessen in einem Restaurant vor. Er könnte an einem Sonntag nach Paris kommen und am gleichen Tag nach Rennes zurückfahren. Für mich schien das eine enorme Belastung, die er auf sich nahm. Der schnellste Zug benötigte damals über drei Stunden. Er schrieb, er würde mir recht bald nähere Informationen in dieser Angelegenheit zukommen lassen. Der Umzug nach Rennes hätte ihn mitgenommen, und er hätte Urlaub nötig. Er unterschrieb mit »A. Pons«. (»Das ist neu«, sagte mein Vater über die Einladung zum Essen. Er fand, Arnauds Verhältnis zum Geld sei vorsichtig, um nicht zu sagen ängstlich.)

Er kam schließlich am dritten Sonntag im Oktober in Paris an, fast auf den Tag genau ein Jahr nach unserem ersten Treffen. Ich grübelte über dem Fahrplan und fragte mich, warum er es vorgezogen hatte, im Morgengrauen aufzustehen und einen Zug zu nehmen, der überall hielt, wenn es zwei Stunden später einen durchgehenden Zug gab. Papa wies auf den Expreßzuschlag hin. »Und Arnaud...«, sagte er, ließ es aber dabei bewenden.

Papa fuhr mit mir zum alten Montparnasse-Bahnhof, wo die Züge aus dem Westen Frankreichs ankamen. Kaum einer erinnert sich heute noch an ihn: ein langgestrecktes graues Gebäude mit einem Holzboden. Ich besitze eine Schwarzweiß-Postkarte, auf der die Bordsteinkante zu sehen ist, wo mein Vater seinen Citroën parkte, und die Bahnhofsuhr, auf die wir blickten, und die Tür, durch die ich ging, um Arnaud Aug in Aug gegenüberzustehen. Wir kamen zu zeitig und blieben im Auto sitzen, hielten uns manchmal an den Händen, hörten uns ein politisch-satirisches Sonntagvormittagprogramm an – Lieder und Gedichte und Imitationen einflußreicher Politiker –, doch Papa bekam es bald satt, allein zu lachen, und schaltete es ab. Er rauchte vier Gitanes aus einer Packung, die Onkel Gaston liegengelassen hatte. Als sein Feuerzeug streikte, tat er so, als würfe er es fort, weil er versuchte, mich zum Lachen zu bringen. Ich fand nichts Komisches am Verlust eines schönen silbernen Feuerzeugs, dem Geschenk eines Patienten. Es wirkte verschwenderisch, nicht belustigend. Ich aß einige teure Pralinen, die ich im Handschuhfach fand – sie stammten von Mademoiselle Coutard, glaube ich.

Er beugte sich immer wieder nach vorn, um einen Blick auf die Bahnhofsuhr zu werfen, falls seine Uhr und meine Uhr und die Uhr auf dem Armaturenbrett nachgingen. Als es soweit war, küßte er mich und ließ sich von mir das Versprechen geben, daß ich ihn umgehend anrief, sobald ich wußte, wann Arnauds Zug zurückfuhr, damit er mich abholen kommen könne. Er gab mir die Namen von zwei oder drei Restaurants, die er mochte, und wies in die Richtung des Boulevard Raspail – Lokale, in die er mich mitgenommen hatte, die nach Zigarren und rotem Burgunder rochen. Sie sahen ein wenig wie Bahnhofsbüfetts aus, waren aber bequemer und viel teurer. Ich stellte mir vor, daß Arnaud und ich auf dem Boulevard in die entgegengesetzte Richtung gehen würden, wo es zahlreiche kleinere, billigere Lokale gab. Papa und Cousin Gaston rauchten Gitanes in Erinnerung an ihre Studentenzeit. Manchmal besuchten sie tatsächlich die Restaurants ihrer Jugend, wo es nach gekochtem Rindfleisch und Bratkartoffeln und dunklem Tabak roch, doch sie kannten den Unterschied zwischen einem sentimentalen Ausflug und einem guten Essen.

Als ich mich abwandte, mit so heftig klopfendem Herzen, daß ich zitterte, hörte ich ihn sagen: »Denke daran, was auch geschieht, du wirst immer ein Zuhause haben«, was die Wahrheit war, doch auch eine Redensart.

Als erste stieg ein Mädchen mit Plastikrosen in ihrem lockigen Haar aus. Sie lief in die Arme von zwei anderen Mädchen. Sie ähnelten sich, sie trugen die gleichen langen Mäntel mit Schmuckknöpfen, hatten das gleiche Wuschelhaar und die gleichen Haarspangen aus Plastik. Eine der Pariserinnen nahm den Pappkoffer der Reisenden, und sie gingen davon, sich immer noch umarmend und schwatzend. Chantal hatte mich davor gewarnt, mit irgendeinem Mann auf dem Bahnhof zu sprechen, selbst wenn er anständig schien. Sie hatte die traurigen Mädchen beschrieben, die aus dem Westen, einer Gegend mit großen wirtschaftlichen Problemen, kamen, um Arbeit als Hausangestellte und Kellnerinnen zu finden, und die Gangster, die an den Bahnsteigausgängen herumlungerten. Sie gabelten dann die Mädchen auf und schickten sie nach kurzer Zeit auf die Straße. Wenn ein Mädchen dieses Leben satt hatte und wegzulaufen versuchte, ließen sie es ermorden und seine Leiche in die Seine werfen. Die Verbrechen wurden nie aufgeklärt, keinen kümmerte es.

In Wirklichkeit wirkten die meisten Männer, die ich sah, wie verstädterte bretonische Bauern. Ich hatte ein Problem, das im Augenblick viel brennender erschien als die Möglichkeit, verführt und zur Prostitution gezwungen zu werden. Ich wußte überhaupt nicht, was ich zu Arnaud sagen, wie ich das Eis brechen sollte. Meine Mutter hatte mir geraten, über Rennes zu reden, wenn das Gespräch versiegte. Ich könnte das große Feuer von 1720 erwähnen und die schönen Häuser, die es zerstört hatte. Arnaud ging schnurstracks an mir vorbei und kam plötzlich zurück. Über dem Arm trug er einen neuen Regenmantel mit kariertem Futter. Er hatte Handschuhe an; den einen zog er aus, um mir die Hand zu geben.

Ich sagte: »Ich habe mir das Haar abschneiden lassen.«

»Das sehe ich.«

Das verhinderte 1720 oder alles andere für den Augenblick. Wir überquerten den Boulevard du Montparnasse, ohne uns zu berühren oder zu sprechen. Er wandte sich, wie ich erwartet hatte, in die Richtung der billigeren Restaurants. Wir lasen und besprachen die Speisekarten, die draußen ausgehängt waren. Er entschied sich für das Rougeot. Das Rougeot hatte nicht nur eine lange künstlerische und soziale Geschichte, sagte Arnaud, es bot auch ein Menü zum Festpreis mit einer gewissen Auswahl. Eric Satie hatte hier gespeist. Bis nach seinem Tod, als Cocteau und andere seine elende Vorstadtbehausung besucht und die Wahrheit erfahren hatten, ahnte keiner, wie arm Satie gewesen war. Auch Rilke hatte hier gegessen. Es war etwa zu der Zeit, als er Cézanne entdeckte und jene Briefe schrieb. Ich bemerkte Arnauds Art, wie er berühmte Leute erwähnte, indem er vor ihrem Namen eine Pause machte und die Stimme senkte.

Die Tische am Fenster waren schon besetzt. Arnaud machte weniger Umstände, als ich erwartet hatte. Eigentlich war ich noch nie allein mit Arnaud in einem Restaurant gewesen; es war mein Vater, an den ich dachte, und wie heftig er wollte, was immer er wollte. Arnaud war nicht zu bewegen, seinen Mantel aufzuhängen. Er hatte ihn erst gestern gekauft und wünschte ihn nicht in unmittelbarer Berührung mit einer Menge schmutziger Kleidungsstücke voller Flöhe. Er legte ihn, mit dem Futter nach außen, zusammengefaltet auf einen Stuhl. Er fiel jedesmal, wenn ein Kellner vorbeiging, auf den Boden.

Ich merkte mir das Menü, damit ich es Mama beschreiben konnte. Unser erster Gang waren hartgekochte Eier mit Mayonnaise, dann wählten wir die Leber. Leber war etwas, was seine Mutter nicht im Hause haben wollte, sagte Arnaud. Als Folge davon litten er und sein Vater an chronischem Eisenmangel. Ich wollte ihn fragen, wo er jetzt seine Mahlzeiten einnahm, ob er eine entgegenkommende Wirtin hatte, die kochte, oder ob er die tägliche Ausgabe für eine Mahlzeit im Restaurant habe; aber es schien zu neugierig.

Der Rotwein, der zum Menü gehörte, kam in einer dickwandigen, fleckigen Karaffe. Arnaud wollte das Originaletikett sehen. Der Kellner sagte, das Etikett sei zusammen mit der Flasche fortgeworfen worden. In seiner Stimme war ein höhnischer Ton, als seien wir Ausländer, und Arnaud wandte sich kalt ab. Die Kartoffeln, die mit der Leber serviert wurden, waren vorgekocht und aufgewärmt worden – wir bemerkten es beide. Arnaud sagte, es spiele keine Rolle; wegen des Vorfalls mit dem Wein würden wir nie wieder herkommen. »Wir« deutete eine gemeinsame Zukunft an, aber es konnte auch ein Versprecher sein; ich tat so, als hätte ich es nicht gehört. Zum Nachtisch wählte ich Puddingkuchen, und Arnaud aß Backpflaumen in Wein. Keiner von uns hatte noch Hunger, doch der Nachtisch war im Preis inbegriffen, und es wäre Geldverschwendung, einen Gang auszulassen. Arnaud erwähnte das.

Ich will sagen, daß ich nie fand, er sei geizig. Er war nicht nach Paris gekommen, um mich zu bezaubern und zu beeindrucken; er war hier, um seine Gefühle bei meinem Anblick zu prüfen und um herauszufinden, ob ich wußte, was heiraten – speziell, ihn zu heiraten, bedeutete. Seine Unterhaltung war ruhig und lehrreich. Er erzählte mir von »Situationen« und meinte damit die Verwicklungen, in die Leute gerieten, wenn sie Charaktere in Romanen und Stücken waren. Er verglich das Theater des Henry de Montherlant mit dem Jean Anouilhs: Wie sie die Rolle auffaßten, die unschuldige Mädchen im Leben welterfahrener Männer spielten. Für Anouilh sei ein Mädchen eine Taube, sagte Arnaud, eine Unschuldige in weißer Kleidung, am Ende und fast aus Versehen vernichtet. Für Montherlant seien sie eher dumm als unschuldig – gerissener, als irgendein Mann vermutete, ungebildet und stupid.

Ganz unvermittelt sagte er etwas Persönliches: »Du ißt ja deinen Nachtisch gar nicht.«

»Da ist etwas Merkwürdiges oben drauf«, sagte ich. »Grüne Flocken.«

Er zog meinen Teller zu sich herüber und kratzte die Oberfläche des Kuchens mit meinem Löffel ab. (Ich hatte einen Bissen genommen und dann den Löffel hingelegt.) »Petersilie«, sagte er. »In der Küche hat man sich geirrt. Die haben den Kuchen für ein Stück Quiche gehalten.«

»Ich weiß, daß er bezahlt ist«, sagte ich. »Aber ich kann ihn nicht essen.«

Ich war den Tränen nahe. Es kam mir in den Sinn, daß ich mich wie Madame Pons anhörte. Er fing an, den Kuchen zu essen, langsam, meinen Löffel benutzend. Jedesmal, wenn er den Löffel in den Mund steckte, sagte ich mir, er muß dich lieben. Sonst würde er sich ekeln. Als er fertig war, faltete er seine Serviette in der akkuraten Weise, die meine Mutter immer aufregte, und sagte, daß er mich liebe. Oh, nicht so wie früher, doch genug, um ihn glauben zu lassen, daß er mit mir leben könne. Ich brauchte mich nicht für das vergangene Frühjahr entschuldigen oder ihn um Verzeihung bitten. Wie Cosima zu Hans von Bülow gesagt hatte, nachdem sie Wagners Kind geboren hatte, um Vergebung werde nicht gebeten – nur

140

um Verständnis. (Ich wußte, wer Wagner war, aber der Rest verblüffte mich völlig.) Ich war mit einer unschuldigen, impulsiven Bemerkung herausgeplatzt, fuhr Arnaud fort, und meine Mutter – selbst ein Kind – hatte gehandelt, als wäre es eine reife Entscheidung. Meine Mutter hatte seiner Mutter von der Brücke und dem Wendepunkt erzählt; auch das verstand er. Was blinde Leidenschaft anging, so wußte er nur zu gut Bescheid. Einst hatte er wirklich geglaubt, meine Zeichnung vom Vesuv könnte ihm Glück bringen, und er hatte sie mit den juristischen Dokumenten in seiner Aktenmappe mit sich herumgetragen. So liebeskrank sei er mit sechsundzwanzig gewesen. Nun, diese Art seelischer Stürme und Leidenschaften lag jetzt hinter ihm. Er war siebenundzwanzig und jenseits von Extremen. Er gab meiner Mutter die Schuld, aber man mußte ihr kindliches Wesen berücksichtigen. Er war geneigt, Bernard härter zu beurteilen – er sprach den Namen leicht aus, als wäre »Bernard Brunelle« ein Charakter in einem der Stücke, die er eben erwähnt hatte. Brunelle war ein gewöhnlicher Libertin, der mit den Gefühlen eines unerfahrenen und vertrauensvollen Mädchens spielte und es fallen ließ, wenn die Neuigkeit sich abgenutzt hatte. Er, Arnaud, war bereit, die Uhr zurückzustellen auf den Stand, den sie genau eine Sekunde, bevor meine Mutter mir die Hochzeitseinladungen entriß und sie in die Seine warf, gehabt hatte.

Neben einem großen Fenster, das den Blick auf die Terrasse und den Boulevard freigab, saßen die drei Mädchen mit dem lockigen Haar, die mir auf dem Bahnhof aufgefallen waren. Sie schenkten sich gegenseitig Wein ein und beugten sich über den Tisch, daß sich ihre Köpfe fast berührten. Über ihnen schwebte eine dünne blaue Rauchwolke. Wenn ich erst einmal verheiratet war, dachte ich, würde ich rauchen. Dann hätte ich

141

eine Beschäftigung für die Hände, wenn andere Leute redeten, und es gäbe mir den Anschein, als amüsiere ich mich. Eins der Mädchen fing meinen Blick auf und lächelte. Es war ein Lächeln des Wiedererkennens, aber auch zögernd, als wisse sie nicht, ob ich sie erkennen wolle. Sie wandte sich etwas enttäuscht ab. Als ich wieder hinsah, erblickte ich sie kurz im Profil und wußte, warum sie mir bekannt und doch zurückhaltend vorgekommen war – sie war die Sekretärin, die im Vorzimmer von Cousin Gastons Büro saß, die bei Gaston und Papa soviel Besorgnis und Befürchtung ausgelöst hatte. Sie war gerade mal achtzehn – höchstens neunzehn. Wie konnten die Männer sie für eine Spionin gehalten haben? Sie war eine von drei verspielten Freundinnen, vielleicht Schwestern, aus dem ärmsten Teil Frankreichs.

Betrachte es so, sagte Arnaud. Wir sind wie Tamino und Pamina durch Proben und Prüfungen gegangen und sind daraus gestählt und stark hervorgegangen. Mein Blick muß verständnislos gewesen sein, denn er sagte, etwas scharf: »In der *Zauberflöte*. Wir haben sie uns einen ganzen Sonntag lang vorgenommen. Ich habe jedes Wort für dich übersetzt – sechs Platten, zwölf Seiten.«

Ich fragte: »Stirbt sie?«

»Nein«, sagte Arnaud. »Wenn sie sterben müßte, würden wir nicht hier sitzen.« Und nun, sagte er und senkte dabei die Stimme, gäbe es noch etwas, was er wissen müßte. Das war keine primitive Neugier von seiner Seite, sondern ein Verlangen, die ganze Wahrheit ausgebreitet zu bekommen – »ausgebreitet wie ein Bettuch auf grünem Gras, das in der Sonne trocknet«, so drückte er es aus. Meine Antwort würde nichts ändern; sein Entschluß, der mich und unsere Zukunft betraf, war endgültig. Die Frage war, ob es Bernard *erreicht* hatte, und wenn ja, bis zu welchem Grad? War ich ganz und gar oder teilweise oder gar nicht die gleiche wie vorher? Wieder sprach er den Namen des Unbekannten aus, als wäre er eine Erfindung, ein Name, den man einem ausgedachten Leben zugeordnet hatte.

Es brauchte einige Zeit, ehe ich verstand, wovon Arnaud redete. Dann sagte ich: »Bernard Brunelle? Ach, ich habe ihn nicht einmal geküßt. Ich bin ihm nur das eine Mal begegnet. Er wohnt in Lille.«

Sein Zug zurück nach Rennes fuhr erst in einer Stunde. Ich fragte ihn, ob er gern durch Montparnasse spazieren und sich die berühmten Cafés anschauen würde, die mein Vater mochte, doch der Bürgersteig war gefleckt vom Regen, und ich glaube, er wollte nicht, daß sein Mantel naß wurde. Als wir wieder über den Boulevard gingen, nahm er meinen Arm und bemerkte, daß er sich nichts aus den Bretonen und ihrer Geistesart mache. Er würde sein Leben nicht in Rennes verbringen. Leider hatte er selber um die Versetzung gebeten, und die Firma hatte tatsächlich eine Stelle für ihn geschaffen. Es würde einige Zeit dauern, bis er sagen könne, daß er seine Meinung geändert habe. Inzwischen würde er jedes zweite Wochenende nach Paris kommen. Vielleicht könnte ich auch nach Rennes kommen, mit oder ohne Freundin. Wir hatten das Alter erreicht, wo wir vernünftig waren und man uns vertrauen konnte. Einige Strände in der Bretagne seien in Ordnung, sagte er, aber dem Wetter konnte man nie trauen. Er zog die baskische Küste vor, wo seine Mutter immer mit ihm hingefahren war, als er klein war. In Wirklichkeit hatte er gerade mal vier Wochen dort verbracht.

Ich wagte nicht zu fragen, ob er allein gewesen war; jedenfalls war er hier, bei mir. Wir setzten uns auf eine Bank im Bahnhof. Mir fiel nichts mehr ein, was ich sagen konnte. Das große Feuer von 1720 schien als Gesprächsthema für einen, der gerade erklärt hatte, einen Widerwillen gegen die Bretonen und ihre Geschichte zu haben, unpassend. Ich hatte Kopfschmerzen und konnte genausogut schweigen. Ich fragte mich, wie lange es dauern würde, ihm die Angewohnheit der Familie Pons, billigen Wein zu trinken, auszutreiben. Er nahm eine Zeitung, die jemand liegengelassen hatte, und fing an, die Nachrichten von gestern zu lesen. Da stand mehr vom pazifistischen Deserteur; Verräter (ich nahm an, es müßten welche sein) waren dabei, ein Verteidigungskomitee zu gründen. Ich dachte an baskische Strände und hätte gern gewußt, ob es Sand- oder Schiefertonstrände waren und ob es meinen Kindern vergönnt sein würde, Sandburgen zu bauen.

Bald darauf faltete Arnaud die Zeitung in der gleichen sorgfältigen Art, wie er stets eine Serviette faltete, und sagte, ich solle auf Chantals Rat hören und mir eine Stelle in einem Kindergarten besorgen. (Also hatte Mama auch das Madame Pons gegenüber erwähnt.) Ich solle das machen, bis ich genug Arbeitszeit hinter mich gebracht hätte, um eine Rente zu beziehen. Es wäre gut für mich im Alter, ein eigenes Einkommen zu haben. Alles mögliche könnte passieren. Er könnte bei einem Zugunfall ums Leben kommen oder im Kriegsfall einberufen werden. Mein Vater könne sehr leicht durch einen Prozeß ruiniert werden und verschuldet sterben. Der Beruf einer Erzieherin hatte Vorteile, wie lange Ferien und reduzierte Tarife bei der Bahn.

»Wie lange würde das dauern?« fragte ich. »Bis ich mit der Arbeit aufhören und meine Rente bekommen könnte.«

»Fünfunddreißig Jahre«, sagte Arnaud. »Ich werde meine Mutter fragen. Sie hatte auch keine Ausbildung, aber sie hat Privatunterricht gegeben. Man braucht nur eine anständige Herkunft und einige Empfehlungen.«

Warte nur, bis Papa das hört, dachte ich. Er hatte alles für möglich gehalten, sogar, daß sie die bezahlte Geliebte eines Mitglieds des rumänischen Königshauses gewesen war.

Dann sagte Arnaud etwas Seltsames: »Du hättest den ganzen Sommer für deine Kunst. Ich würde dir nie im Wege sein. Ich würde wirklich alles tun, um dir zu helfen. Ich würde mich um die Kinder kümmern, sie dir abnehmen.«

Damals kümmerten sich Männer nicht um Kinder. Nie im Leben hatte ich gesehen, daß ein verheirateter Mann ein Kind trug, es sei denn beim Einsteigen in einen Zug oder bei einer Parade. Ich war froh, daß das mein Vater nicht gehört hatte. Ich glaube, ich war schockiert; vermutlich sank Arnaud etwas in meiner Achtung. Und, was wichtiger war, ich hatte keinen Pinsel oder Zeichenstift angerührt seit dem Tag, an dem meine Mutter den Brief von Bernard – den wichtigen – gelesen hatte. Arnaud würde vielleicht enttäuscht sein, wenn ich nicht malte und zeichnete und Farbflecken auf Händen und Sachen hätte. Vielleicht wollte er gern wie Mama sagen, daß alles, was an den Wänden hing, von mir war. Was er darüber gesagt hatte, daß er mir nicht im Wege sein wolle, war gewiß ungewöhnlich; aber es war auch lieb.

Wir standen auf, und er schüttelte seinen Mantel aus und legte ihn zusammen, die Zeitung unter den Arm geklemmt. Er holte seine Handschuhe aus der Manteltasche, kam zu einem stillen Entschluß und steckte sie wieder ein. Er gab mir die Zeitung, doch dann überlegte er es sich anders – er würde auf der Rückfahrt das Kreuzworträtsel lösen. Am Ende des Tages hätte er ungefähr acht Stunden auf der Bahn verbracht und ein Sonntagsnachmittagskonzert verpaßt, meinetwegen. Er fing an, sich an der Bahnsteigsperre zu verabschieden, doch ich wollte ihn in den Zug einsteigen sehen. Man benötigte eine besondere Bahnsteigkarte – er zögerte, bis ich sagte, ich würde sie selbst bezahlen, dann kaufte er sie für mich.

Vom Tritt des Zuges beugte er sich herab und küßte mich auf die Wange.

Ich sagte: »Soll ich sie wieder wachsen lassen?«

»Was?«

»Meine Haare. Gefallen sie dir kurz oder lang besser?«

Er konnte das nicht beantworten und fand die Frage verwunderlich. Ich ging auf dem Bahnsteig entlang und sah ihn sein Abteil betreten. Es gab eine Diskussion mit einer Dame um den Fensterplatz. Er würde nie etwas haben wollen oder sich nehmen, was ihm nicht zustand, doch er würde stets seine Rechte wahren, wenn es sie gab. Er setzte sich auf den Platz, auf den er ein Anrecht hatte, nachdem er seine Platzkarte vorgezeigt hatte, und öffnete die Zeitungsseite mit dem Kreuzworträtsel. Ich wartete, bis der Zug abfuhr. Er schaute nicht heraus. In seiner Vorstellung war ich auf dem Nachhauseweg.

Ich wußte nicht genau, was ich als nächstes tun sollte, aber eines wußte ich mit Bestimmtheit: Ich würde Papa nicht anrufen. Arnaud hatte seine Familie auch nicht angerufen. Wir hatten uns wie ein richtiges Paar in einer fremden Stadt verhalten, wo wir keinen außer uns kannten. Vom Moment seiner Ankunft an bis eben jetzt hatten wir uns nicht getrennt; kein einziges Mal. Ich beschloß, nach Hause zu laufen. Es war ein langer Weg, zum großen Teil bergauf, wenn ich erst einmal den Fluß überquert hatte, doch ich würde mich bewegen, wie

146

Arnaud sich mit dem Zug bewegte. Ich würde ihn wenigstens auf einem Teil seiner Reise begleiten.

Ich ging los, bei einem leichten, nicht durchdringenden Nieselregen, immer den Boulevard, an den Herbstbäumen entlang. Die grauen Wolken wirkten wie vom Bildhauer geschaffen, die Lichter der Ampeln unnatürlich hell. Ich saß an einem Sandstrand, irgendwo an der baskischen Küste. Ein rotes Band hielt mein langes Haar zusammen und verhinderte, daß es mir ins Gesicht wehte. Ich saß im Schatten eines weißen Sonnenschirms, auf einem gestreiften Handtuch. Die Knie hatte ich angezogen, um meinen Skizzenblock darauf zu legen. Ich neigte den Kopf und zeichnete meine Kinder, wie sie Löcher in den Sand gruben. Sie trugen weiße Sonnenhüte. Ihre Arme und Beine waren braun.

Als ich beim Invalidendom angekommen war, hatte der Regen aufgehört. Statt den kürzesten Weg nach Hause zu nehmen, machte ich einen großen Umweg nach Westen. Die Lichter glänzten heller denn je, als es dunkel wurde. Tief am Himmel waren gelbe Streifen. Ich umrundete den kleinen Park und sah alte Soldaten, Überlebende von Kriegen, an die sich Cousin Gaston und Papa liebevoll erinnerten, auf feuchten Bänken sitzen. Sie wohnten im nahe gelegenen Veteranenheim und hatten sonst nichts zu tun. Ich ging um die Ecke und, langsamen Schrittes, zur Seine hinunter. Ich hatte noch eine beträchtliche Wegstrecke vor mir, aber es schien ungerecht, vor Arnaud zu Hause zu sein; deshalb war ich so weit von meinem Weg abgewichen. Meine Eltern mochten denken, was sie wollten – daß er einen späteren Zug genommen hatte, daß ich beim Versuch, ein Taxi zu bekommen, naß geworden war. Ich würde nie einem Menschen erzählen, wie ich mit Arnaud gereist war, nicht einmal Arnaud. Es war ein kleines

Geheimnis, unwichtig, aber es gehörte zu dem wirklichen Leben, das drauf und dran war, mir die Tür zu öffnen. Und so geschah es dann; und es machte mich tatsächlich glücklich.

Forain

Ungefähr eine Stunde vor der Trauerfeier für Adam Tremski begann Schnee vermischt mit Regen zu fallen, und als die ersten Trauergäste kamen, waren die Steinstufen der Kirche gefährlich naß. Blaise Forain, Tremskis französischer Verleger und nun sein literarischer Nachlaßverwalter, war nicht überrascht, als später eine ältere Frau ausrutschte und stürzte und mit dem Krankenwagen in das Hôtel-Dieu-Krankenhaus gebracht werden mußte. Forain, in einem Versuch, kartesische Ordnung über slawische Aufregung siegen zu lassen, rief den Krankenwagen und fühlte sich dann verpflichtet, die Patientin in die Unfallabteilung zu begleiten und Geld zu hinterlegen. Die alte Dame war nicht versichert gewesen.

Die Fassade und die Stufen bildeten zusammen eine steile Wand – bedrohlich, schroff, vor allem fremd. Die Freunde aus Tremskis letzter Zeit waren Polen, Juden und ein paar Franzosen gewesen. Von den Franzosen waren nur Forain eine Reihe von Bestattungsriten vertraut. Von ihm erwartete man, daß er nicht nur an den Trauerfeiern für seine Autoren teilnahm, sondern auch an denen für ihre Gattinnen. Er kannte alle polnischen Kirchen von Paris, die diplomatische Vertretung Ungarns, die Synagogen in der Rue Copernic und der Rue de la Victoire und die Pseudokapelle des Krematoriums auf dem Friedhof Père Lachaise. Für Nichtgläubige genügten ein paar

Worte am Grab. Ihre Freunde sagten als Gruß: »Wieder einer davongegangen.« Keiner, den sie kannten, war jedoch jemals von dieser besonderen Kirche bestattet worden. Man sagte, die Kirchgemeinde sei die älteste der Stadt, doch das Bauwerk, das an dem uralten Ort errichtet worden war, sah abweisend und kalt aus. Tremski hatte an die vierzig Jahre lang dieselbe Wohnung in einem Haus ohne Fahrstuhl am Rand von Montparnasse gehabt. Was machte er hier drüben auf der falschen Seite der Seine?

Vier Monate früher war Forain zur Aussegnung von Barbara, Tremskis Frau, in der polnischen Kirche in der Rue Saint-Honoré zugegen gewesen. Die Kirche, eigentlich eine Kapelle, war rund und hatte keine festen Kirchenbänke – nur zusammengestellte Stuhlreihen. Die Kuppel war ein Fehler – zu imposant für den gedrungenen Bau –, aber sie hatte Jahrhunderte überdauert, und nur die äußerst Furchtsamen konnten in ihr eine Bedrohung sehen. Dort kamen die Tränen leicht, hatte Forain festgestellt, Tränen, nicht nur um die verlorene Freundin, sondern um all die zerrissenen Bindungen und alten, unfreiwilligen Reisen. Das heißt, die Tränen von Fremden um ihn herum; der Kummer, als er ihn erreichte, war blaß und tränenlos. Er war achtunddreißig, geschieden, hatte eine zwölfjährige Tochter, die in Nizza bei ihrer Mutter und deren Freund lebte. Nur ein oder zwei von Forains Freunden hatten das Mädchen kennengelernt. Den meisten Leuten, wenn man es ihnen sagte, fiel es schwer zu glauben, daß er je verheiratet gewesen war. Unterbrochen worden war die Feier für Tremskis Frau durch das verspätete Eintreffen *ihrer* Tochter – von ihrem ersten Mann –, die aus ihrem Zuspätkommen eine Show gemacht hatte, allein im Kirchengang niedergekniet war, das Samttuch über dem Sarg geküßt hatte und geräuschvoll hinausmarschiert war. Sie hieß Halina und hatte glattes, grau werdendes Haar und ein mürrisches Gesicht mit kleinlichen Zügen. Forain wußte, daß einige der älteren Trauergäste sich an sie als hübsches, nie lächelndes, nicht allzu kluges Kind erinnerten. Einige dachten vielleicht, Tremski sei ihr Vater, und fragten sich, ob er seine Frau schlecht behandelt habe. Tremski, der mit gesenktem Haupt dasaß, mochte es gar nicht bemerkt haben. Jedenfalls hatte er nie etwas darüber gesagt.

Tremski war Jude. Seine Frau war als Katholikin geboren worden, obwohl keiner genau wußte, was dann geschehen war. Um es offen auszusprechen, gehörte sie nun noch der Kirche an oder nicht? Tatsache war, sie hatte im Ehebruch gelebt – wenn einer genau sein wollte –, mit Tremski, bis ihr Mann dem Paar einen Gefallen getan und gestorben war. Eine Scheidung hatte nicht zur Debatte gestanden; vielleicht hatte sie sich nie darum bemüht. Für seine Hochzeit mit Barbara hatte Tremski einen dunkelblauen Anzug in einem guten Geschäft gekauft, Creed oder Lanvin Hommes, und den trug er bei ihrem Begräbnis, und in ihm würde er auch begraben. Einen anderen hatte er nie besessen, war in einer Aufmachung in Paris herumgetrottet, als ob er unter Restauranttischen schliefe, auf einem Bett aus Zigarettenasche und Krümeln. Es hätte ein Team ergebener Frauen gebraucht, nicht bloß eine Gattin, um ihn schmuck zu halten.

Forain wußte nur vom Hörensagen von der Eheschließung in einem der Pariser Rathäuser (damals war Tremski noch nicht übersetzt, hatte eine Stelle in einer Buchhandlung in der Nähe des Jardin des Plantes und hatte den Vorschuß, den er für den dunkelblauen Anzug in Anspruch genommen hatte, über elf Monate hin abgezahlt) – von der Eintragung der Namen in ein Register, von der Weigerung der Tochter, dabeizusein, von dem Wein, den man mit Freunden in einem Café auf der Avenue du Maine trank. Es war ein trauriges Lokal, doch Tremski kannte den Besitzer. Er hatte davon geredet, eine Party zu veranstalten, hatte es aber nie geschafft; seine Wohnung war zu klein. Jederzeit könnte er jetzt in eine größere Behausung ziehen und zweihundertundfünfzig intime Freunde zu einem Festessen einladen. In der Zwischenzeit blieb er in seiner Mietwohnung, einer typischen Emigrantenwohnung der fünfziger Jahre, nun fast museumsreif: zwei Zimmer auf den Hof hinaus, fensterlose Küche, splittrige Böden, unbeheizbares Bad, kein Aufzug, tyrannischer Wirt – eine Figur, die bei seinen komischen Anekdoten und privaten Sorgen eine große Rolle spielte. Was dachte sich seine Frau? Keiner wußte es, aber wenn er zweihundertundfünfzig Einladungen verschickt hätte, hätte sie zweifellos angefangen, sich zweihundertundfünfzig Gläser und Teller zusammenzuborgen. Selbst als Tremski sich einen Umzug leisten konnte, blieb er in seinen schäbigen Zimmern vor Anker – dort waren all die Bücher und die Kisten mit unbeantworteter Post und die wichtigen Dokumente, die er von niemandem ordnen ließ. Schnappschüsse und Gruppenporträts von Romanciers und Poeten, mit den Kleidern und Frisuren der fünfziger und sechziger Jahre, nahmen viel Platz an einer Wand ein. Ein neues Bedürfnis, seine Vergangenheit zu ordnen, ihre Artefakte zu sortieren, hatte Tremskis Unterhaltung an seinem Hochzeitstag bestimmt. Seine Freunde hatten sich bald gelangweilt, während seine Frau zuzuhören schien. Tremski, endlich verheiratet, befand sich auf einem schiefen Kurs und predigte die Notwendigkeit von Disziplin und einer durchdachten Zukunft. Es hielt nicht vor.

Bei Forains erstem Treffen mit Barbara tranken sie bitteren

Tee aus nicht zueinander passenden Tassen und taxierten einander in dem grauen Licht, das vom Hof hereindrang. Freundlich stellte sie ihm Fragen nach seiner Eignung, Tremski zu übersetzen und zu publizieren. Der war damals noch in der Buchhandlung, verkaufte Kriegsmemoiren und Taschenbücher und versah Pakete mit Adressen. Ob Forain enge Verbindungen zum Nobelpreiskomitee habe? Wie viele seiner Autoren wichtige Auszeichnungen erhalten, es zu internationalem Ruhm gebracht hätten? Sie war warm und freundlich und erinnerte ihn an eine große Butterblume. Er war ungefähr so alt wie ihre Tochter, Halina; das sagte Barbara. Er kam sich väterlich, weise, bar jeder falschen Ideale vor. Er würde Tremskis Führer und Vater werden. Er dachte, das ist die Art Frau, die ich hätte heiraten sollen – obwohl er aller Wahrscheinlichkeit nach lieber nie jemanden geheiratet haben sollte.

Nur wenige der Trauergäste, die die tückischen Stufen erklommen, konnten einen Gedanken für Tremskis Privatleben übrig gehabt haben. Die Flucht seiner Frau von der Seite eines tüchtigen und anständigen Gatten, bei der sie ein dreijähriges Kind mit sich zerrte, gehörte zur Folklore, nicht zur Geschichte der Emigration in der Mitte des Jahrhunderts. Die Chronik zweier Generationen, vertrieben und enteignet, war abgeschlossen. Die Bewertung konnte beginnen, hatte schon begonnen. Wissenschaftler, die beunruhigend jung aussahen und dieselbe Sprache sprachen, doch mit einem neuen, schrillen Wortschatz, zogen in westliche Hauptstädte – sie zeichneten Erinnerungen auf Tonband auf, kopierten alte Briefe. Geschichte stellte sich als mühsame Wissenschaft heraus. Die meisten Emigranten begnügten sich jetzt mit der willkürlichen Genauigkeit einer Erinnerung wie der Tremskis. Zu guter Letzt war es immer ein Gedicht, was einem durch den Sinn ging – nicht aneinandergereihte Daten.

Einige mochten sich gewundert haben, wieso Tremski Anspruch auf eine christliche Feier hatte; oder, um eine andere Bewertung vorzunehmen, warum sie ihm aufgezwungen wurde. Bei seinen sich wandelnden Ansichten über die Ewigkeit und das Leben nach dem Tode wäre vielleicht eine einfache Zusammenkunft angemessen gewesen, mit einem Priester im Rollkragenpullover oder einem jungen, literarisch interessierten Rabbi. Oder mit beiden, abwechselnd Gebete und ehrende Worte darbietend. Tremski hatte nichts gegen Gebete. Er hatte sein halbes Leben damit verbracht, sie zu erfinden.

Wie sich herausstellte, war die hochaufragende Kirche nicht so düster, wie sie von der Straße aus wirkte. Sie wurde verwaltet von einem kleinen charismatischen Orden, der vielleicht hochgestimmt, aber keineswegs schismatisch war. Keiner hatte sich die Mühe gemacht zu fragen, ob Tremski ein echter Konvertit war oder nur ein Schriftsteller, der sich manchmal wie ein solcher anhörte. Seine einzige Verwandte war seine Stieftochter. Sie hatte es so eingerichtet, daß es günstig für sie war – sie wohnte in der Nähe, in einer Straße, die noch bis vor kurzem als Slum galt, doch nun renoviert und teuer war. Zwischen ihrer Wohnung aus dem siebzehnten Jahrhundert und dem ehrwürdigen Ort befand sich ein großes, bequemes, vollgestopftes Warenhaus, in dem Tremskis Freunde über die Jahre hin ihre Farbtöpfe und Farbrollen, ihre derben Teller und Tassen, ihre einbruchssicheren Türschlösser, ihre langlebigen Wolljacken gekauft hatten. Das Warenhaus war vertrauter als die Kirche. Die Stieftochter war eine Fremde.

Sie war auch Tremskis Erbin, und sie verstand Forains Rolle nicht, sie nahm an, Nachlaßverwalter sei eine Ehrenfunktion,

Pate für den Toten. Sie hatte Forain erzählt, daß Tremski ihren Vater vernichtet und ihre Kindheit verdorben habe. Er habe ihre Mutter versklavt, in Restaurants laut Polnisch gesprochen und Halina daran zu hindern gesucht, eine französische Identität zu erwerben. Durch sein seltsames Testament zur Verantwortlichen für die Ausrichtung eines passenden Begräbnisses gemacht, hatte sie eine französische Abschiedsfeier gewählt, an die sich die Bestattung auf einem polnischen Friedhof außerhalb von Paris anschließen sollte. Das Wetter und die nicht ausreichend vorhandenen Wagen entschuldigten Freunde, wenn sie dem Begräbnis nicht beiwohnten. Die meisten waren dankbar dafür – mehr als eine schwere Erkältung war durch das Herumstehen in dem eisigen Schlamm eines Friedhofs verursacht worden. Als sie geklagt hatte, sie täte ihr Bestes, Tremski habe sich nie dazu geäußert, was er sich wünschte, hatte sie wahrscheinlich die Wahrheit gesagt. Er brachte es fertig, eine Behauptung zu machen und ihr im gleichen Satz zu widersprechen. Nur Gott konnte den Überblick behalten. Wenn die heutige Totenfeier ein gewaltiger Irrtum war, entschied Forain, dann war es an Ihm, Tremskis Name aus dem Buch zu entfernen und in die richtige Spalte einzutragen. Wenn es Ihm wichtig war.

Die Trauergäste stiegen langsam die Kirchenstufen hinauf. Jüngere Verwandte, die sich von der Arbeit freigenommen hatten, waren einigen von ihnen behilflich. Einige wenige waren in die Hochhauswohnungen der äußeren Vororte gezogen, wo sie einsamer waren, doch weniger Miete zahlten. Sie hatten sich früh aufgemacht, als glaubten sie immer noch, daß kein Tag ohne sie beginnen könne, und nach einer langen Fahrt mit der U-Bahn und einem schwierigen Fahrtrichtungswechsel waren sie aus der Metro-Station Hôtel de Ville aufgetaucht. Sie hielten ihre Schirme schräg, als trotzten sie einer Naturgewalt, die frontal auf sie zukam. Tatsächlich war die Luft vollkommen still, obwohl man kräftige Winde und Hagel vorhergesagt hatte. Schnee vermischt mit Regen kam in dünnen, weichen Fäden herunter, setzte sich an Pelzen und wollenen Hüten fest und wurde zu einer dünnen Schicht Matsch unter den Füßen.

Forain stand unmittelbar hinter der Kirchentür, nahm gemurmelte Beileidsbezeugungen entgegen und drückte Hände. Er maßte sich nicht etwa eine familiäre Rolle an, sondern versuchte, die Abwesenheit von Halina auszugleichen. Vielleicht würde sie verspätet hereingeschritten kommen, wie beim Begräbnis ihrer Mutter, womit sie einen persönlichen Groll auslebte. Er trug einen langen Kaschmirmantel, das einzige schwarze Kleidungsstück, was er besaß. Ein Freund hatte es ihm vermacht. Genauer gesagt, der Freund, der wußte, daß er bald sterben mußte, hatte Forain beauftragt, den Mantel beim Schneider abzuholen. Er war anprobiert, fertiggestellt, bezahlt, doch nie getragen worden. Forain wußte, daß ein gemeiner Scherz darüber kursierte, daß er die Sachen toter Leute trage. Das galt auch für sein Berufsleben: Er sollte einmal geäußert haben, er ziehe die lieferbaren Titel jedes toten Schriftstellers dem Streß und der Aufregung vor, die man habe, wenn man mit einem lebenden zu verhandeln versuche.

Sein Haar und die Schuhe fühlten sich feucht an. Die Hand, die er zum Händedruck reichte, hatte wohl alle, die sie berührten, frösteln lassen. Er stand direkt in der Zugluft, die für Kirchen typisch ist und in der Nähe von Türen zum Sturm wird. Er fragte sich, ob einige bestimmte Worte seinerseits (er hatte Tremski gegen den Vorwurf, in Restaurants herumgeschrien zu haben, in Schutz genommen) Halina davon abgehalten hatten zu kommen, oder ob sie sogar zu der Auffassung gekommen war, es sei unwürdig, so zu tun, als spiele es für sie auch nur die geringste Rolle, wie man Tremski unter die Erde brachte; aber im letzten Moment tauchte sie auf, zusammen mit ihrem französischen Mann – einem Reporter für französische Politik bei einem Wochenblatt – und einer vierzehnjährigen Tochter in Jacke und Jeans. Diese zwei hatten kein Wort in Tremskis Werken lesen können, bis Forain vor ungefähr sechs Jahren einen Roman in der Übersetzung herausgebracht hatte. Tremski nahm an, daß sie nie einen Blick hinein getan hatten – um gerecht zu sein: das Mädchen war damals erst acht –, und auch in keins der darauf folgenden Bücher; obwohl das Mädchen Rezensionen ausschnitt und aufhob. Es sei bemerkenswert, hatte Tremski gesagt, wie des Lesens und Schreibens kundige Leute, die ziemlich weit herumgekommen und recht gebildet und gut versorgt waren, ein ausgefülltes Leben leben konnten, ohne wissen zu wollen, was früher geschehen war oder was anderen Orts passierte. Sogar der Mann, der politische Journalist, war so – ein paar Namen, eine Jahreszahl, irgendwo nachgeschlagen, ein paar geographische Kenntnisse genügten ihm.

Forain merkte, daß es Tremski nicht gleichgültig war. Er wollte, daß Halina wenigstens in einer Hinsicht eine gute Meinung von ihm hatte, in der seines Lebenswerks. Sie war die Tochter eines früheren Armeeoffiziers, der – wie Barbara, wie Tremski – in einer fremden Stadt gestorben war. In nicht geringerem Maße als ihr Vater hielt sie sich für das Opfer eines egoistischen Abenteuers. Sie glaubte auch, von besserem Stoff als Tremski zu sein, durch Herkunft und gesellschaftliche Stellung, und das war schwerer zu verkraften. Tremski selbst war der Auffassung, daß Vergleiche nicht angebracht waren.

Im Augenblick benahmen sich die drei anständig. Nicht

mehr und nicht weniger erwartete Forain von jedem. Er hatte es aufgegeben, gesellschaftliches Benehmen zu bewerten, außer wenn es in der Literatur vorkam. Sein Verlag hatte sich auf die Übersetzung und das Herausbringen von Literatur aus Ost- und Mitteleuropa spezialisiert; es hielt ihn auf Distanz. Halina schien jetzt gezähmt, sie dankte ihm sogar dafür, daß er eingesprungen und all jene Fremden begrüßt hatte. Sie hatte zur Erklärung, warum sie zu spät gekommen war, eine Geschichte parat, doch sie war weit hergeholt, und Forain vergaß sie sofort wieder. Die Verspätung war höchstwahrscheinlich durch einen heftigen Streit wegen der Jeans und der Jacke verursacht worden. Halina war eiskalt bei solchen Scharmützeln, beschränkt in der Reichweite, doch von festen Prinzipien geleitet. Sie trug einen Pelzmantel mit Leder, einen hellgrauen Hut mit Krempe und ein Schaltuch – echt Hermès? Taiwanische Imitation? Forain hätte es feststellen können, wenn er die Seide zwischen den Fingern gerieben hätte, doch das war ein kühner Einfall, und er hielt Distanz.

Das Mädchen hatte etwas von Barbara an sich – aus diesem und keinem anderen Grund fand Forain sie anziehend. Blaise sollte bei der Familie sitzen, sagte sie, ihn beim Vornamen anredend, wie das bei jungen Leuten heute üblich war. Eine vordere Kirchenbank war nur für sie drei reserviert. Dort war viel Platz. Forain dachte, daß Halina vielleicht im Flüsterton zu streiten anfangen könnte, in Hörweite (sozusagen) des Toten. Er stimmte zu, was einfacher war als abzulehnen, und entschied sich dagegen. Er ließ sie an der Tür stehen und Nachzügler begrüßen und suchte sich einen Platz am Rand einer Bank in der Mitte des Kirchenschiffs. Wenn Halina später etwas äußern sollte, würde er sagen, er hätte befürchtet, vor dem Schluß gehen zu müssen. Sie ging vorbei und bemerkte nichts, und als sie sich erst einmal niedergelassen hatte, blickte sie sich nicht um.

Der helle Hut hatte Halinas Mutter gehört. Forain war sich sicher, daß er ihn kannte. Als seine Frau starb, hatte Tremski zugelassen, daß Halina und ihr Mann die Wohnung plünderten. Halina war mehrmals gekommen, während ihr Mann unten wartete. Er war nur mit hochgekommen, um eine Kiste mit Papieren, die Tremski gehörten, tragen zu helfen. Sie enthielt, neben anderen Dokumenten, einige davon ohne Wert, eine Reihe unvollendeter Manuskripte. Seit Barbaras Beerdigung hatte sich Tremski nicht die Mühe gemacht, sich zu rasieren, und hatte nicht einmal das Gebiß eingesetzt. Er saß in dem Zimmer, das sie benutzt hatte, und trug einen Schlafrock, der an den Ellbogen durchgeschabt war. Ihr Kleiderschrank war leer, die Tür stand weit offen, nur ein paar Kleiderbügel hingen darin. Er packte Forain beim Ärmel und sagte, daß Halina etliches von seinen Sachen mitgenommen habe. Sobald sie ihr Versehen bemerkte, würde sie alles zurückbringen.

Forain wäre lieber mit dem Pferd über die Seine geritten und hätte Peitschenhiebe an alle ausgeteilt, die Halina oder ihrem Mann ähnlich sahen, aber er war mit dem Taxi in ihre Straße gefahren, vorbei an dem alten, beruhigenden, unveränderlichen Warenhaus. Keine Vorwarnung, kein Anruf: Er ging eine geschwungene Steintreppe hinauf, die frisch abgestrahlt und gescheuert war, und behielt den Finger so lange auf der Klingel, bis jemand angelaufen kam.

Sie ließ ihn herein, aber nicht weit. »Man kann sich nicht darauf verlassen, daß Adam sich um seine eigenen Angelegenheiten kümmert«, sagte sie. »Er war immer liederlich und schmutzig, aber jetzt riecht die Wohnung nach Dreck. Haben Sie den Küchentisch gesehen? Er muß immer vom selben

Teller gegessen haben. Was die Briefe meiner Mutter angeht, wenn Sie darauf aus sind – er war schon dabei, sie zu zerreißen.«

»Haben Sie welche gerettet?«

»Sie gehören mir.«

Wie sehr sie da einem Frettchen ähnelte; und sie war das Kind solcher schöner Eltern. Ein in London aufgenommenes Studioporträt ihres Vaters, des polnischen Offiziers, in Zivil, eine lange Zigarette rauchend, stand auf einem Tisch im Flur. (Forain wurde nicht weiter hinein in die Wohnung gelassen.) Forain nahm das Bild des Mannes auf, der vergeblich in einem Krieg gekämpft hatte. Barbara hatte dieses gefaßte, würdige, ein wenig vorsichtige Gesicht um Tremskis willen verlassen. Sie mußte Tremski unter Druck gesetzt haben, mit Sack und Pack und Kind auf seiner Türschwelle gestanden haben. Er war in seinem Leben in keiner Frage zu einem Entschluß gekommen.

Forain hatte natürlich jedes Papierschnipsel wiedererlangt – alles, außer den Briefen. Beflügelt von einer Mischung aus Pflicht und eigenem Interesse, war er unschlagbar. Halina hatte nichts auf ihrer Seite außer dem Wunsch, ihre Mutter wieder für sich zu haben, den Einfluß Tremskis zu beseitigen, sie zurückzuführen – wenn auch nur ihre Schuhe und Blusen und Röcke – zu dem geduldigen und geschlagenen Mann mit seiner erstarrten Zigarette. Ihr Anspruch schien auch ein Stück von Tremski miteinzuschließen; doch sie hatte ihn nicht gemocht, was ihren Zugriff geschwächt hatte. Sich jeden Zug noch einmal vergegenwärtigend, erkannte Forain, wie stark ihre Sache hätte sein können, wenn sie Tremski anerkannt hätte als denjenigen, den ihre Mutter sich gewählt hatte. Weil sie das leugnete, wurde sie – beinahe, Forain stoppte sie noch rechtzeitig – zur Angeklagten in einem schäbigen Rechtsstreit.

Tremskis Freunde saßen dort, und um ihre Schuhe breiteten sich Pfützen aus. Sie behielten die Handschuhe an und zogen ihre gestrickten Schals enger um den Hals. Einige von ihnen hatten all die Jahre in Frankreich ohne Sozial- oder Krankenversicherung gelebt, entweder weil sie mittellos waren oder weil sie nie in der richtigen Art Beschäftigung Fuß gefaßt hatten. Vielleicht glaubten sie, daß ein langes Leben an sich schon genug Leistung für ein sicheres Alter war. Wenn das Ende sich als kostspielig und langwierig herausstellen sollte, dann sei uns gestattet, zu träumen und in der dicksten, tiefsten Dunkelheit zu schweben, ohne die Unannehmlichkeiten und die Verwaltungsarbeit, die wir verursachen mögen, mitzubekommen. So lauteten ihre Gebete, nahm Forain an.

Begräbnisse folgten einander jetzt in kurzen Abständen, besonders in Wintern, die sich auf die Bronchien legten. Eine der frühesten Erinnerungen, die Forain hatte, war die an die lateinische Messe, doch er konnte nicht sagen, daß er sie vermißte: Er verband Latein mit Hunger früh am Morgen und Stillsitzen. Die charismatische Bewegung hatte anscheinend Unverständlichkeit und Mysterium gegen Theatralik eingetauscht. Er beobachtete die fünf Priester, die in voller Ordenstracht zur Rechten des Altars saßen. Einer von ihnen war schwer erkältet und holte ständig ein Taschentuch aus dem Ärmel. Ein anderer schaute mehr als einmal auf die Uhr. Ein Chor, verborgen oder auf Tonband, sang »Jesu bleibet meine Freude«, und danach fing eine geschmeidige, geschulte Stimme an, den fünfundzwanzigsten Psalm zu rezitieren. Die Stimme schien aus Tremskis Sarg zu dringen, sprach aber ein zu perfektes Französisch, als daß sie die seine hätte sein können. Mitten im Vers 7, unmittelbar nach: »Gedenke nicht der Sünden meiner Jugend«, bebte die Stimme und brach ab. Ein vor Forain sitzender Mann erhob sich und ging das Kirchenschiff hinunter, in feierlicher und schwerfälliger Art. Der Sarg stand auf einem Gestell, war mit purpurrotem und weißem Tuch drapiert und mit Rosen, Tulpen und Chrysanthemen bedeckt. Er drängte sich daran vorbei, hob einen schwarzen Kasten auf, der auf dem Boden stand, und drückte zwei einrastende Knöpfe. »Jesu« fing wieder von vorn an. Als er zurückkam, starrte der Fremde Forain böse an, als hätte der die Panne verursacht.

Forain wußte, daß einige von Tremskis Freunden ihn für unzuverlässig hielten. Er stand im Ruf, den Autoren nicht zu zahlen, was ihnen zustand. Es gab Schriftsteller, die sich beklagten, daß sie nicht einmal eine Briefmarke erstattet bekommen hätten; sie begriffen seine formvollendeten handgeschriebenen Erklärungen nicht. Tremski war wirklich die Ausnahme gewesen. Forain hatte die Auslandsrechte, als sie gefragt waren, auf der Basis von je fünfzig Prozent ausgehandelt. Tremski hielt Geld für einen nützlichen Stoff, um Miete und Zigaretten bezahlen zu können. Seine Frau sah das nicht so. Ihr Zeigefinger am Ende einer Zahlenkolonne, ihre ruhige, verführerische Stimme, die sprach: »Blaise, was bedeutet das?«, verlangten eine genau überlegte Antwort.

Sie hatte sich nie die Mühe gemacht, zu Forain ins Büro zu kommen, sondern ließ sich von ihm zum Tee ins »Angelina« in der Rue de Rivoli einladen. Nachdem ihre Erdbeertorte verspeist und der Teller abgeräumt war, brachte sie aus ihrer Handtasche die zusammengefaltete, mit Randbemerkungen versehene Rechnung. Geschlagen und besiegt, die Teestubenrechnung in seine Brieftasche steckend, damit sie in die allgemeinen Ausgaben eingehen konnte, pflegte er sich umzuschauen und wenigstens eine Genugtuung zu haben: Sie war immer noch die schönste Frau, die hier zu sehen war, alle Altersgruppen eingeschlossen. Er war nicht von jemand zu Fall gebracht worden, der ihm von Erscheinung und Wert her unterlegen war. Je mehr ihn größere Probleme bedrängten, desto mehr schätzte er kleine Entschädigungen. Er führte sein Geschäft mit einem Personal ergebener, zermürbter Frauen, die mit ihm verbunden waren durch den Glauben an das, was er tat, oder durch eine verflossene persönliche Bindung, oder weil es zu spät war und sie nicht wußten, wohin sie sonst gehen sollten. An diesem Morgen, dem Tag des Begräbnisses, hatte ihn um acht Uhr seine treue Lisette, die ihm vom Beginn der Unternehmung zur Seite gestanden hatte, angerufen, um ihm mitzuteilen, daß sie genug Sozialversicherungspunkte hatte, um in den Ruhestand zu gehen. Er sah die Punkte als Tintenkleckse auf einem weißen Blatt Papier vor sich. Ihm fiel als Antwort darauf nur ein, daß sie sich bald langweilen würde, wenn sie Tag für Tag keinen Grund zum Aufstehen hätte. Lisette hatte liebenswürdig geantwortet, daß sie vorhabe, die nächsten zehn Jahre im Bett zu verbringen. Er konnte sie nicht einmal durch eine Gehaltsaufbesserung zum Bleiben überreden – außer der gesetzlich vorgeschriebenen Kapitalreserve hatte er so gut wie kein Geld, mußte alles zusammenkratzen, um die monatlichen Unterhaltsbeiträge für seine Tochter zu bezahlen, und hatte ständig Schulden bei Druckereien und Banken.

In der Branche wurde er oft als arm, aber uneigennützig beschrieben. Er hatte der Weltkultur einen unschätzbaren Dienst erwiesen, indem er Stimmen in den Westen holte, die im Osten seit Jahrzehnten zum Verstummen gebracht worden waren. Nun, sein winziger Verlag hatte natürlich nicht die übermächtigen Propheten anziehen können, die prosperieren-

163

den Romanciers, die großen Mentoren und unermüdlichen Erklärer. Forain hatte sich Tremski finanziell gerade noch leisten können – der gute Tremski, der bei Forain geblieben war, auch nachdem er woanders hätte unterkommen können. Der gesunde Menschenverstand hatte Forain davon abgehalten, sich den nächstbesten, zweitrangigen Koryphäen zu nähern, die – beredt und attraktiv, bis zum Gehtnichtmehr mit öffentlichen Mitteln unterstützt, kettenrauchend und Erklärungen abgebend – immer noch die Universitäten und Kongresse des Westens heimsuchten. Ihre Reisespesen überstiegen seine Mittel; keine Beihilfe konnte das bescheidene, doch ruinöse kleine Hotel am linken Seineufer bezahlen, die langen Nachmittage und Abende in Bars mit Ledersesseln, wo die Besucher kluge und kultivierte Leute zum Gedankenaustausch zu treffen erwarteten.

Forains eigene kleine Herde schien demgegenüber die Welt ohne Erwartungen betreten zu haben. Abgesehen von einer gelegentlichen, seltenen, bescheidenen Beschwerde, waren sie es zufrieden, im obersten Stockwerk eines Hotels mit einer steilen, vernachlässigten Treppe, einer Fülle von literarischen Assoziationen und einem Bad auf jedem Flur untergebracht zu werden. Zur Erholung gingen sie ins Café gegenüber, schafften es, daß eine Kanne heißes Wasser und ein Teebeutel zweieinhalb Stunden reichten, und konnten die Marktwirtschaft vorbeischlendern sehen, wie Forain ihnen nicht zu vergessen empfahl. Gefügig, wie sie waren, und mit einer bescheidenen Meinung von ihrer eigenen Begabung, hatten sie doch ein Handikap: Ihre Namen, wie die ihrer Charaktere, klangen für barbarische westliche Ohren alle gleich. Es war ein Triumph der Beharrlichkeit von seiten Forains, wenn er es schaffte, daß von ihren Büchern Notiz genommen wurde. Er wollte, daß

jedes von ihm verlegte Buch im kollektiven Gedächtnis weiter-
lebte, selbst wenn das Papier, auf dem es gedruckt war, einge-
stampft oder in den riesigen städtischen Verbrennungsanlagen
eingeäschert worden war oder modernd am Grund der Seine
lag.

Mit nervösem Magen und einem Herzen, das Hoffnung,
Hoffnung, Hoffnung klopfte, produzierte er Saison für Saison
eine satirische Novelle mit Schauplatz in Odessa, ein dichtes,
nüchternes Tagebuch, übersetzt aus dem Rumänischen, das
am besten vom Autor und seinen Freunden verstanden wurde,
oder noch eine ironische Betrachtung der Geschichtsmacher
mit dem Spatzenhirn. (Frauen waren wenige darunter. In diesem speziellen Teil von Europa spielten sie anscheinend die
Rolle der brüsken, gefallsüchtigen Geliebten oder der geduldigen Ehefrau.) Mindestens einmal im Jahr beging er den Bei-
nahe-Selbstmord von Kurzgeschichten und Gedichten. Es gab
Belohnungen, keine davon war finanzieller Natur. Einige Kritiker hielten es für eine sichere Bank, gelegentlich ein Buch zu
erwähnen, das er als Rezensionsexemplar versandte; man
schätzte ihn als seriös auf einem Gebiet ein, von dem keiner
viel wußte, und als zu knapp bei Kasse, um Geld in ein Fiasko
zu stecken. Jederzeit konnte jetzt eines seiner neugeborenen
torkelnden zarten Kälber sich zu einem literarischen Wasser-
büffel auswachsen. Demzufolge war es nicht ungewöhnlich,
wenn einer von seinen Autoren ein Bündel winziger Zeitungs-
ausschnitte erhielt, manchmal sogar von einem Miniaturfoto
illustriert, das auf dem Place de la Bastille mit kreisendem Verkehr aufgenommen worden war. Ein Bündel großer Geld-
scheine wäre auch ganz schön gewesen, doch nur Tremskis
Frau hatte die Hand nach beidem ausgestreckt.

Geld! Forains Meinung war die gleiche wie die eines jeden

165

Dichters, der danach strebt, in der Übersetzung gelesen zu werden. Er äußerte das nie. Der Verlagsname, Blaise Editions, hatte in Sphären, wo man vorgibt, daß Geschäft und Literatur nichts miteinander zu tun haben, einen ehrenwerten Klang. Als der Kulturminister ihn vor nicht allzu langer Zeit ausgezeichnet und dabei in ermutigenden Ausdrücken Forains Bereicherung des Hauses Europa erwähnt hatte, hatte Forain sich bemüht, scheu und doch bedeutend zu wirken. Er stand im Ruf, sich selbst zu verleugnen, und in jenem Moment schien es ihm, daß dieser Ruf ein steinernes Denkmal war, das ihn zu Boden drückte. Er wollte um Hilfe rufen – Hilfe vom Minister? Es würde schrecklich aussehen. Er fühlte sich geehrt, doch verwirrt. Und noch einmal, als man ihn in die renovierte Botschaft einer neuen Demokratie bat und er von einem Botschafter und einem Kulturattaché begrüßt wurde, die kürzlich eingetroffen waren (das übrige Personal war noch das alte), hatte Forain gewagt, sich selber zu fragen: »Warum geben sie mir nicht den Scheck für alles, was das hier kostet?« – der Champagner, das ausgezeichnete Büfett, die Medaille in einer samtgepolsterten Schachtel –, und hoffte die ganze Zeit, daß seine Gedanken nicht auf seinem Gesicht geschrieben standen.

Die Wahrheit war, daß der Fall der Mauer – strahlendes Symbol – Forain fast vernichtet hatte. Der Unterschied war, daß man Forain nicht in immer kleinere Bruchstücke zerhämmern und in der ganzen Welt verkaufen konnte. Auf ziemlich gleiche Art hatte das Zweite Vatikanische Konzil mehr als einen Verleger von lateinischen Gebetbüchern in den Bankrott getrieben. Eine Reihe von ihnen hatte versucht, den Verlust wettzumachen, indem sie die veralteten Meßbücher bei Gemeinden in Asien und Afrika abluden, aber als dann die dritte Welt anfing, ihr Geld zurückzufordern, waren die Verleger mit Mann und Maus untergegangen. Kurzzeitig hatte Forain die Möglichkeit erwogen, die gesamte Ausgabe einer klugen und anspielungsreichen Studie der Korruption in Minsk, die im Jahre 1973 spielte, bei Lesern im Senegal und in Kamerun abzuladen. Kam man damit noch durch – noch besser, konnte man es als kulturelle Zusammenarbeit ummünzen? Er gab sich selbst die Antwort: nein. Nicht nach dem November 1989. Verschwunden waren die Geschichten, in denen die Widersprüchlichkeit des Sozialismus der Belanglosigkeit des Westens ebenbürtig war. Das heißt, verschwunden war Forains Absicht, diese Geschichten zu veröffentlichen; seine Herde lieferte sie ihm weiter zu. Er hatte seine schlecht bezahlten, geduldigen Gutachter – zum größten Teil Fremdsprachenlehrer – angewiesen, sich nur die ersten drei und die letzten beiden Seiten jedes Manuskripts anzusehen. Wenn sie eine weitere Version des Ost-West-Dilemmas versprachen, getarnt als frischer Blick auf die jüngste Vergangenheit, wollte er nicht einmal eine Zusammenfassung in einem Satz haben.

Er lehnte sich in den Mittelgang vor und konnte so die Aussegnung beobachten. Eine Reihe Trauergäste, angeführt von Halina und ihrer schluchzenden Tochter, schlurften um den Sarg herum, jeder einzelne bereit, eine persönliche Bitte um Gottes Barmherzigkeit hinzuzufügen. Forain blieb, wo er war. Weder flehte er zu Mächten, die er nicht zu ergründen vermochte, noch versuchte er, sie zu beeinflussen; nicht seit dem Tod des Freundes, dem der Kaschmirmantel gehört hatte. Wenn der Verlag einen noch größeren Niedergang erlebte, wenn er von einer gefährdeten auf eine vom Untergang bedrohte Position abrutschte, würde er sich dem Schreiben zuwenden. Warum nicht? Zumindest wußte er, was er verlegen wollte. Es würde ihn von jedem weiteren Zwang befreien, sich mit lebenden Autoren zu beschäftigen – mit ihrer Miete, ihren Scheidungen, ihren vereiterten Zähnen, ganz zu schweigen von jener neuen Manie im Osten – ihren Psychiatern. Seinen ersten Roman – wie würde er ihn nennen? Er ließ einen Titel aus dem Unbewußten, aus seiner schlummernden Phantasie aufsteigen. Er tauchte auf, schwarz und fett, auf dem Umschlag eines Buches, das im Fenster eines Ladens ausgestellt war: *Der Kirschgarten*. Sein Gehirn nahm die Herausforderung an. Wie wäre es mit einem listigen, stillen Roman, der sich spöttisch auf das Stück bezog? Ein ehemaliger Hausbesitzer kehrt nach siebenundvierzig Jahren des Exils nach Karl-Marx-Stadt zurück, um das Heim der Familie zurückzufordern. In ihm wohnen jetzt sechzehn schwerarbeitende Ehepaare und achtunddreißig kleine Kinder. Er wirft sie hinaus, und der Roman endet mit einer düsteren Beschreibung von Flüchen und Faustkämpfen, während Gastarbeiter eine Satellitenschüssel im Garten zu installieren versuchen, wo früher die Schaukeln der Kinder gewesen waren. Das würde bedeuten, weiter auf dem alten Gebiet mitzumischen, dachte Forain, doch mit einer radikalen Verschiebung des Blickwinkels. Er mußte Umwege machen – er konnte nicht plötzlich damit anfangen, Gedichte über die Verschmutzung der Nordsee und die Gefährdung der Heringsbestände zu veröffentlichen.

Darin lag ein Witz, den er mit Tremski hätte genießen können. Die Stieftochter hatte das Telefon abgemeldet, als Tremski noch im Krankenhaus lag und auf den Tod wartete; nicht daß Forain eine nicht mehr existierende Nummer wählen und es läuten lassen wollte. Selbst in seinem tödlichen Kummer um Barbara hätte der Gedanke an Forain als sein eigener Autor Tremski ein Lächeln abgenötigt. Er hatte Forain akzeptiert, wollte auf keine gegen ihn vorgebrachten Argumente hören – genauso, wie er sich nicht aus seiner muffigen Wohnung vertreiben ließ und seiner Frau treu geblieben war –, doch für ihn waren Forains beste Bemühungen eine Art laienhafter, westlicher Spielereien gewesen und alle seine klugen Ideen falsche Morgendämmerungen. Forain lebte das Traumleben eines Verlegers, glaubte Tremski – Kopf eines Aufgebots zurückhaltender, völlig mittelloser Schriftsteller, die nur gelesen sein wollten, weil sie glaubten, daß sie dem Westen etwas Entscheidendes mitzuteilen hatten, das sogar zur Tat anstacheln konnte. Zu welcher Tat? Forain fragte sich das immer noch. Der gescheite Zeitgenosse, dessen sterbliche Überreste gerade der Ewigkeit übergeben worden waren, machte da keine Ausnahme. Er wußte, daß Forain arm war, glaubte aber, er sei reich. Er dachte, daß ein neuer großer Krieg Mitteleuropa unversehrt lassen würde. Die befreienden Raketen würden darüberhinfliegen, ohne das oberste Blatt einer Pappel zu beschädigen. Was die Kräfte der Konfrontation anging, nun, ihre Zeit war vielleicht um.

Die Gemeinde hatte sich erhoben. Forain entschied sich, statt eines letzten Gebetes, diffus und anonym, eine verbindlichere Erinnerung an Tremski anzubieten – das letzte Inventar von Tremskis Wohnung. Zuerst der Eingang, wo eine trübe Lampe unter einem blauen Schirm viele Mäntel übereinander auf Haken erkennen ließ, jedoch nicht die Schuhe und Schirme, über die der Besucher stolperte. Barbara hatte sich nie eingemischt, hatte nie geschimpft, nie versucht, aufzuräumen. Es war Tremskis Wohnung. Durch einen Bogen kam man in das von Barbara benutzte Zimmer. In einer Ecke türmten sich auf einem Stuhl Zeitungen und Zeitschriften, die Tremski noch lesen wollte. Dann ungestrichene Regale, die

Ordner enthielten, einige davon leer, andere quollen über vor Papieren, die nicht berührt werden durften, bis Tremski die Gelegenheit hatte, alles zu ordnen. Noch ein Regal, diesmal mit Büchern. Darüber die Fläche mit den Fotos seiner alten Freunde. Ein Fenster und die Art Ausblick, die Gefangene haben. Vor dem Fenster ein Klapptisch, der für Mahlzeiten freigeräumt werden mußte. Die schmale Couch, immer noch eine Decke darübergebreitet, wo Halina geschlafen hatte, bis sie weggelaufen war. (Bis zum Schluß hatte Barbara erwartet, daß sie zurückkam und sagte: »Es war ein Fehler.« Tremski hätte sie willkommen geheißen und dem Kind sogar auf dem Flohmarkt ein neues Sofa gekauft.) Der dunkelrote Sessel, in dem Forain bei seinem ersten Treffen mit Barbara gesessen hatte. Ihr eigener Stuhl mit der geraden Rücklehne und der kleine Schreibtisch, an dem sie geschäftliche Briefe für Tremski schrieb. An der Wand ein mit Kohle gezeichnetes Porträt von Tremski – wahrscheinlich von einem Laienkünstler –, datiert vom Juni 1945. Es war ein Gesicht, das überlebt hatte – knapp.

Trauernde, die die Zeremonie kannten, wandten sich ihrem Nachbarn zu, um den Kuß des Friedens auszutauschen. Diejenigen, die das nicht kannten, wichen etwas zurück, als sei die Berührung ohne Wärme eine neue Form der Aggression. Forain fand die unpersönliche, symbolische Liebe regelrecht zum Fürchten. Er verweigerte sich der allgemeinen Vereinigung, stieß die Hände in die Taschen – wie ein trotziges Kind – und schloß sich den ungeordneten Reihen derer an, die in den Regen hinausschlurften.

Zwei Stunden später, die Zwischenzeit reichlich ausgefüllt vom Unfall, dem Eintreffen und der Abfahrt des Krankenwagens, der langwierigen Aufnahmeprozedur, und dem Warten, das typisch für eine Hilfeleistung war, die sich Schnelle Medizinische Hilfe nannte, verließ Forain das Krankenhaus. Die alte Dame war zu benommen, um selbst viel zu sagen, aber sie brachte deutlich heraus: »Keine Familie, keine Versicherung.« Er hinterließ seine Adresse und, noch weniger willig, einen Scheck, von dem er inständig hoffte, daß er nicht gefälscht war. Wind und Graupelschauer, die vorhergesagt worden waren, richteten ihn zu und durchnäßten ihn. Er umrundete das Gebäude, und auf der anderen Seite einer schmalen Straße erblickte er Reihen von wartenden Einwanderern an der Nordseite der Polizeidirektion. Algerier standen in einer gesonderten Schlange an.

Taxis waren nicht zu sehen. Er hatte zu großen Hunger und war zu naß, um über die Brücke zum Place Saint-Michel zu laufen – ein Weg von drei Minuten. In einem Café auf dem Boulevard du Palais hing er seinen Mantel auf, wo er ihn im Auge behalten konnte, und bestellte einen überbackenen Schinken-Käse-Sandwich, ein Glas Badoit-Mineralwasser, eine kleine Karaffe Wein und schwarzen Kaffee – das alles zusammen. Der Kellner vergaß den Wein. Als es ihm schließlich wieder einfiel, war Forain zum Aufbruch bereit. Er wollte die Rechnung anfechten, sah jedoch, daß der Kellner einen ängstlichen Eindruck machte. Er war jung, hatte ungeschickte Hände, fiebrige rote Striche unter den Augen und derbes blondes Haar – ein Ausländer, vielleicht ohne Papiere arbeitend, im Schatten der mächtigsten Polizei in Frankreich. Na gut, sagte sich Forain, aber kein Trinkgeld. Er bemerkte, wie der Kellner ständig jemanden oder etwas am anderen Ende des Raumes ansah – seinen Chef, vermutete Forain. Er fühlte sich – wie schon den größten Teil des bisherigen Tages – gehetzt, belästigt und in die Enge getrieben. Er ließ ein Trinkgeld aus zufälligen Münzen auf das Tablett fallen und zog den Mantel an. Der Kellner grinste, aber dankte ihm nicht, steckte die Münzen in die Tasche und trug den unberührten Wein in die Küche zurück.

Mit hochgezogenen Schultern und hochgeschlagenem Kragen begab sich Forain zum Taxistand am Place Saint-Michel. Sechs oder sieben Leute warteten unter Schirmen, von denen das Wasser herablief, am Bordstein. Um die Ecke fuhr plötzlich ein Taxi und hielt am Straßenrand, und eine Frau stieg aus. Forain nahm ihren Platz ein, als wäre das die natürlichste Sache der Welt. Er hatte kein Hungergefühl mehr, doch er schien von Schichten feuchter Handtücher umhüllt. Der Fahrer sagte Forain mit einem starken Akzent, wahrscheinlich portugiesisch, er solle aussteigen. Er durfte an dieser bestimmten Stelle in der Nähe eines Taxistands keinen Fahrgast aufnehmen. Forain wies darauf hin, daß der Taxistand leer war. Er verriegelte die Tür – als ob das etwas ausmachte –, verschränkte die Arme und saß fröstelnd da. Er wünschte dem Fahrer das schlimmste Schicksal, das ihm einfiel – an der Nordseite der Polizeidirektion zu stehen und umsonst zu warten.

»Sie können froh sein, daß Sie Arbeit haben«, sagte er plötzlich. »Sie sollten mal alle die Leute ohne Arbeit und ohne Papiere sehen, gleich da drüben, am anderen Seineufer.«

»Ich habe sie gesehen«, sagte der Fahrer. »Ich könnte meinen Job verlieren, nur weil ich Sie mitgenommen habe. Sie sollten dort bei dem Zeichen um die Ecke herum warten, bis Sie dran sind.«

Sie saßen einige Minuten da, ohne zu sprechen. Forain beobachtete, wie der Mann Hals und Schultern hielt; sie waren steif, angespannt. Eine nachmittägliche Quizsendung im Ra-

172

dio schien seine Aufmerksamkeit zu beanspruchen, oder vielleicht gab er nur vor zuzuhören und versuchte sich klar zu werden, ob es eine gute Idee sei, sich an einen Polizisten zu wenden. So ein Vorfall könnte sich gegen den Fahrer kehren, wenn sich herausstellen sollte, daß Forain eine wichtige Person war – sagen wir der stellvertretende Büroleiter eines Ministers und Kabinettsmitglieds.

Forain wußte, daß er gewonnen hatte. Es dauerte jetzt nur noch Sekunden. Er hörte: »Wie hieß die Königin von Saba?« »Welche?« »Die König Salomo besuchte.« »Können Sie mir einen Buchstaben nennen?« »B.« »Brigitte?«

Der Fahrer bewegte den Kopf hin und her. Seine Schultern sanken ein wenig. Mit einer tiefen, angenehmen Stimme nannte Forain jetzt die Adresse seines Büros und bot das Kloster Saint Vincent de Paul als Orientierungspunkt an. Er hatte daran gedacht, gleich nach Hause zu fahren und seine Schuhe zu wechseln, aber wenn er sich eine Lungenentzündung holte, war das nichts, verglichen mit dem Verlust der treuen Lisette; je eher er mit ihr reden konnte, desto besser. Sie hätte zum Begräbnis kommen sollen. Damit konnte er beginnen. Er stellte fest, daß er jetzt seit fast drei Stunden nicht mehr an Tremski gedacht hatte. Er machte mit der Inventaraufstellung weiter, seinem Ersatz für ein Gebet. Er war nicht sicher, wo er aufgehört hatte – mit dem Telefon auf Barbaras Schreibtisch? Tremski wollte kein Telefon in dem Zimmer, in dem er arbeitete, doch beim ersten Klingeln rief er durch die Wand: »Wer ist es?« Dann: »Was will er?… *Wo* hat er mich kennengelernt?… Auf der Oberschule?… Sag ihm, ich hab zuviel zu tun. Nein – ich will mit ihm reden.«

Der Fahrer drehte das Radio lauter, dann leiser. »Das hätte mich meinen Job kosten können«, sagte er.

Alle Lichter der Stadt funkelten im dunklen Regen. Durch die kleinen Bäche an einem Fenster gesehen, zeigten sogar die am wenigsten verlockenden Straßen Geglitzer und Wohlstand. Forain glaubte, in Tremskis dunklem Eingang ein Charlie-Chaplin-Plakat gesehen zu haben, Überbleibsel eines polnischen Filmfestivals. Da hatte es auch Kisten und Kasten gegeben, die nie ausgepackt worden waren. Tremski wollte nicht ausziehen, aber in gewissem Sinn war er nie eingezogen. Plötzlich, obwohl er sie nicht wirklich vergessen hatte, fielen Forain die Manuskripte wieder ein, die er Halina entrissen hatte. Sie hatte gesagt, keins davon sei wirklich vollendet, doch was wußte sie schon? Wenn nun nur wenig, sehr wenig ergänzt werden mußte? Zunächst mußten sie von einer kompetenten Person gelesen werden – nicht von seinen sonstigen gewissenhaften und sehr langsamen Gutachtern, sondern von einem aufgeweckten jungen polnischen Kritiker, der auf einen Blick feststellen konnte, was vonnöten war. Lücken zu füllen, war eine Frage des Stils und der Logik, und konnte genauso gut nach der Übersetzung geschehen.

Als sie in der Rue du Bac ankamen, fuhr der Taxichauffeur so nah wie möglich an den Eingang heran, versuchte das Taxi sogar zwischen zwei geparkte Wagen zu drängen, damit Forain nicht in einen Rinnstein mit fließendem Wasser treten mußte. Forain konnte sich wegen des Trinkgeldes nicht entscheiden, ob er dem Mann etwas zusätzlich geben sollte (es stimmte, daß er sich hätte weigern können, ihn irgendwohin zu fahren) oder ob er ihm bewußtmachen sollte, daß er aggressiv gewesen war. »Sie sollten warten, bis Sie dran sind...«, wurmte ihn noch. Schließlich machte er eine für Tremski typische Geste und wehrte Wechselgeld ab, das 35 Prozent des Fahrpreises betragen haben mußte. Er bat um eine Rechnung.

174

Erst als der Mann fortgefahren war, bemerkte Forain, daß er das Trinkgeld nicht in die Gesamtsumme einbezogen hatte. Es war unwahrscheinlich, daß eine schwungvolle Handbewegung à la Tremski je eine Belohnung fand. Das war eine weitere Lehre des Tages.

Über ein Jahr später erwähnte Lisette – die jetzt nur noch verkürzt arbeitete –, daß Halina vergessen hatte, in *Le Monde* die Jahresanzeige von Tremskis Tod zu setzen. Wollte Forain, daß eine erschiene, im Namen des Verlags? Ja, natürlich. Es wäre falsch zu behaupten, daß er die Wohnung und alles darin vergessen hatte, doch das Inventar, die imaginäre Kamera, die sich durch die Zimmer bewegte, erfüllte ihn mit Ungeduld und einem Gefühl vergeblicher Mühe. Seine Gedanken hielten inne bei der schmalen Couch mit der braunen Decke, Halinas Bett, und er sagte sich: Was für ein Paar die beiden waren. Das Mädchen tat recht daran, wegzulaufen. Sobald er den Gedanken beendet hatte, legte er die Hand über den Mund, als wolle er die Worte daran hindern, herauszukommen. Er ging noch einen Schritt weiter – neigte den Kopf, wie Tremski auf Barbaras Beerdigung, und versprach sich, daß er alles so im Gedächtnis behalten würde, wie es einst gewesen war, nicht wie es ihm jetzt erschien. Doch die Wohnung war geräumt worden, und Tremski war verschwunden. Eine große Schar Leute hatten ausführlich an seiner Bahre gebetet, und das einzige Vergnügen, das er aus der gegenwärtigen Szene hätte schöpfen können, bestand darin, Forain dabei zu beobachten, wie er sich ohne Grund zum Narren machte.

Im Büro gab es auch Veränderungen. Lisette hatte sich einverstanden erklärt, noch so lange zu bleiben, bis eine neue Kraft angelernt war – ein dünnes, hübsches Mädchen, die zu der jüngsten, nicht politischen Auswanderungswelle gehörte, sie trug einen kurzen Lederrock, sagte, Geld bedeute ihr nichts, sondern sie liebe die Literatur und wolle ihr Leben nicht damit verschwenden, eine langweilige Arbeit zu tun. Sie kam mit Halina gut aus und hatte Forain sogar das eine oder andere schwierige Treffen erspart. Als sie sich allmählich an ihr neues Leben gewöhnte, beeilte sie sich herumzuerzählen, daß Forain Barbaras Liebhaber gewesen sei und einen hübschen und teuren Mantel nicht hergeben wollte, der Tremski gehört hatte. Ein posthumes Manuskript Tremskis von Romanlänge war fast fertig für die Druckerei, und ein letztes Kapitel war aus Bruchstücken, die er zurückgelassen hatte, zusammengebaut worden. Das neue Mädchen, sprachbegabt, verglich die beiden Versionen und sagte, er würde zugestimmt haben; und als Forain einen Augenblick sichtlich zweifelte und zögerte, konnte sie ihn daran erinnern, daß Tremski schließlich nie gewußt hatte, was er wollte.

Die Lage der Dinge

Wegen seines fortgeschrittenen Alters und weil er keine nahen Verwandten hat, erhält Monsieur Wroblewski wenig private Post. Die meisten Freunde aus seiner Jugendzeit in Warschau sind tot, und die noch leben, haben nicht viel zu erzählen, außer von ihren Enkeln, und man kann keinen Briefwechsel über völlig fremde Menschen führen. Selbst die Großeltern kennen sie nur durch farbige Schnappschüsse oder als schrille, schüchterne Stimmen am Telefon. Sie sagen kaum etwas auf polnisch und haben englisch klingende Namen – ihre Eltern sind, sobald sie konnten, emigriert. Monsieur Wroblewskis Frau hat eine Nichte in Canberra: Teresa, Frau von Stanley, Mutter von Fiona und Tim. Er hebt ihre Fotos geordnet in großen braunen Umschlägen auf. Sollten sich Teresa und ihre Familie je zu einem Parisbesuch entschließen, dann würde er ihre munteren Gesichter überall in der Wohnung verteilen.

Man könnte meinen, daß die veränderten Verhältnisse in Osteuropa etwas Hoffnung in die Nachrichten aus Warschau mischen würden, doch seine Briefpartner, die wenigen, die übriggeblieben sind, klingen entmutigt, mißtrauisch. Alles kostet zuviel. Die jungen Leute sind dumm und unhöflich. Die Umgangssprache ist verlottert. Geldbörsen werden auf Kirchenstufen gestohlen. Es gibt keine Bücher, die es sich zu lesen lohnt – nichts als Pornographie und übersetzter Kitsch aus dem Westen. Vor kurzem hatte ihm ein Freund, den er seit fünfzig Jahren nicht gesehen hatte, mit dem er aber in Verbindung geblieben war, einen langen Brief geschickt. Der Freund war aufgefordert worden, seine Ghettoerlebnisse im Krieg in einem Rundfunkgespräch zu schildern. Das Resultat war, daß er per Post Beleidigungen und Beschimpfungen bekam. Es gab sogar eine Morddrohung. Er ist ein alter Mann. Genug ist wirklich genug. »Was das betrifft, hat sich nichts geändert«, schrieb er. »Es ist im Kopf, im Blut und in den Knochen. Dich meine ich nicht damit. Du bist immer anders gewesen.«

Ein Kompliment, ja, doch keiner will ausgesondert, geprüft, kontrolliert, als Ausnahme bezeichnet werden. »Dich meine ich nicht damit« ruft Verlegenheit und schmerzliche Gefühle hervor. Vielleicht hatte Monsieur Wroblewski vor langer Zeit als junger Mann, unbedacht und herzlich, dasselbe zu seinem Freund gesagt: »Du bist natürlich völlig anders. Ich spreche von all den anderen.« Hätte er das sagen können? Er wäre gern in der Lage gewesen, seinem Freund ein Flugticket nach Paris zu schicken, ihm ein bequemes Zimmer zu besorgen und diskret die Hotelrechnung zu bezahlen, ihn zum Essen einzuladen: Monsieur Wroblewski, sein Freund und Magda um den kleinen Tisch im Wohnzimmer sitzend, mit dem leuchtenden grünen Lampenschirm und den zugezogenen grünen Gardinen; oder im »Chez Marcel«, wo er mit Magda hinzugehen pflegte. Der Besitzer würde sich an sie erinnern, ihnen Cognac zu ihrem Kaffee ausgeben – jovial, großzügig, einladend – Ein Europa, Eine Welt.

Siehst du, würde Monsieur Wroblewski seinem Freund sagen. Es gibt Lichtblicke.

Es ist ein sanfter Herbst, feucht und mild. Zwischen Regenschauern füllen sich die Boulevards mit Leuten, die dort schlendern, als wäre es Sommer. Er sitzt im »Atelier«, dem neuen Lokal gleich neben dem »Select«, und entwirft und verwirft eine Antwort an seinen Freund. Sein Hut und Stock liegen auf einem Stuhl; sein Hund, ein folgsames Tier, liegt darunter. Das »Atelier« wurde in den Achtzigern eröffnet, aber für ihn ist es immer noch »das neue Lokal«. Anscheinend war es schon seit einer Ewigkeit in Montparnasse. Die Platzdeckchen zeigen ein reifes Modell, das einer Malklasse vor annähernd drei Generationen sitzt. Zeitungen befinden sich, wie früher üblich, in hölzernen Haltern. Die Kellner sind geduldig, außer wenn die Reaktion eines Kunden auf übergelaufene Flüssigkeit in der Untertasse als Affront gewertet wird. Auf der anderen Seite der Straße sieht man in den verspiegelten Glaswänden des Gebäudes, das sich jetzt über die Coupole erhebt, einen Ile-de-France-Himmel – wäßriges Blau mit einem dünnen Wolkenvorhang. Wenn man an den vordersten Tischen sitzt, kann man von bettelnden Ausländern belästigt werden, einige davon Kinder. Monsieur Wroblewski hat immer Münzen in der Tasche, die er verteilt, bis keine mehr da sind. Viele Zeitungsartikel gab es, die ihn davor warnten – das Geld werde für die brutalen und zynischen Männer gesammelt, die die Kinder auf die Straße schicken.

Sein Freund in Warschau ist geistig sehr rege, er besitzt ein erstaunliches Gedächtnis für Ereignisse, nach ihrem zeitlichen Ablauf geordnet. Wenn er jetzt in diesem Moment hier wäre, würde er einen historischen Kontext für alles finden: für das neue Gebäude und seine Spiegelwände, für das Aktmodell, für das bettelnde Mädchen mit seinem langen Zopf und dem Diamantpünktchen im Nasenflügel. Wer konnte, nachdem er die Stimme eines alten Mannes im Radio gehört hatte, sich hinsetzen und einen Drohbrief verfassen? Alles, was Monsieur Wroblewski sehen kann, sind die krummen Schultern eines Mannes, seinen feisten Nacken. Doch nein, sein Freund könnte sagen: Ich habe sein Gesicht gesehen, das schmal und fein ist. Worauf hoffst du noch? Was kannst du noch erwarten? So viel zu deinen Lichtblicken.

Und so würden sie den ganzen Nachmittag lang und bis in den Abend hinein sich ihre Visionen erzählen, während die Lichter im Café immer heller wurden und die Bäume draußen mit der Nacht verschmolzen. Vielleicht hätte sein Freund Vergnügen daran, jemand ganz Neuen kennenzulernen, weit weg vom düsteren Rätsel des Mannes und des Briefes mit der Morddrohung. Leider sind die meisten Pariser Bekannten von Monsieur Wroblewski verschwunden oder in entfernte Städte und Vororte gezogen (alles scheint so weit weg), oder sie haben sich in eine geistige Region zurückgezogen, die einer gewundenen, hohlen Muschel gleichen muß. Wenn er seiner Frau einen Brief aus Canberra vorliest, gibt er acht, daß er die englischen Ausdrücke, die Teresa ganz selbstverständlich einstreut, übersetzt. Magda verstand früher Englisch, aber jetzt wird sogar ihr Französisch dünn. Ehe er das Briefende erreicht hat, wird sie ihn vier- oder fünfmal gefragt haben: »Von wem ist er?« – obwohl er ihr die Unterschrift und die bunten australischen Briefmarken gezeigt hat. Oder sie überrascht ihn vielleicht mit einer passenden Frage: »Kommen sie zu Weihnachten nach Hause?« Niemand kann sagen, was Magda mit nach Hause meint. Sie sagt vielleicht zu ihm: »Kann mein Vater dich leiden?«, oder sogar: »Wo wohnst du?«

Sie benutzt seinen Kosenamen, sagt »Maciek und ich«, weiß aber nichts von ihm. Sie kann Karten spielen, einen Brief schreiben – es ist nie klar, an wen –, und er gibt vor, ihn zu frankieren und abzuschicken. Wenn er eine mögliche Adresse erfunden hat, hat sich die Episode in Luft aufgelöst. Sie starrt den Umschlag an. Wovon spricht er? Sie schwebt zwischen Dunkelheit und Licht, wenn der letzte Traum der Morgendämmerung rasch zerfällt und das Bewußtsein des Morgens noch kaum Fuß gefaßt hat. In diesem Bruchteil einer Sekunde lebt sie den ganzen Tag lang.

Heute morgen, als er das Tablett mit ihrem Frühstück hereinbrachte, fand er einen Brief auf dem Teppich liegen. Ihre Handschrift ist jetzt größer als vorher, leicht zu lesen:

Mein liebster Schatz!
Maciek unterrichtet, und ich auch! An der polnischen Oberschule in Paris! Er unterrichtet Französisch. Ich unterrichte Algebra und Musik. Unsere Schüler sind brav. Wir haben Nansen-Pässe! Sie lassen sich weit öffnen, wie ein Akkordeon. Nur wenige glückliche Leute dürfen Nansen-Pässe haben! Sie sind sehr alt! Nur wenige können sie haben. Maciek unterrichtet Französisch.
Deine Dich liebende
Magda.

Alles in dem Brief stimmt, wenn man sich vorstellt, daß es sich heute vor ungefähr fünfundvierzig Jahren zugetragen hat. Er sagte: »Was für ein netter Brief. Ist er für Teresa?«

Sie setzte sich im Bett auf, nahm Tee an. »Was ist Preußen?«

Die Preußen-Frage ist neu. Vielleicht schrie jemand in einem der zerrissenen Träume »Preußen!«, mit einer Traumstimme, die Worte und Namen in dramatische Behauptungen verwandelte. Sie blickte zum Fenster, schlürfte ihren Tee. Sie konnte (wenn sie überhaupt etwas wahrnahm) die große Garage an der Ecke sehen und wenigstens einen der Bäume auf dem Boulevard Raspail.

»Sie haben einige Bäume gefällt«, bemerkte sie vor nicht allzu langer Zeit, als sie mit ihm um den Block ging. Sie hatte recht; er war es, der die Lücken nicht wahrgenommen hatte, obwohl er an jedem Tag seines Lebens den Boulevard entlanggeht.

Solange man nicht den Versuch macht, eine lebendige Unterhaltung zu führen, fällt einem nichts auf. Wenn er sie nachmittags zum Tee und einem Stück Obstkuchen ausführt, wirkt sie vornehmer und beherrschter als die meisten der alten Damen an den anderen Tischen. Sie krümeln schrecklich herum, füttern ihre ungezogenen Schoßhündchen mit Kuchenrändern, quälen den Kellner mit Fragen, die genauso eintönig und ermüdend sind wie eine von Magdas Fragen: Warum steht diese Tür offen? Warum macht keiner die Tür zu? Warum lassen Sie dann die Tür nicht reparieren? Das Unangenehme bei Magda ist nur, daß man sie nicht eine Minute lang allein lassen kann, sonst ist sie schon auf der Straße und versucht, in einen Bus einzusteigen, unterwegs, zum Solfeggio-Unterricht an einer polnischen Schule, die nicht mehr existiert.

Der Vormittag ist die langsame Zeit, wenn sie keine blasse Ahnung vom Umgang mit Knöpfen, Reißverschlüssen, einem Kamm, einer Zahnbürste haben will. Marie-Louise, die auf Martinique geboren wurde, kommt um neun, an fünf Tagen der Woche. Sie weiß, wie sie Magda aus dem Bett und in ihre Sachen locken kann. (Ein Bad kann eine Dreiviertelstunde dauern.) Schließlich ist sie ordentlich angezogen, sitzt händchenhaltend mit Marie-Louise vor dem Fernseher und sieht sich ein Programm mit Cartoons oder einer Kochstunde oder mit einem Kapuzenmann an, der eine amerikanische Bank überfällt. Immer noch Marie-Louises Hand umklammernd, sagt sie vielleicht auf polnisch: »Wer ist diese Frau? Ich mag diese Frau nicht. Sag ihr, sie soll weggehen.«

Marie-Louise wird vom städtischen Sozialamt geschickt und kostet sie nichts. Die Vorschriften sind streng: Arbeiten im Haushalt sind nicht gestattet, doch sie kann aus Gefälligkeit die Waschmaschine in Gang setzen oder für Magdas Mittagessen ein Birnen-Apfel-Kompott machen. Inzwischen erledigt er die Einkäufe und führt den Hund aus. Wenn Marie-Louise sagt, daß sie bis zum Mittag bleiben kann, geht er zum Montparnasse und liest die Zeitungen. Die weißen Markisen und Schirme im »Atelier« erinnern ihn an den Süden, als er sich Nizza und Monaco noch leisten konnte und es dort noch nicht so überlaufen war. Er fuhr mit Magda immer zu Ostern hinunter, in der dritten Klasse reisend. Er kann in Gedanken jeden Schritt ihrer Ferienrunde noch einmal gehen: Strand am Vormittag, selbst wenn Ostern in den März fiel und die See zu kalt war, um darin zu waten; ein Picknick mit Brot, Käse und Obst, verzehrt in Liegestühlen an der Strandpromenade; eine Ruhepause; ein langer Spaziergang, dann Anlegen von makellosen, gebügelten Sachen – Creme- und Elfenbeintöne für Magda, Beige oder leichtes Marineblau für ihn. Ein Apéritif unter einer weißen Markise; Dinner in der Pension. (Im Speisesaal blieben die Wroblewskis für sich.) Nach dem Essen ein Besuch im Casino – nicht um zu spielen, sondern um die zivilisiertesten Leute Westeuropas mit ihrem Geld um sich werfen zu sehen. Heutzutage müßte man Millionär sein, um so leben zu können.

Im »Montparnasse« schaltete gestern eine Frau, die ganz allein saß, ein kleines Radio an. Die Musik hörte sich wie früher Mozart oder später Haydn an. Keiner beschwerte sich, und daher sagten die Kellner nichts. Vor der Musik im Hintergrund versuchte er, seinen genauen Wert auszurechnen, in Summen, die nichts mit Geld zu tun haben. Er hätte vor jedem Gericht, irdisch oder himmlisch, beschworen, daß er vor keinem gekrochen war. Die Musik hörte auf, und eine langweilige, kultivierte Stimme begann zu beschreiben, was gerade gespielt worden war. Die Frau schnitt die Stimme ab und steckte das Radio wieder in ihre Handtasche. Für kurze Zeit schien das Café wie erstorben; dann nahm er allmählich Gespräche wahr, das Klappern von Löffeln, Schritte, vorbeifahrende Autos – Geräusche, die so vertraut waren, daß sie auf Stille hinausliefen. Natürlich hatte er gebettelt. Gefleht hatte er – um genug zu essen, um Erlösung von Schmerzen, um einen Paß, um Arbeit. Bruchstücke von Episoden, mit Achselzucken abgetan, hinter sich gelassen, lagen auf den Wegen herum. Nur einer, der sich grauen Dämmerungen verpflichtet fühlte, würde umkehren und sie untersuchen. Da könnte man auch jeden Brief, den man beschmutzt in der Gosse liegen sah, aufsammeln und das Sortiment dann als Autobiographie bezeichnen.

Bestimmt hatte es einige Tugenden gegeben. Zum Beispiel hatte er nie versucht, eine Vergünstigung durch Betrug zu ergattern. Manche Leute bauen ihr ganzes Leben auf Betrügereien auf. Sie versuchen sogar, sich eine Schachtel von den Pralinen zu ergaunern, die der Bürgermeister von Paris in der Weihnachtszeit verteilt. Diese Möchtegernhochstapler sind vielleicht in den Fünfzigern und Sechzigern, zu jung, um auf die Bürgermeisterliste zu kommen. Oder sie haben ein hohes Einkommen und sollten wirklich für ihre Freuden selbst bezahlen. Tatsächlich sind es die Reichen, die schäbige Sachen anziehen und in das Rathaus ihres Stadtteils schlendern, einen Geschenkgutschein schwenkend, der kein Kind hinters Licht führen würde. Und sie könnten sich eine Tonne Pralinen kaufen, ohne in Geldnöte zu geraten!

Die Wroblewskis, weder wohlhabend noch notleidend, erhalten ihr alljährliches Geschenk auf korrektem und gesetzlichem Weg. Ungefähr vor vier Jahren kam eine Nachricht, die Magda Zaleska, verheiratete Wroblewska, zum Erhalt des Bürgermeistergeschenks berechtigte. Damals fing es gerade erst an, daß sie bei ganz einfachen Angelegenheiten Anzeichen von Verstörung zeigte, und deshalb ging er an ihrer Statt, nahm ihren Paß mit, einen Mietvertrag, den sie mitunterzeichnet hatte, und einen erklärenden Brief, den er geschrieben und von ihr hatte unterschreiben lassen. (Keiner wollte ihn lesen.) Er weiß noch, wie er mühsam treppauf, treppab gewandert ist, ehe er auf ein handgeschriebenes Schild stieß: »Pralinen – Gutschein und Ausweis vorzeigen«.

Es zeigte sich, daß die Schachtel von verblüffender Größe war, zu groß für eine Schublade oder ein Küchenregal. Wochenlang stand sie auf dem Fernseher. (Sie machten sich beide nichts aus Schokolade, außer hin und wieder ein Stückchen der bitteren Sorte zum starken schwarzen Kaffee.) Schließlich packte er die Hälfte in eine Blechbüchse, die polnische Freunde in England benutzt hatten, um den Wroblewskis ein Geschenkpaket mit Butter- und Vollkornkeksen zu schicken, und sandte sie an eine entfernte Cousine von Magda. Die Cousine antwortete, daß sie Schokolade auch in Warschau bekäme, sich aber über ein Paket Waschmittel oder etwas Seife, die einem nicht die Haut wegfraß, freuen würde.

Er hatte einige der Pralinen vom letzten Jahr als Geschenk für die Concierge verwendet, hatte sie vorteilhaft in ein Weidenkörbchen gepackt, das er zusammen mit getrockneten Aprikosen gekauft hatte. Sie entfernte das Band und das geblümte Papier, legte beides zusammen und rief: »Ah! Die Bürgermeister-Pralinen!« Er wundert sich immer noch, wie sie das wissen konnte – sie sind von ausgezeichneter Qualität und sehen genau wie alle anderen Pralinen aus, die man im Fenster eines Süßwarenhändlers sehen kann. Vielleicht steht sie auch auf der Liste und schickt ihre an Verwandte in Portugal. Das scheint kaum möglich; sie sind für Ältere und Bedürftige bestimmt, und sie ist kaum vierzig. Vielleicht ist sie eine der raffinierten Personen und hat zu Betrug gegriffen – zu einer gefälschten Geburtsurkunde. Was soll's? Sie ist eine anständige Frau, tüchtig und freundlich. Ein Mann, von dem er gehört hat, soll eine eidesstattliche Erklärung ausgeklügelt haben, daß er zu bedürftig ist, um seine jährliche Fernsehgebühr zu bezahlen, und der damit durchgekommen ist – hier in Paris, wo angeblich über jeden Einwohner Rechenschaft abgelegt werden soll; wo das ganze Leben jedes rechtmäßigen Einwanderers in einem Computer gespeichert oder zwischen die mit ausgefranstem Baumwollband zusammengehaltenen Pappdeckel einer Akte gestopft ist.

Wenn er Magda ihr Frühstückstablett bringt, sieht er aus, als wäre er unterwegs zu einer wichtigen Verabredung – sagen wir, mit dem Zweigstellenleiter der Bank oder dem Bürgermeister persönlich. Er bleibt auf seiner Seite der Grenze zwischen Schlafen und Wachen, beobachtet sein eigenes Verhalten, ob es Symptome der Ansteckung zeigt – verschwommene Zeitvorstellungen, Vergessen von Namen, Abschweifen bei einer Unterhaltung. Er ist fit, sieht gut, kann noch hören, wenn die Concierge Briefe unter der Tür durchschiebt. Er war zehn Monate in Dachau, im letzten Kriegswinter und -frühling, und

186

hat für jeden Monat einen Zahn verloren. Sie sind ersetzt worden, auf billige, zufällige Weise – besser als gar nicht. Die Deutschen zahlen ihm eine monatliche Rente, von der er seine Telefonrechnung begleichen kann und noch ein wenig übrigbehält. Er steht weit unten auf der Wiedergutmachungsliste. Vor allem war er, wie der deutsche Rechtsanwalt, der sich mit der Klage befaßte, deutlich machte, zu der Zeit ein erwachsener Mann. Er hatte eine abgeschlossene Ausbildung. Er hatte einen Beruf. Eine Fremdsprache kann man überall auf der Welt unterrichten. Als der Krieg zu Ende war, brauchte er nur weiterzumachen wie früher. Er kann sich nicht darauf berufen, daß die zehn Monate ein nicht wiedergutzumachender Einschnitt waren, mit einem Vorher und einem Nachher, oder sogar eine Vergeudung von Leben. Als er die deutsche Rente einem Steuerberater erklärte, wurde er gefragt, ob er in der Wehrmacht gedient habe. Ihm wird schwindlig, wenn er den Kopf neigt – zum Beispiel über eine ausgebreitete Zeitung –, und er nimmt jeden Tag eine grün-weiße Kapsel, um sein Herz zu stabilisieren.

Sobald Marie-Louise an der Haustür klingelt, zerrt der Hund die Leine von ihrem Platz im Flur und läßt sie ihm vor die Füße fallen. Hector ist ein junger Schnauzer mit drahtigem Fell und einer fröhlichen Veranlagung, der auf Rat ihres Arztes als Mittelpunkt des Interesses für Magda gekauft wurde. Er wird sein Herrchen bestimmt überleben. Monsieur Wroblewski hat schon vorgesorgt – die Concierge wird ihn übernehmen. Sie kann es kaum erwarten. Manchmal sagt sie zu Hector: »Da sind wir ja, nur wir beiden«, als wäre Monsieur Wroblewski schon unter den Vermißten. Das Ausführen von Hector erscheint immer schwieriger. Die Pariser parken ihre Autos ohne einen Zoll Zwischenraum; hinter ihnen fliegt der

Verkehr vorbei wie Hagelkörner im Sturm. Als ausgerechnet Magda bemerkte, daß die paar Bäume nicht mehr da waren, spürte er unvernünftigen Ärger, als hätte man alles, was ihm wichtig war, mit Stumpf und Stiel ausgerottet. Warum lassen sie uns nicht in Frieden? dachte er. Seit geraumer Zeit führte er stille Gespräche mit keinem im besonderen. Dann kam der Brief, und er begann, seinen Freund anzusprechen. Er vermeidet bestimmte Wörter wie »Problem«, »Schwierigkeit«, »Katastrophe« und sagt statt dessen »Lage der Dinge«.

Die Nansen-Pässe werden eingezogen. Drei Leute, die er kennt, zwischen einundachtzig und achtundachtzig Jahren alt, haben Briefe vom französischen Außenministerium bekommen – das Büro, das für diese seltenen und besonderen Pässe zuständig ist, wird geschlossen. Polnische politische Flüchtlinge gibt es nicht mehr. Sie sind zu polnischen Staatsbürgern geworden (das hören sie jetzt zum erstenmal) und sollten sich bei ihrer eigenen Botschaft um geeignete Dokumente bemühen. Zwei der neuen Staatsbürger sind ein Graveur, der immer noch in einem nicht beheizbaren Atelier am entgegengesetzten Ende des Montmartre arbeitet, und eine andere Künstlerin, die einst eine starke, erstaunliche Porträtstatue von Magda modelliert hat. Sie konnte sich den Guß nicht leisten, und das Original ging entzwei oder verloren – er weiß es nicht mehr. Durch ein Kunstwerk begriff er die Schönheit seiner Frau. Bis dahin war er stolz auf ihren Charme und ihre Vornehmheit gewesen. Er beobachtete sie gern am Piano; vielleicht beobachtete er mehr, als daß er zuhörte. Der dritte ist ein früherer Literaturkritiker, spezialisiert auf Osteuropa, der irgendwann in eine Depression verfiel und sich nicht mehr die Mühe machte, Briefe zu schreiben.

»…und daher sind wir, ipso facto, polnische Staatsbürger«,

sagte der Graveur am Telefon zu Monsieur Wroblewski. »Was werden sie mit uns machen? Uns nach Polen zurückschicken? Fallen wir jetzt unter eine Einwanderungsquote? In unserem Alter bleiben wir lieber staatenlos.« Vielleicht stimmte das. Sie reisen nie und brauchen keine Pässe. Jeder von ihnen hat eine Wohnung, ein gewisses Einkommen. Zwei von den dreien verdienen in der Tat noch Geld. In gewisser Weise sorgt einer für den anderen.

Keiner hat etwas unternommen. Wie der Graveur sagt, wenn man es mit weltweiter Bürokratie zu tun hat, ist es klüger, sich nicht zu rühren. Wenn man sich nämlich zu einer Reaktion aufgerafft hat, können sich alle Vorschriften schon wieder geändert haben.

Das stimmt und stimmt nicht. Man kann still und leise einen Schachzug tun, ohne einen Aufstand zu verursachen. Monsieur Wroblewskis Verhalten ist immer auf Verteidigung ausgerichtet. Möglicherweise streicht irgendein Ministerialbeamter Namen in alphabetischer Reihenfolge und ist noch keineswegs in der Nähe der Namen mit »W«. Nach mehreren Anläufen hat er einen Brief, in dem er um die französische Staatsbürgerschaft ersucht, an den Quai d'Orsay geschrieben und abgeschickt. Er hätte sich natürlich schon vor Jahren darum bewerben können, doch früher waren Ablehnungen so häufig, daß man von Anfang an entmutigt wurde. Als Magda und er dann ihre Arbeit, ihre Wohnung, ihre kostbaren Pässe hatten, war das Letzte, was sie wollten, noch ein Formular ausfüllen, sich in noch einer Schlange anzustellen. In dem Brief erwähnte er Flüchtlinge, Einwanderungsquoten oder eine andere Staatsbürgerschaft als die französische nicht, doch er wies auf die vielen Jahre hin, die er in Frankreich gelebt hatte, auf sein fließendes Französisch und seine Bewunderung für die

Kultur. Er erwähnte die alten historischen Bindungen zwischen Polen und Frankreich, kam kurz auf die Geschichte von Napoleon und Madame Walewska zu sprechen und erinnerte das Ministerium daran, daß er nie im Rückstand mit der Miete gewesen war oder sein Konto überzogen hatte.

(Den Brief hatte er nun vor einem reichlichen Monat abgeschickt. Bis jetzt ist noch kein Wort vom Quai d'Orsay gekommen – ein hervorragendes Zeichen. Man fährt vollkommen sicher, wenn die Ämter schweigen.)

Inzwischen gibt es wieder etwas Neues. Vor ungefähr drei Wochen hat er einen Brief von der Bank bekommen, auf einer richtigen Schreibmaschine geschrieben, mit richtiger Tinte unterzeichnet – keine Broschüren, keine Faltblätter, keine Bilder von einem weißhaarigen Ehepaar, das der Sphinx ins Auge blickt oder sich an Venedig erfreut. Da war nur die persönliche Botschaft und noch etwas: ein Zertifikat. »Zertifikat« war zusammen mit seinem korrekt geschriebenen Namen in fetten schwarzen Lettern gedruckt. Eine Madame Carole Fournier von der Kundenberatung ersuchte ihn, das Zertifikat zu unterschreiben, einen Termin zu vereinbaren und es an ihrem Schreibtisch abzugeben. (Ihre eigene Unterschrift wirkte auf ihn offen und zuverlässig, wenn auch noch wenig lebenserfahren.) Laut Madame Fournier, und aus nicht erklärten Gründen, war er unter einer Handvoll von Kontobesitzern – auf ihre Art Aristokraten –, denen die Bank einen Barkredit von fünfzehntausend Franc anbot. Der Kredit war kein Darlehen, kein Überziehungskredit, sondern ein Fonds, aus dem er jederzeit schöpfen konnte, ohne Zinsen zu bezahlen, wenn er Geld brauchte, aber seine Ersparnisse nicht antasten wollte. Die von diesem Fonds abgehobenen Summen würden in monatlichen Raten zu zweitausend Francs von seinem Girokonto zurück-

überwiesen. Es waren keine Zinsen oder Überziehungsgebüh-
ren zu zahlen – diesen Teil las er zweimal.

Für fünfzehntausend Franc könnte er nach Australien flie-
gen, nahm er an, oder eine Kreuzfahrt in die Karibik machen.
Er könnte Magda einen luxuriösen Pelzmantel kaufen. Nichts
dergleichen würde er tun, doch das Angebot war großzügig
und sollte nicht kurzerhand abgelehnt werden. Er hatte mit
seinem ersten Gehaltsscheck in Frankreich ein Konto eröffnet;
vielleicht wollte die Bank Dankbarkeit für jahrelange Treue
zeigen. Neben seinem Girokonto besaß er zwei Sparkonten.
Eins davon ist steuerfrei, per Gesetz auf eine Einlage von fünfzehntausend Franc beschränkt – zufällig der gleiche Betrag,
der ihm nun angeboten wurde. Manche, nahm er an, würden
zugreifen und die ganze Summe verplempern, um danach nie-
dergeschlagen zu sein und es zu bereuen, während sie zusahen,
wie ihr Girokonto Monat für Monat zusammenschmolz. Das
Geschenk war ein bunter Luftballon mit einem langen Strick
daran. Der Strick konnte von Hand zu Hand gereicht werden –
zur Bank und wieder zurück. Er sah sich den Strick festhalten.

Ehe er Gelegenheit hatte, etwas in der Sache zu unternehmen, hatte er auf der Straße einen Schwindelanfall und mußte
in eine private Kunstgalerie hineingehen und darum bitten,
sich setzen zu dürfen. (Sie nahmen es nicht sehr freundlich auf.
Es gab nur einen Stuhl, auf dem eine Dame saß, die Umschläge adressierte.) Sein Arzt verordnete ihm eine Woche
Ausspannen, wenn möglich, weit weg von zu Hause. Die erfor-
derlichen Vorkehrungen – jemanden zu finden, der in der
Wohnung schlief, zwei andere Leute, die nachmittags und am
Wochenende kamen – waren anstrengender, als einfach weiterzumachen; aber er gehorchte, ließ nichts ungetan, übergab
Hector der Concierge und nahm den Zug nach Saint-Malo.

Vor Jahren, in einer Zeit der Personenzüge und zugigen Hotels, war er mit einigen seiner Schüler dorthin gefahren. Ohne zu murren, aßen sie trockene Sandwiches und Äpfel und warfen die Gehäuse von der Stadtmauer. Diesmal war er zu einer nassen Jahreszeit allein hier. Unter einem Schirm, von dem der Regen strömte, spazierte er wieder auf der Stadtmauer, und als der Himmel aufklarte, besuchte er Chateaubriands Grab; und vom Rand des Grabes taxierte er das Meer. Auch hierher hatte er seine Schüler geführt und ihnen alles über Chateaubriand erzählt (alles, was sie begreifen konnten), aber er hatte nicht gesagt, daß Sartre auf das Grab uriniert hatte. Vielleicht hätten sie darüber gelacht.

Er verließ das Grab und das Meer und machte sich wieder auf den Weg in die ummauerte Stadt. Er dachte an andere Verletzungen und an den Unflat, der über stille Leben hinwegspülen kann. Die erleuchteten Fenster wirkten an dem dunklen Nachmittag unnahbar, als erteilten sie ihm eine gedankenlose Abfuhr. Er würde seinem Freund schreiben: »Als ich die Fenster fremder Leute anstarrte, fragte ich mich, was ich da suchte, wo ich doch ein eigenes Heim habe.« Am nächsten Tag tauschte er seine Platzkarte um und fuhr nach Paris zurück, noch ehe die Woche um war.

Magda erkannte ihn, wußte aber nicht, daß er fortgewesen war. Sie fragte, ob ihn der Nachbar gestört habe, der die ganze Nacht auf dem Klavier Schubert gespielt habe. (Vielleicht gab es den Musiker wirklich, dachte er manchmal, und nur Magda konnte ihn hören.) »Du mußt ihm sagen, er soll aufhören«, sagte sie. Er versprach es.

Madame Carole Fournier, von der Kundenberatung, entpuppte sich als attraktive junge Frau, vielleicht ein bißchen

192

schmal im Gesicht. Ihre eingesunkenen Wangen verliehen ihr ein vogelähnliches Aussehen, aber als sie sich dem Computerbildschirm neben ihrem Schreibtisch zuwandte, erinnerte ihn ihr Profil an eine Schauspielerin, Elzbieta Barszczewska. Als die Barszczewska am Ende eines Films, der »Die Aussätzige« hieß, in ihrem weißen Brautkleid starb, trauerte ganz Warschau. Verglichen mit der Barszczewska, war Pola Negri nichts.

Das Plastikgestell von Madame Fourniers Brille paßte zu den zwei roten Kämmen in ihrem Haar. Ihr Büro war eine weiße Kabine mit einem großen Fenster und ohne Tür. Ihr Computer hatte, wie alle anderen, die er in der Bank gesehen hatte, einen azurblauen Bildschirm. Er gemahnte an das Unendliche. Auf seiner himmelblauen Fläche konnte er, ohne sich anzustrengen, ihn betreffende Fakten lesen: sein Geburtsdatum, zum einen. Zwischen weißen vertikalen Jalousiestäben hindurch bemerkte er eine Bäckerei und die Post, wo er Briefmarken kaufte und Briefe aufgab. Hector, zwischen angeketteten und mit Schloß versehenen Fahrrädern an eine Metallstange gebunden, war knapp außerhalb des Blickfelds. Wenn das Fenster offen gewesen wäre, hätte man sein klagendes Gebell hören können. Monsieur Wroblewski wollte aufstehen und sich überzeugen, daß der Hund nicht entführt worden war, aber das hätte bedeutet, die reizende Madame Fournier zu stören.

Sie blickte noch einmal auf den blauen Bildschirm und wandte sich dann wieder einem vierseitigen Fragebogen auf ihrem Schreibtisch zu. Er hatte eine freundliche Begrüßung erwartet. Bisher war es eine Befragung gewesen. »Es tut mir leid«, sagte sie. »Das ist meine Arbeit. Ich muß Sie das fragen. Sind Sie sechsundsechzig oder darüber?«

»Ich bin geschmeichelt, daß Sie einen Zweifel daran hegen können«, begann er. Sie wirkte so jung; seine Stimme hatte einen ganz klein wenig neckenden Ton. Sie hätte seine Enkelin sein können, wenn die Generationen so aufeinanderfolgten, wie es die Statistik wollte. Er hätte seinem Freund in Warschau ihr Bild schicken können: rote Kämme, kleine Hände, Sternzeichenanhänger (Zwillinge) an einer Kette. Auf der gegenüberliegenden Straßenseite kam ein Junge mit mehreren Baguetten, vielleicht für ein Restaurant, aus der Bäckerei. Sie wartete. Wie lange wartete sie schon? Sie hielt einen Stift über dem Fragebogen in der Luft.

»Ich habe meinen sechsundsechzigsten Geburtstag am Tag von General de Gaulles Tod gefeiert«, sagte er. »Ich meine damit nicht, daß ich den Tod dieses erstaunlichen Mannes gefeiert habe. Er stimmte mich sehr traurig. Ich war mit meiner Frau im Theater. Sie gaben ›Ondine‹ mit Isabelle Adjani. Es war ihre erste bedeutende Rolle. Sie muß siebzehn gewesen sein. Sie war der Schwarm von Paris. Reizend. Eine Nymphe. Nach dem Applaus kam der Theaterdirektor vor den Vorhang, wandte sich an die Zuschauer und sagte, daß der Präsident gestorben sei.« Sie schien immer noch zu warten. Er fuhr fort: »Den Zuschauern verschlug es den Atem. Wir gingen schweigend hinaus. Meine Frau sagte schließlich: ›Der arme Mann. Und wie traurig, genau an deinem Geburtstag.‹ Ich sagte: ›Das ist Geschichte.‹ Wir gingen im Regen nach Hause. Damals konnte man nach Mitternacht auf der Straße laufen. Es war nicht gefährlich.«

Ihr Gesicht drückte Verständnis nur beim Namen Isabelle Adjani aus. Er fühlte sich verpflichtet, hinzuzufügen: »Ich glaube, ich habe mich geirrt. Es war doch nicht Präsident de Gaulle. Es war Präsident Georges Pompidou, dessen Tod in allen Theatern von Paris bekanntgegeben wurde. Ich bin mir nicht sicher wegen der Adjani. Meine Frau hob immer alle Theaterprogramme auf. Ich könnte nachschauen, wenn es Sie interessiert.«

»Die Frage ist, ob Sie sechsundsechzig oder darüber sind«, sagte sie. »Sie müssen eine besondere Versicherung abschließen. Das geschieht zur Absicherung der Bank, verstehen Sie. Sie kostet nicht viel.«

»Ich bin versichert.«

»Ich weiß. Diese ist für die Bank.« Sie drehte den Fragebogen um, so daß er eine Frage in einem Kasten lesen konnte: »Nehmen Sie regelmäßig Medikamente ein?«

»Jeder in meinem Alter nimmt etwas.«

»Entschuldigen Sie. Ich muß das fragen. Sind Sie ernsthaft krank?«

»Ein chronisches Leiden. Nichts Gefährliches.« Er legte die Hand auf das Herz.

Sie nahm den Fragebogen, entschuldigte sich noch einmal und ließ ihn allein. Auf dem Bildschirm las er die Nummern seiner drei Konten und das jeweilige Datum, an dem jedes von ihnen eröffnet worden war. Ihm fiel Hector ein, er stand auf, doch ehe er das Fenster erreichte, war Mademoiselle Fournier zurück.

»Entschuldigung«, sagte sie. »Entschuldigen Sie, daß es so lange dauert. Nehmen Sie bitte Platz. Ich muß Ihnen noch eine Frage stellen.«

»Ich habe nach meinem Hund zu schauen versucht.«

»Über Ihre chronische Krankheit. Könnten Sie plötzlich sterben?«

»Hoffentlich nicht.«

»Ich habe mit Monsieur Giroud gesprochen. Sie werden

sich einer ärztlichen Untersuchung unterziehen müssen. Nein, nicht bei Ihrem Arzt«, kam sie ihm zuvor. »Bei einem Arzt der Versicherung. Das ist nicht für die Bank. Das ist für sie – die Versicherung.« Sie war älter, als er angenommen hatte. Verlegenheit und das Bemühen, sie zu verbergen, machten ihr Gesicht härter, und er schätzte sie jetzt auf um die fünfunddreißig. Die jugendliche Unterschrift war eine Täuschung. »Monsieur Wroblewski«, sagte sie und gab sich Mühe mit den Konsonanten, »lohnt sich das Ganze, für fünfzehntausend Franc? Wir würden Ihnen einen Überziehungskredit einräumen, wenn Sie einen brauchen. Aber dann wären natürlich Zinsen zu zahlen.«

»Ich wollte den Fonds aus genau dem Grund, den Sie gerade erwähnt haben – für den Fall meines plötzlichen Todes. Wenn ich sterbe, werden meine Konten eingefroren, nicht wahr? Ich möchte Bargeld für meine Frau. Ich habe mir gedacht, ich könnte es meinem Arzt anvertrauen. Er könnte unterschreiben – irgend etwas. Meine Frau ist zu krank, um sich um die Beerdigung zu kümmern oder die Leute zu bezahlen, die sie versorgen. Es wird eine Weile dauern, bis das Testament vollstreckt ist.«

»Das tut mir leid«, sagte sie. »Es tut mir aufrichtig leid. Es ist kein Konto. Es ist eine Rücklage. Wenn Sie sterben, existiert sie nicht mehr.«

»Eine Rücklage, auf meinen Namen, von einer Bank betreut, ist ein Konto«, sagte er. »Ich würde es zu Lebzeiten nicht benutzen oder anrühren.«

»Es ist nicht Ihr Geld«, sagte sie. »Nicht so, wie Sie glauben. Es tut mir leid. Entschuldigen Sie mich. Der Brief hätte nie an Sie geschickt werden dürfen.«

»Die Bank kennt mein Alter. Es steht da, auf dem Bildschirm.«

»Ich weiß. Es tut mir leid. Ich schicke diese Dinge nicht hinaus.«

»Aber Sie unterschreiben sie?«

»Ich schicke sie nicht hinaus.«

Sie gaben sich die Hand. Er rückte seinen Hut elegant zurecht. Alles, was er an diesem Tag anhatte, wirkte neu, sogar das seidene Halstuch, grau mit einem kleinen gelben Muster, von Magda bei Arnys auf der Rue de Sèvres gekauft – vor, oh, fünfzehn Jahren. Nichts war ausgefranst oder ausgeblichen. Anscheinend trug er nie etwas ab. Seine Fingernägel waren geschnitten, seine Hände ohne Flecken. Er rauchte immer noch drei Craven A pro Tag, hatte aber in Gegenwart von Madame Fournier davon abgesehen, da er auf ihrem Schreibtisch keinen Aschenbecher entdeckt hatte. Wirklich war darauf nichts anderes gewesen als sein Fragebogen. Er hätte ihr Pralinen mitbringen sollen; es bekümmerte ihn, daß er nicht aufmerksam gewesen war. Er trug ihr nichts nach. Sie wirkte kompetent, benahm sich taktvoll.

»Ihre Konten sind tadellos in Ordnung«, hatte sie gesagt. »Das muß Ihnen eine Beruhigung sein. Wir könnten Ihnen… Kommen Sie jedenfalls wieder zu mir, wenn Sie ein Problem haben.«

»Mein Problem ist mein eigener Tod«, sagte er lächelnd.

»An so etwas dürfen Sie nicht denken.« Sie berührte ihren Talisman, die Zwillinge, als könne er ihr wirklich ein doppeltes Leben verleihen – eins mit Irritationen und eins ohne. »Entschuldigen Sie uns bitte. Monsieur Giroud bedauert. Ich ebenfalls.«

Nach der Geschichte mit dem Brief und der Preußen-Frage heute vormittag war Magda still. Er ließ sie ihren Tee austrinken (sie vergißt, daß sie eine Tasse in der Hand hält) und versuchte sie in ein Gespräch über den Blick aus dem Fenster zu ziehen.

Sie sagte: »Der Nachbar spielt immer noch die ganze Nacht Schubert. Es hält mich wach. Es ist traurig, wenn er aufhört.«

Neben ihnen wohnt ein Ehepaar, das arbeiten geht. Sie schalten das Fernsehen um zehn ab, und dann kommt von ihnen bis halb sieben früh, wenn sie die Nachrichten hören, kein Laut. Dreiviertel acht schließen sie ihre Wohnungstür zu und läuten nach dem Fahrstuhl, und die Wohnung ist wieder still bis zur Abendbrotzeit. Keiner spielt Schubert.

Er nahm das Tablett hoch. Als er die Tür erreichte, sagte sie mit einer freundlichen, gelassenen Stimme: »Das Klavier hat mich wach gehalten.«

»Ich weiß«, sagte er. »Der Mann, der Schubert spielt.«

»Welcher Mann? Männer können nichts spielen.«

»Eine Frau? Jemand, den du kennst?«

Er stand still und wartete. Er hat zu seinem Freund gesagt: Wenn ich eine Antwort bekomme, bedeutet das, sie ist geheilt. Doch sie versteckt sich unter den Decken und Kissen, bis Marie-Louise kommt. Wenn Marie-Louise dann da ist, werde ich ausgehen und dich treffen, oder den Gedanken an dich, der mich jetzt nie mehr verläßt. Ich werde die Nachrichten lesen, und du kannst mir sagen, was sie bedeuten. Wir werden die verspiegelten Wände auf der anderen Boulevardseite anschauen und den Tag nach den Farben beurteilen: Blaßgold, Grau, Weiß-Blau. Eine schwarze Glasscheibe bedeutet nichts – sie ist keine Wolke und kein Himmel. Laß mich erklären. Gib mir Zeit. Aus dieser Entfernung hat das Dunkle keine Macht. Es hat kein eigenes Leben. Es ist eine Spiegelung.

Heute werde ich einen Block Schreibpapier und einen mit

198

Briefmarke und Adresse versehenen Umschlag mitbringen. Du kannst an mich denken, an einem Tisch hinter dem Fenster. (Für die Straße wird es ein wenig kalt.) Ich habe einen jungen Hund. Wie du siehst, bin ich noch immer langweilig optimistisch. Magda geht es gut. Heute morgen unterhielten wir uns über Schubert. Ich bedaure, daß es dir gesundheitlich nicht gut geht und du nicht reisen kannst. Sonst könntest du herkommen, und wir würden ein Auto mieten und irgendwo hinfahren – du, Magda, der Hund und ich. Die Sache mit dem Rundfunkgespräch und seine Wirkung auf einige gewöhnliche Menschen tut mir leid. Auch hier gibt es verwirrte Geister – du würdest nicht glauben wollen, was so passiert. Einer hat auf einer Versammlung gesagt: »Hitler lebt!« Das hat man mir erzählt. Die Polizei kann wohl nicht überall sein. Bitte paß gut auf dich auf. Deine Briefe sind mir sehr viel wert. Wir haben so viele Erinnerungen. Erinnerst du dich an *Die Aussätzige* und die Szene, in der sie bei ihrer eigenen Hochzeit stirbt? Sie war viel schöner als die Garbo oder die Dietrich – findest du nicht auch? Ich wollte, ich hätte dir mehr zu erzählen, doch mein Leben ist wie das Schnurren einer Katze. Wenn ich es beschreiben sollte, würde ich dich damit einschläfern. Vielleicht habe ich dir morgen mehr zu erzählen. Inzwischen Gott befohlen.

Mademoiselle Dias de Corta

Du bist im Sommer des Jahres, bevor die Abtreibung in Frankreich legal wurde, in meine Wohnung gezogen; das sollte es für dich, liebe Mademoiselle Dias de Corta, in der Vergangenheit festmachen. Du warst gerade aus deiner Heimatstadt, von der du hartnäckig behauptet hast, es sei Marseille, nach Paris gekommen und suchtest Arbeit. Du sagtest, du hättest auf irgendeiner Schule in der Provinz Methoden der Fernsehdarstellung studiert (wir hatten von der Schule nie gehört, obwohl mein Sohn ein oder zwei Freunde hatte, die Schauspieler waren) und ein Diplom erhalten, mit »lobender Erwähnung« des stimmlichen Gestaltungsvermögens. Das Diplom war nicht unter den Sachen, die wir nach deinem Verschwinden in deinem Koffer fanden, doch mein Sohn erinnerte sich daran, daß du es in deiner Handtasche bei dir trugst, für den Fall, daß du das Glück haben solltest, in einem Bus neben einem Programmdirektor zu sitzen.

Am nächsten Morgen hatten wir unser erstes herzliches Gespräch. Ich beschrieb den vor kurzem erfolgten Tod meines Mannes und wiederholte seine letzten Worte, die von meiner finanziellen Zukunft handelten und nicht übermäßig optimistisch waren. Ich spürte seine Gegenwart und hörte im Geist noch seine Stimme. Er schien in der Küche zu sein und sich zu fragen, was du dort machtest, und dich abzuschätzen: eine dünne, dunkeläugige, zurückhaltende junge Frau, die am Büfett stand und ihr Frühstück hinunterschlang. Vielleicht etwas mürrisch; du lehntest den Stuhl ab, den ich vom Eßzimmer hereingeschleppt hatte. Auch liederlich. Überall waren Krümel. Du hattest Milch auf dem Boden verschüttet.

»Machen Sie sich nichts aus der Bescherung«, sagte ich. »Ich bin es gewohnt, hinter jungen Leuten herzuräumen. Ich bediene meinen Sohn Robert von vorne bis hinten.« Tatsächlich hattest du dich nicht gerührt. Ich holte den Wischer aus der Besenkammer, doch als ich dich bat, beiseite zu treten, verschlucktest du dich an einer Brotkruste. Ich wartete ruhig ab und sagte dann: »Die Krankheit meines Mannes wurde dadurch hervorgerufen, daß er zu schnell aß und nie richtig kaute.« Seine stille Stimme sagte mir, daß ich meine Zeit verschwendete. Richtig, doch wenn ich dich nicht gewarnt hätte, wäre das auf Verweigerung einer Hilfeleistung für einen Menschen in Gefahr hinausgelaufen. In unserem Land kann man wegen unterlassener Hilfeleistung gerichtlich belangt werden.

Die einzige Bemerkung, die mein Sohn Robert anfangs über dich machte, war: »Sie ist zu klein für eine Schauspielerin.« Er war auf der ersten Stufe seiner Karriereleiter in der staatlichen Institution, damals als »Post, Telegramme, Telefone« bekannt. Jetzt hat man sie aufgeteilt und mit kurzen, modernen Ausdrücken benannt, die ich mir nie merken kann. (Vor kurzem hatte ich das Vergnügen, Robert an seiner neuen Wirkungsstätte zu besuchen. Bildschirme oder Geräte irgendwelcher Art, wohin man blickt. Er teilt sich ein geräumiges Büro mit zwei Frauen. Die eine wurde in Martinique geboren und kann kein »r« aussprechen. Die andere sieht wie eine Korsin aus.) Er ging jeden Tag früh aus dem Haus und verbrachte seine Abende gern mit einer Clique neuer Freunde, von denen keiner eine Mutter zu haben schien. Die falschen Lehren der Siebziger, die zur Kritik an älteren Generationen ermunterten, hatten seine natürlichen Gefühle verdorben. Einmal fragte ich ihn, als er gerade aus der Tür gehen wollte, ob er mich liebte. Er sagte, die Antwort liege auf der Hand – wir seien nahe verwandt. Nach seiner Verlobung und Heirat mit Anny Clarens, einer jungen Dame gemischter Abstammung, veränderte sich sein Verhalten völlig. (Zwei ihrer Großeltern sind Schweizer.) Sie arbeitet in der Buchhaltung eines großen Krankenhauses und liebt ihre Arbeit. Sie und Robert haben drei Kinder: Bruno, Elodie und Félicie.

Mehr weil ich Ansprache brauchte, als wegen der Einkünfte hatte ich mich entschlossen, eine Fremde in mein Heim aufzunehmen. Meine Annonce in *Le Figaro* vermerkte: »nur junge Frau«, obwohl jene, die sich um mein Wohlergehen Gedanken machten, nachdrücklich zu »junger Mann« geraten hatten. Ein »junger Mann« sollte netter, sauberer, ruhiger sein, und er würde (außer unter bestimmten Umständen, auf die ich nicht näher einzugehen brauche) meine Beziehung zu meinem Sohn nicht stören. Tatsächlich war mein Sohn selten für eine Unterhaltung zu haben und hatte nie Interesse dafür gezeigt, Gedanken mit einer Frau auszutauschen, nicht einmal mit einer, die ihn von Geburt an kannte.

Du hast von einem Fernsprecher in einer belebten Straße aus angerufen. Ich konnte die Münzen klirren und den Verkehr rauschen hören. Deine Stimme war tief und angenehm und konnte, wenn man von ein oder zwei Vokalen absah, als gebildetes Französisch durchgehen. Vermutlich konnte keine noch so gründliche Ausbildung an einer Schule in oder bei Marseille mit dem südlichen »o« fertig werden, lang, wo es kurz sein sollte, und abgehackt, wo es breit sein sollte. Aber die

Sprache war ja schon im Niedergang, was auf lasche schulische Anforderungen und unkontrollierte Einwanderung zurückzuführen war. Ich bewundere, was du erreicht hast, und weiß, welche Benachteiligungen du hattest, und Robert würde sicher dasselbe sagen, wenn er ahnte, daß ich an dich denke.

Dein Koffer wog fast gar nichts. Ich fragte mich, ob du warme Sachen besaßt und ob du auch nur wußtest, daß es so etwas wie einen nassen Sommer geben konnte. Vielleicht hättest du dich eher in einem üppigen Garten sonnen sollen, als die ungemütlichen Straßen auf Arbeitssuche auf und ab zu trotten. Ich zeigte dir das Zimmer – meins – mit seinen zwei Eckfenstern und dem weiten Blick die Avenue de Choisy hinunter. (Ich würde Roberts Zimmer nehmen, und er würde im Wohnzimmer auf der Couch schlafen.) Am anderen Ende der Avenue hatte die asiatische Kolonisierung begonnen – ein paar Restaurants und Geschäfte, die Reisschüsseln und bestickte Pantoffeln aus Taiwan verkauften. (Seit jenen Tagen hat sich die Gemeinschaft auf alle benachbarten Straßen ausgedehnt. Die Polizei läßt sich im Viertel nicht blicken und zieht es vor, daß die Einwanderer Streitereien auf ihre Art regeln. Offensichtlich bestrafen sie Übeltäter, indem sie sie von der Tolbiac-Brücke stürzen. Man hat Robert von einem geheimen Expertenbericht erzählt, den der Bürgermeister achtzehn Monate lang auf seinem Schreibtisch gehabt hat. Nach diesem Bericht werden die Asiaten bis zum Jahr 2025 ein Drittel von Paris übernommen haben, die Araber und Afrikaner drei Viertel und ungelernte europäische Einwanderer zwei Fünftel. Tausende von fremd klingenden Namen gehen absichtlich bei den Behörden »verloren« und tauchen nie in Telefonbüchern oder Computeradreßlisten auf, um zu verhindern, daß wir das wahre Ausmaß ihres Vormarsches erfahren.)

204

Ich habe dir das Inventarverzeichnis gegeben und dich gebeten, es durchzulesen. Du hast gesagt, es sei dir egal, was in dem Zimmer sei. Ich mußte erklären, daß das Inventarverzeichnis für mich war. Deine Unterschrift, »Alda Dias de Corta«, mit ihren langen Bogen und geschlossenen »a«s, wies auf Stolz und Verschwiegenheit hin. Du versprachst, folgendes nicht zu beschädigen oder ohne Erlaubnis zu entfernen: ein Doppelbett, zwei Kissen, ein Keilkissen, ein Paar Decken, eine beigefarbene Bettdecke mit handgeknoteten Seidenfransen, eine Chaiselongue von der gleichen Farbe, einen Schrank und ein Dutzend Kleiderbügel, einen marmornen Kamin (mit Verzierungen), zwei Paar gefütterte Gardinen und zwei aus naturfarbenem Voile, eine Nußbaumkommode mit vier Schubladen, zwei gerahmte Stiche von Kathedralen (Reims und Chartres), einen Nachttisch, eine kleine Lampe mit Pergamentschirm, einen Schreibtisch im Stil Louis XVI., einen zusammenklappbaren Kartentisch und vier Stühle, einen Spiegel mit Goldrahmen, zwei schmiedeeiserne Wandleuchter mit elektrischen Kerzen und Glühlampen, die wie Flammen geformt waren, zwei mittelgroße »Perser« und ein elektrisches Heizgerät, das sechs Jahre lang gute Dienste geleistet hatte, von dir jedoch vorzeitig verschlissen wurde, weil du es die ganze Nacht laufen ließest. Robert bestand darauf, daß ich das Frühstück mit in den Preis einschloß. Er wollte nicht, daß man sich im ganzen Haus herumerzählte, wir seien geizig. Was für eine Menge Kaffee, Milch, Brot, Aprikosenmarmelade, Butter und Zucker du vertilgen konntest! Und doch bliebst du so dünn wie ein Streichholz, und jener gewaltige Lockenschopf ließ dein Gesicht schmaler denn je wirken.

Du stimmtest zu, eine monatliche Miete von fünfzigtausend Franc zu zahlen, für das Zimmer und das Reinigen desselben, für Badbenutzung, Strom, Gas (zum Erhitzen des Badewassers und Kochen des Morgenkaffees), für frische Bettwäsche und Handtücher einmal die Woche und für den freien Hausschlüssel. Du solltest eine Liste über deine Telefongespräche führen und einmal wöchentlich abrechnen. Ich bot an, Nachrichten entgegenzunehmen und Positives über dich gegenüber zukünftigen Arbeitgebern zu äußern. Die Zahl auf dem Vertrag war natürlich nicht fünfzigtausend, sondern fünfhundert. Bis zum heutigen Tag rechne ich in alten Francs – die Einheit, die wir benutzten, bevor General de Gaulle entschied, zwei Nullen wegzustreichen, und damit auf Generationen hinaus Verwirrung stiftete. Robert muß meine Steuererklärung für mich aufsetzen; sonst würde ich mein Einkommen in Millionen angeben. Er sagt, ich hätte nun dreißig Jahre lang Zeit gehabt, um zu lernen, wie man eine Dezimalstelle verschiebt, doch eine Zahl wie »zehntausend Franc« klingt für mich solider als »einhundert«. Ich kann mich noch an die Zeit erinnern, als man für hundert Franc gerade mal ein Croissant bekam.

Du machtest die Bemerkung, daß fünfhundert eine Menge sei für nur ein Zimmer. Du hattest gehört, daß man ein Studio für sechshundert bekäme. Aber du hattest keine sechshundert Franc oder fünfhundert und nicht einmal dreihundert, und nach einer Weile nahm ich mein Zimmer zurück und steckte dich in Roberts Zimmer, während er weiter auf der Couch schlief. Dann hattest du überhaupt keine Francs mehr, und du tauschtest die Betten mit Robert und, wie sich herausstellte, teiltest du manchmal eins mit ihm. Die Aufteilung – bei der du im Wohnzimmer untergebracht warst – funktionierte nie; man konnte dich am Morgen nur schwer zum Aufstehen bewegen, und das Zimmer sah aus, als würden ständig fünf Leute darin hausen. Wir liehen uns ein Klappbett und stellten

206

es am hinteren Ende des Korridors hinter einem Wandschirm auf, aber dir war es dort zu laut. Die Nachbarn über uns fuhren gewöhnlich am Wochenende weg und ließen ihren Hund zu Hause. Die Concierge führte ihn zweimal am Tag aus, aber in der übrigen Zeit winselte und bellte er, und nachts kratzte er auf dem Fußboden. Offenbar ging das direkt über deinem Kopf vor sich. Ich borgte dir das Ohropax, das mein Mann benutzt hatte, als er nervlich so fertig war. Du beschwertest dich, daß du mit verstöpselten Ohren deinen eigenen Pulsschlag hören könntest. Vor die Wahl gestellt, war dir der Hund lieber.

Ich weiß noch, wie ich sagte: »Ich fürchte, Sie müssen glauben, daß wir Franzosen grausam zu Tieren sind, Mademoiselle Dias de Corta, aber ich versichere Ihnen, nicht alle sind gleich.« Du protestiertest, du wärst auch Französin. Ich fragte, ob du einen französischen Paß hättest. Du sagtest, du hättest nie einen beantragt. »Nicht einmal, um die Familie besuchen zu können?« fragte ich. Du antwortetest, daß die gesamte Familie in Marseille lebte. »Aber wo wurden Sie geboren?« fragte ich. »Woher stammt Ihre Familie?« Damals wurde noch nicht so viel über europäische Staatsbürgerschaft geredet. Man war so frei, gewisse Fragen zu stellen.

Das Ehepaar mit dem Hund zog irgendwann in den achtziger Jahren fort. Jetzt wohnt dort eine Frau mit langem, strähnigen, kupferfarbenen Haar. Sie trägt Jahr für Jahr denselben Mantel, aus Ozelotimitat. Einige glauben, daß der Mann, mit dem sie lebt, ihr Sohn ist. Wenn das stimmt, hat sie ihn mit zwölf bekommen.

Was ich dir erzählen will, hat mit der Gegenwart und der großen Freude und Überraschung zu tun, die wir empfanden, als wir dich gestern abend in der Werbung für Herdreiniger sahen. Sie kam gleich nach den Achtuhrnachrichten und vor der Diskussion über Hepatitis. Robert und Anny aßen bei mir zu Abend, ohne die Kinder – Annys Mutter hatte mit ihnen Euro-Disney besucht und behielt sie über Nacht bei sich. Wir hatten gerade mit dem Dessert – Crème brûlée – angefangen, als ich deine Stimme erkannte. Robert hörte auf zu essen und sagte zu Anny: »Das ist Alda. Ich bin sicher, daß es Alda ist.« Dein Gesicht hat sich auf eine unerklärliche Art verändert, die nichts mit Zeit zu tun hat. Dein Lächeln wirkt weißer und breiter; dein Haar ist kurz und hat einen Dunkelmahagoniton, den reife Schauspielerinnen häufig bevorzugen. Meins ist immer noch aschblond, zurückgekämmt, halblang. Alain – der Haarstylist, zu dem ich dich vor all den Jahren geschickt habe – hat ihm ein für allemal Fasson und Farbe gegeben, ich habe an seiner Schöpfung nie etwas verändert.

Alain hat nach deinem Verschwinden oft gefragt, ob es Neues von dir gäbe, und dich liebevoll »die kleine Carmencita« genannt, hat TV-Programmzeitschriften und Illustrierte nach einem Zeichen deiner Karriere durchblättert. Er glaubte, du müßtest deinen Namen geändert haben, vielleicht in einen kurzen und leicht zu merkenden. Ich weiß noch, wie du geweint und getobt hast, nachdem er dir das Haar geschnitten hatte, und wie du gesagt hast, daß er die Miete von zwei Wochen verlangt und es so radikal kurz geschnitten habe, daß du jetzt für keine andere Rolle vorsprechen könntest als die Hamlets. Alain setzte sich zur Ruhe, nachdem er seinen Salon an eine tüchtige und reizende Frau namens Marie-Laure verkauft hatte. Sie ist siebenunddreißig und versucht alles, um ein Baby zu bekommen. Offensichtlich liegt es an ihr und nicht an ihrem Mann. Sie behandeln sie jetzt mit Hormonen, und ich bete

208

für ihr Wohlergehen. Dir muß es seltsam vorkommen, daß eine Frau unbedingt Mutter werden will, doch sie hat mit dem Salon finanzielle Sicherheit (obwohl sie noch an die Bank zurückzahlt). Der Mann ist Kfz-Versicherungsberater.

Die Einstellung, wo man dein Gesicht an der Herdtür sieht, als wäre der Betrachter tatsächlich im Herd, kam mir originell und raffiniert vor. (Anny sagte, sie hätte denselben Trick in einem Werbespot für Kühlschränke gesehen.) Ich fragte mich, ob der Herd in bequemer Höhe für dich war oder ob du dich auf den Boden kauern mußtest. Wir konnten nur dein Gesicht sehen, und die Hand, die die Spraydose schwenkte. Deine Fingernägel waren schön lackiert, rot wie die Beeren der Stechpalme, ohne jeden Makel. Du versichertest uns, daß das Produkt keinen schlechten Geruch zurückließ oder in die Nahrung drang oder die Ozonschicht schädigte. Als wir das begriffen hatten, trat an deine Stelle eine bildliche Darstellung von Bakterien, die abgestorben waren oder es bald sein würden, und ehe wir es uns versahen, fuhr irgendein junger Mann mit dir in einem Jaguar davon, alle Haushaltsarbeiten lagen hinter dir. Jede Bewegung deines Körpers schien Freiheit von Pflichten auszudrücken. Was ich von deiner Stirn sehen konnte, die teilweise von den mahagonifarbenen Locken verdeckt wurde, wirkte glatt und faltenlos. Das ist nur gerecht, denn ich hatte eine glückliche Kindheit und einen wunderbaren Mann und einen feinen Sohn, und ich erinnere mich noch an einiges, was du Robert über deine frühen Jahre erzählt hast. Er war eben erst zweiundzwanzig und leicht zu Mitleid zu bewegen.

Anny erinnerte uns an das genaue Datum, an dem wir dich das letzte Mal gesehen hatten – am 24. April 1983. Das war in dem Fernsehfilm über die beiden Freundinnen, »Virginie« und »Camilla«, und wie sie zwei interessante, aber sehr verschiedene Männer kennenlernen und sie bei einem Urlaub in Cannes begleiten. Der eine ist ein gefeierter Sänger, dessen Frau (nicht gezeigt) ihn aus einem egoistischen Grund (nicht erklärt) verlassen hat. Der andere ist ein Architekt mit politischen Beziehungen. Der Sänger weiß nicht, daß der Architekt Bestechung und Erpressung angewendet hat, um Regierungsaufträge zu bekommen. Ganz am Anfang machst du einen Fehler und wählst den Architekten, nachdem du den Sänger wegen seines gesellschaftlichen Auftretens – er ist schüchtern und zurückhaltend – zurückgewiesen hast. »Virginie« begnügt sich mit dem Sänger. Es stellt sich heraus, daß sie nie von ihm gehört hat und nicht weiß, daß er Millionen von Schallplatten verkauft hat. Sie hat in einer entlegenen Bergregion, wo der Fernsehempfang schwierig ist, Sozialarbeit geleistet.

Anny fand, daß dieser Teil der Geschichte unglaubwürdig war. Wie sie sagte, sind selbst die abgelegensten Alpendörfer auf Wintersportler eingestellt, und Skifahrer bleiben nicht an Orten, wo sie nicht die Fernsehprogramme sehen können. Jedenfalls wird der Sänger von »Virginie« erobert, und die beiden sitzen in der Hotelbar, die schwach beleuchtet ist, und vergleichen ihre Anschauungen und Prinzipien. Während das geschieht, bist du, »Camilla«, oben in einer Suite voller Blumen und hast eine wilde Liebesszene mit dem Architekten. Dann habt ihr einen großen Streit wegen seiner grundsätzlichen Gleichgültigkeit gegenüber der realen Welt, und du nimmst einen Strauß roter Rosen aus einer Vase und wirfst sie ihm ins Gesicht. (Ich erkannte dein rasches Temperament wieder.) Er wischt ein abgerissenes Blatt von seiner nackten Brust und greift zum Telefonhörer und sagt: »Madame verläßt das Hotel. Schicken Sie jemand, um das Gepäck abzuholen.« In der nächsten Szene stehst du am Rande einer Autobahn und willst dich zum Flughafen mitnehmen lassen. Der Architekt hat dir dein Flugticket gegeben, aber nichts für ein Taxi.

Anny und Robert waren noch nicht lang verheiratet, aber sie wußte von dir und wie sehr wir uns in Erinnerung mit dir beschäftigten. Sie hatte Mitleid mit deiner Zwangslage und glaubte, daß du das nicht verdient hattest. Du hattest dich als vorurteilsfrei und fürsorglich erwiesen und hättest mit einem freundlichen Wort (vom Architekten) umgestimmt werden können. Sie fragte sich, ob du dein eigenes Leben spieltest und ob der Zwischenfall in Cannes Teil eines Verhaltensmusters sei. Wir konnten es nicht sagen, weil du ja in den Siebzigern aus unserem Leben verschwunden warst. Auf mich wirktest du, als wärst du nicht die Richtige für die Rolle. Du sahst zu aufgeweckt und intelligent aus, um unbekleidet herumzustehen und Blumen nach einem nackten Mann zu werfen, wenn du hättest ein Designerkleid anziehen und zum Essen ausgehen können. Robert, der völlig still gewesen war, sagte: »Alda war immer schwer zu besetzen.« Das war eine Bemerkung, die von alten Caféhaus-Diskussionen herrühren mußte, als er noch Umgang mit Schauspielern hatte. Ich hatte Anny gewarnt, daß das Zusammenleben mit ihm schwer sein würde. Sie glaubte an ihn.

Mein Mann hat auch an einige Leute geglaubt, und er ist enttäuscht gestorben. Ich habe dir einmal die Stelle auf dem Place d'Italie gezeigt, wo früher unser Restaurant war. Nachdem wir es verkaufen mußten, wurde es eine Pizzeria, dann ein Reformhaus. Was es jetzt ist, weiß ich nicht. Wenn ich vorbeikomme, schaue ich in die andere Richtung. Wie du hat er die falsche Person gewählt. Sie war eine Kundin, die regelmäßig zum Mittagessen kam, so still wie Anny; ihr Mann führte die Unterhaltung. Er schien etwas mit den Baumaßnahmen um

die Porte de Choisy und am Ende der Avenue zu tun zu haben.
Die Chinesen zogen dorthin, sobald es möglich war; sie hielten
ihre Versprechen und bezahlten ihre Rechnungen, und es
schien eine kluge Investition zu sein. Etwas ging schief. Die
Frau verschwand, und der Mann zog sich in jene Küstenstadt
in Portugal zurück, wo all die Könige und Königinnen im Exil
zu leben pflegten. Nur zufällig erwähne ich Portugal; ich will
keine Verbindung zu dir oder deinen Verwandten oder Lands-
leuten herstellen. Wenn wir das Europa des einundzwanzigsten Jahrhunderts schaffen wollen, müssen wir einander vertrauen und mit unseren frustrierten Erwartungen fertigwer-
den.

Was ich gestern abend besonders bewundert habe, war
deine Aussprache von »Ozon«. Wo wärst du jetzt, wenn ich
dich nicht ständig auf deine »o«s aufmerksam gemacht hätte?
»Sprich ›Rhône‹«, befahl ich dir immer wieder, »nicht ›ran‹.«
Als ich dich im Jaguar davonfahren sah, hätte ich gern gewußt,
ob du noch einen Gedanken an Roberts alten Renault ver-
schwendest. An dem Tag, als ihr zusammen weggefahren seid,
nach dem einzigen Streit, den ich je mit meinem Sohn hatte,
hat er deinen Koffer auf den Rücksitz geworfen. Dort war der
Koffer noch am nächsten Morgen, als er allein zurückkam.
Später sagte er, er hätte es nicht bemerkt. Ihr beide habt die
Nacht im Auto verbracht, denn ihr hattet kein Geld und wuß-
tet nicht wohin. Da war kaum genug Platz zum Sitzen. Jetzt
fährt er einen Citroën BX.

Ich war die erste gewesen, die deinen Zustand bemerkt
hatte. Du hattest ein Einstellungsgespräch für einen Sechs-
tagejob als Model – Rue des Rosiers, Großhandel – und nichts
anzuziehen. Ich habe dir eins von meinen Kleidern gegeben,
das natürlich enger gemacht werden mußte. Du warst dünner

denn je und hattest deinen Frühstücksappetit verloren. Du hast gesagt, du glaubtest, daß die Aprikosenmarmelade dir nicht bekäme. (Ich habe dir Honig aus der Provence gekauft, aber auch den brachtest du wieder heraus.) Ich hatte die Nähte fertig geheftet und war auf meinen Knien und steckte den Saum um, als ich plötzlich die Hand flach vorn auf den Rock legte und sagte: »Im wievielten Monat bist du?« Du brachst in Tränen aus und sagtest etwas, was ich nicht wiederholen will. Ich sagte: »Daran hättest du früher denken sollen. Ich kann dir nicht helfen. Tut mir leid. Es ist gegen das Gesetz, und außerdem wüßte ich nicht, wohin ich dich schicken sollte.«

Nach der Nacht im Renault gingt ihr in ein Café, damit sich Robert im Waschraum rasieren konnte. Er sagte: »Warum fängst du nicht eine Unterhaltung mit der Frau da am Nachbartisch an? Sie sieht aus, als wüßte sie es.« Und wirklich, als er kurz darauf zurückkam, war deine Aufmerksamkeit auf die Fremde gerichtet. Sie schrieb etwas auf die Rückseite eines alten Metro-Fahrscheins (höchstwahrscheinlich die Lösung), und du stecktest es in deine Tasche, vielleicht zu dem Diplom. Auf Robert hast du erwartungsvoll und hoffnungsfroh und aufgeregt gewirkt, als sähest du eine bessere Zukunft für dich als den Modeljob für sechs Tage oder die Lösung deines unmittelbaren Problems oder sogar ein neues Leben – besser als jedes, was ihr einander bieten konntet. Er ging sofort hinaus auf die Straße, ohne noch etwas zu sagen, und kam nach Hause. Er weigerte sich, ein Wort mit mir zu sprechen, zog sich um und verschwand für den Rest des Tages. Gewissermaßen ein Tag wie jeder andere.

Als die Werbung vorbei war, saßen wir schweigend da. Dann stand Anny auf und fing an, das Dessert abzuräumen, das keiner aufgegessen hatte. Die Diskussion über Hepatitis war nun in vollem Gange. Sechs oder sieben Männer, die aussahen, als würden sie von ihren Kragen und Schlipsen beinahe erdrosselt, saßen um einen runden Tisch und schrien allesamt. Der Moderator war nicht mehr Herr der Lage. Ein Mann schrie lauter als die anderen, daß es Leute gäbe, die unbedingt krank sein wollten. Keine Summe, die man in das Gesundheitswesen pumpe, könnte ihre konfusen Triebe heilen. Gewisse Triebe seien genauso schlimm wie irgendeine Krankheit. Anny, die still dastand, schaltete den Ton ab (ihre einzige ungeduldige Handlung), und wir sahen die Debattierenden ihren Mund öffnen und schließen. Mit leiser Stimme sagte sie, das Leben sei eine lange Pflicht, kein Geschenk. Sie denke oft über ihr eigenes nach und sei zu dem Schluß gekommen, daß sie nur durch Reinkarnation jemals wissen würde, was sie hätte sein können oder welche wichtigen Dinge sie hätte tun können. Ihr Temperament ist schweizerisch. Wenn sie spricht, sprechen ihre Gene.

Ich habe immer erwartet, daß du deinen Koffer abholen kommst. Er ist immer noch hier, ganz oben im Flurwandschrank. Wir haben hineingeschaut – nicht weil wir herumschnüffeln wollten, sondern um zu kontrollieren, ob du etwas Verderbliches hineingepackt hattest, wie zum Beispiel ein Sandwich. Wir fanden ein Durcheinander von Baumwollsachen und ein Paar abgetragene Sandalen und einige andere Kleider, die ich für dich umgesteckt und geheftet hatte und die du nie genäht hattest. Oder mit so großen, liederlichen Stichen, daß die Nähte sich auftrennten. (Ich hatte dir auch ein warmes Jackett mit einem im Tiroler Stil bestickten Kragen gegeben. Ich glaube, du hast es angehabt, als du fortgegangen bist.) An jenem ersten Tag, als ich die Bemerkung machte, daß dein Koffer fast gar nichts wog, hast du es als Herabsetzung aufgefaßt und gesagt: »Ich bin klein und trage kleine Größen.« Du wirktest wie fünfzehn und hattest schlechte Zähne und eine schreckliche Haltung.

Deine Schulden beliefen sich auf einhundertundfünfzigtausend Franc, nach der alten Rechnung, oder eintausendfünfhundert in neuen Francs. Wenn wir die gestiegene Inflationsrate berücksichtigen, macht das wahrscheinlich eine Million fünfhunderttausend; oder – wie du es wahrscheinlich lieber angeben würdest – fünfzehntausend. Die Inflationsrate war jahrelang zwölf Prozent, doch ich glaube, über längere Zeit gesehen hat sie sich bei zehn Prozent eingependelt. Meine Berechnung gründet darauf, daß 1970 ein halbes Dutzend Eier einen neuen Franc kostete, während man heute neun oder zehn bezahlen muß. Was die Zinsen angeht, so befürchte ich, es wäre unmöglich, sie nach so langer Zeit auszurechnen. Es hinge vom Jahr und von den Launen dieser oder jener Bank ab. Es hat mehr Premierminister und Jahresetats und unerfreuliche Verlautbarungen und Kurswechsel gegeben, als ich zählen kann. Ich will eigentlich keine Zinsen. Ehrlich gesagt, will ich gar nichts als das Vergnügen, dich zu sehen und von deinen eigenen Lippen zu hören, worauf du stolz bist und was du bereust.

Ich meinerseits bedaure einzig und allein, daß mein Mann mir nie gestattet hat, im Restaurant zu helfen. Er wollte, daß ich zu Hause blieb und eine angenehme Insel für ihn schuf und mich um Robert kümmerte. Seine eigenen Eltern hatten in ihrem Bistro geschuftet und versucht, es geizigen und schwierigen Leuten recht zu machen, die man nicht zufriedenstellen konnte. Er wollte nicht, daß sein einziges Kind in einer finsteren Ecke zwischen der Bar und der Tür zur Küche seine Schul-

215

arbeiten machte. Doch ich hätte hinter der Theke stehen können, und Robert hätte seine Schularbeiten gemacht, wo ich ihn im Auge gehabt hätte (statt in seinem Zimmer bei verschlossener Tür). Ich hätte lernen können, mit Bargeld und mit Schecks umzugehen und Trinkgeld in neuen Francs auszurechnen, und ich hätte vielleicht den Ärger kommen sehen und etwas dagegen unternehmen können.

Ich habe viel gesungen, wenn ich allein war. Ich konnte keine Noten lesen, doch ich konnte alles nachsingen, was ich auf Platten hörte und was für meine Stimme passend war, Weisen von Delibes oder Massenet. Meine Musen waren Lily Pons und Ninon Vallin. Vielleicht hast du nie von ihnen gehört. Sie sangen vor deiner Zeit, und sie sind typisch französisch.

Laut Anny und Marie-Laure ist die Mode der Siebziger wieder im Kommen. Anny kauft sich nie etwas, doch Marie-Laure hat mehrere neue Ensembles mit weich fallenden Röcken und Jacken mit einem Trachtenmotiv – so ähnlich wie die Sachen, die ich dir gegeben habe. Wenn du möchtest, könnte ich alles, was in dem Koffer ist, aufarbeiten, so daß es deinen gesellschaftlichen und beruflichen Anforderungen genügt. Wir könnten das Leben dort wieder beginnen, wo es unterbrochen wurde, als ich auf den Knien lag und den Saum umsteckte. Wir könnten schlichte Dinge sagen, die das Leben leichter erträglich machen, so wie Anny. Du kannst jeden Tag, jederzeit den Koffer abholen kommen. Um halb acht bin ich auf und angezogen, und dreiviertel neun ist mein Heim auf unerwartete Gäste vorbereitet. Es gibt jetzt einen Lift im Haus. Du mußt nicht mehr die fünf Treppen hochsteigen. Am Hauseingang wirst du einen Schließmechanismus mit Zahlencode finden. Die Nummer, die die Tür öffnet, ist K630. Paß auf, daß du niemanden hereinläßt, der verdächtig oder gefährlich aussieht. Wenn ein Fremder sich an dir vorbeizudrängen versucht, wenn du gerade die Tür öffnest, frage ihn, was er will und welchen Hausbewohner er besuchen möchte. Vielleicht wird er nicht einmal versuchen, eine glaubhafte Antwort zu geben, und wird verscheucht.

Die Concierge, die du gekannt hast, ist noch fünfzehn Jahre geblieben, dann ist sie in den Ruhestand getreten und lebt jetzt bei ihrer verheirateten Tochter in der Normandie. Wir haben durch Abstimmung entschieden, daß sie nicht ersetzt wird. Eine Reinigungsbrigade kommt zweimal pro Monat. Es sind nie dieselben Leute, also lernt man sie nicht kennen. Es besteht also keine Notwendigkeit mehr für eine Weihnachtszuwendung, und der Essensgeruch zieht nicht mehr durchs ganze Erdgeschoß, doch es fehlt das Gefühl der Sicherheit. Vielleicht erinnerst du dich noch daran, daß Madame Julie Tag und Nacht wachsam war und jeden Hereinkommenden und Hinausgehenden registrierte. Jetzt gibt es niemand mehr, der einem die Post an die Tür bringt, klingelt, sich vergewissert, daß wir noch leben. Die Reihe von Briefkästen im Hausflur wird dir auffallen. Einige der älteren Mieter wollen nicht ihre vollen Namen an den Briefkasten schreiben, nur ihre Initialen. Ihrer Ansicht nach geht der Name keinen etwas an. Der Briefträger weiß, wer sie sind, doch im Sommer, wenn eine Aushilfskraft die Post bringt, werden die Briefe auf den Boden geworfen. Es gibt ständig Beschwerden. Vor kurzem hat ein Eindringling zwei oder drei Briefkästen von der Wand gerissen.

In der Wohnung wirst du alles unverändert finden. Das Inventar, das du einst unterschrieben hast, könnte noch gelten, wenn man »elektrisches Heizgerät« striche. Schicke keinen

Scheck – oder sonst irgendeine Nachricht. Du brauchst nicht anrufen, um einen Termin auszumachen. Ich lebe lieber in der Erwartung, den Lift auf meiner Etage halten und dann dein Klingeln zu hören und aus deinem Munde zu vernehmen, daß du nach Hause gekommen bist.

Das Fenton-Kind

1

In einem langen Raum voller Kinderbettchen und uner-
wünschter Säuglinge sah Nora Abbott den kleinen Neil, der
Mr. und Mrs. Boyd Fenton gehörte, zum ersten Mal. Das Kind
war drei Monate alt, doch kümmerlich für sein Alter, und hatte
das Gesicht eines alten Mannes, der den Kontakt zu seiner
Umwelt verloren hat. Der grobe, abgenutzte, zu große Kittel
und die Socken, in die ihn die Nonnen gesteckt hatten, wirkten
nicht übermäßig frisch. Vier große Sicherheitsnadeln hielten
eine scheuernde und voluminöse Windel fest. Sein Bettzeug –
eigentlich das ganze Kinderzimmer – roch nach Ammoniak
und Karbolseife und irgendwie nach Elend.

Nora war siebzehn und wußte noch nicht, ob sie Kinder
gern hatte oder sie als etwas ansah, das eben zum Schicksal
einer Katholikin dazugehörte. Wenn sie kommen mußten,
dann mögen sie bitte helle Augen haben und nach Puder rie-
chen, lieb und klug sein. Die Augen des Fenton-Kindes waren
trüb-grau und so starr, daß sie sich sagte, es ist blind. Sie haben
mich gar nicht gewarnt. Aber als sie sich zu Neil hinabbeugte,
weil sie wissen wollte, ob er eine Reaktion zeigte, rutschten die
Kämme an ihren Schläfen heraus, und sie sah, daß er die Wo-
gen dunklen Haars, die herabfielen und ihn einschlossen, be-

merkte. Also nahm er Dinge wahr. Sonst blieb er, wie er war, unbeweglich wie eine Puppe, mit fest gefalteten Händen.

Wie eine Puppe, ja, aber keine reizvolle; kein kleines Mädchen hätte sich gefreut, wenn sie ihn unter dem Weihnachtsbaum gefunden hätte. Der Gedanke an ein zurückgewiesenes und vernachlässigtes Spielzeug berührte Nora tief. Sie hob ihn aus dem Bettchen und war – mehr oder minder – auf die Schlaffheit eines Plüsch- oder Wolltieres gefaßt, etwa eines Lammes. Doch er war steif und widerstrebend, ein Holzsoldat, jeder Zoll an ihm war angespannt. Sie legte ihn an ihre Schulter, ihre Wange an seinem Kopf, und sagte: »Da haben wir dich. Du bist einfach großartig. Du bist ein großartiger kleiner Junge.« Außer einem Flaumkranz um die Stirn war er völlig kahl. Er mußte sein ganzes Leben, alle seine drei Monate, flach auf dem Rücken liegend verbracht haben, und dabei hatte sich das Haar auf dem Kissen abgerieben.

In einem schmalen Gang zwischen zwei Bettreihen standen in »Rührt euch!«-Stellung Mr. Fenton und ein frankokanadischer Doktor. In der Tat war Dr. Alex Marchand ein Kamerad aus Mr. Fentons Montrealer Regiment. Was sie verband, waren der letzte Krieg und der Italienfeldzug. Mr. Fenton schien zufrieden mit dem Zustand und der Verfassung seines Sohnes. (Mit der freien Hand hielt Nora ihr Haar zurück, damit er das Baby richtig sehen konnte.) Die Männer schienen von dem übrigen Raum keine Notiz zu nehmen – von den etwas über sechzig schwächlichen Säuglingen, dem hochschwangeren Mädchen von ungefähr vierzehn Jahren, das auf Händen und Knien den Fußboden bohnerte, oder der dabeistehenden Nonne, die sie nicht aus den Augen ließ, um sicher zu sein, daß sie sich nicht mit dem falschen Kind davonmachten. Das Haar des schwangeren Mädchens hatte man bis auf den Schädel geschoren. Es hatte eine mausgraue Tracht mit langen Ärmeln und kratzig aussehenden schwarzen Strümpfen an. Es blickte nicht ein einziges Mal hoch.

Obwohl es ein heißer und feuchter Vormittag im Spätsommer war, richtiges Montrealer Wetter, die Luft schwer vor Dunst, trugen die Männer dreiteilige dunkle Anzüge, mit Weste und allem, und wirkten ganz und gar förmlich und zugeknöpft. Der Doktor hatte einen Panamahut in der Hand. Mr. Fenton hatte sich eine Nelke an das Revers gesteckt, von dem Strauß abgebrochen, den er kurz zuvor der Oberin im Erdgeschoß überreicht hatte. Sein etwas ungestümes Zugehen auf neue Leute schien anzukommen. Bei seiner Begrüßung hatten die Nonnen alle gelächelt und seine fremde Gegenwart, seine selbstbewußte Unkenntnis des Französischen, seine männlichen Sünden, an denen er leicht trug, ohne Verstimmung hingenommen. Der Schnapsgeruch in seinem Atem hätte gereicht, um die Oberin umzuwerfen (er wankte nicht), doch möglicherweise hatte sie sich gedacht, das gehöre eben zur natürlichen Ausstrahlung von Männern.

»Na also, Nora!« sagte Mr. Fenton, viel lauter als nötig. »Da hast du dein Baby.«

Was meinte er damit? Ein ausgebildetes Kindermädchen sollte aus England kommen, es war schon unterwegs. Nora überbrückte die Zeit aus Gefälligkeit; das war alles. Er benahm sich, als würden sie sich schon lange kennen, hatte sogar vorgeschlagen, daß sie ihn »Boyd« nannte. (Sie hatte so getan, als hätte sie es nicht gehört.) Anscheinend brauchte sein überschäumendes Naturell so etwas wie vorgetäuschte Komplizen- oder Kameradschaft mit Frauen, die er kaum kannte. Er brauchte das, nicht Nora, und im Geist wurde sie ganz ablehnend. Sie sprang ihrem Vater zuliebe ein, der mit Mr. Fenton bekannt war und sie gefragt hatte, ob sie es tun würde, und weiter nichts. Mr. Fenton war Ende zwanzig, ein verheirateter Mann, Vater, eine Art von Protestant – eine andere Rasse.

Glücklicherweise schienen weder das Mädchen in der Tracht noch die Aufsicht führende Nonne Englisch zu verstehen. Sie hätten sonst annehmen können, daß Nora Neils Mutter sei. Sie hätte niemandes Mutter sein können. Sie hatte nie einen Mann so nah an sich herangelassen. Wenn sie es je tun würde, wenn sie je bereit wäre, würde er Fenton ganz und gar nicht gleichen – der war ein typischer Anglo-Montrealer Händeschüttler, einer von denen, die »Toll, daß ich dich treffe!« sagen und kurz darauf vergessen haben, daß es dich überhaupt gibt. Sie hatte noch keine Vorstellung von einem akzeptablen Liebhaber (sprich Ehemann), sondern eher von der Sorte, die sie meiden wollte. Im Augenblick schloß sie fast jeden Typ und jede Klasse ein. Was ihre Mutter »Verhältnisse haben« nannte, war eine Quelle von schmutzigen Geschichten für Männer und von Schande für Mädchen. Es brachte Unglück sogar über verheiratete Paare, wenn sie nicht, wie die Fentons, zufällig reich waren und wußten, wie man Unfälle vermeidet, und keine religiösen Schranken kannten, die sie vom Anwenden ihres Wissens abhielten. Wenn doch ein Versehen passierte – nämlich Neil –, waren sie nicht knapp bei Kasse und hatten keinen Platzmangel. Doch sie waren auf andere Art hilflos, konnten ein Baby nicht ohne fremde Unterstützung versorgen und hatten aus diesem Grunde Neil während seiner ersten zwölf Wochen bei den unerwünschten Babys dahinvegetieren lassen.

So reimte es sich Nora zusammen, während sie dem Baby sanft über den Rücken strich. Sie hätte gern gewußt, ob es ihre Gedanken lesen konnte. Offenbar kamen Kinder mit der Gabe

222

des Gedankenlesens auf die Welt, ein Instinkt, der erlosch, wenn sie erst einmal die Bedeutung der Wörter zu begreifen begannen. Von ihrer verstorbenen Tante Rosalie, Mutter von vier Kindern, war ihr versichert worden, daß es stimmte. Es war an der Zeit, das Baby von diesem unfreundlichen Ort wegzuholen, es zu füttern und zu waschen, in frische Sachen und ein sauberes Bettchen zu stecken. Doch die beiden Männer wirkten wie Gäste auf einer gräßlichen Party, die nicht fort können und durch den rein konventionellen Wunsch, einen angenehmen Eindruck zu machen, festgebannt werden.

Wie dämlich die beiden aussahen, dachte Nora bei sich. So dämlich wie zwei Tenöre. (»Dämlich wie ein Tenor« war ein Ausdruck ihres Vaters.) Ich werde nie heiraten. Wer möchte schon den ganzen Tag in irgendein dämliches Gesicht schauen.

Als hätte er jedes stumme Wort gehört und wolle beweisen, daß er lebhaft und aufmerksam sein könne, schaute sich der Doktor zum ersten Mal im ganzen Raum um und bemerkte: »Bei einigen dieser Kinder wäre es für alle besser, wenn sie gleich bei der Geburt gestorben wären.« Sein Englisch war korrekt und beinahe ohne Akzent, hatte aber die melodischen Kadenzen des Montrealer Französisch. Heraus kam: »Some of these child*ren*, it would be be*tter* for e*ver*y*body* ...« Nora schätzte diesen singenden Tonfall nicht. Sie war zweisprachig aufgewachsen. Um Nora zu bewegen, ihr in französisch zu antworten, besonders nachdem sie auf die englische Oberschule gekommen war, pflegte ihre Mutter vorzugeben, daß sie kein Englisch verstünde. Ich bin vielleicht keine von euren Intellektuellen, entschied Nora (eine Versicherung, die ihr Vater freizügig abgab), aber mein Englisch klingt englisch und mein Französisch französisch. Sie wußte, daß es sich nicht schickte, einen gebildeten Mann wie Dr. Marchand zu kritisieren, aber er hatte etwas Schreckliches gesagt. Es hätte auch schlecht geklungen, wenn es der König selbst in bester Aussprache geäußert hätte. (Der König war an diesem Vormittag im August immer noch George VI.)

Die Wirkung der starken Getränke, die Mr. Fenton zeitiger am Tag eingenommen hatte, mußte sich verflüchtigt haben. Er wirkte abwesend und etwas gequält. Die Bemerkung des Doktors brachte ihn wieder zu sich. Er sagte etwas von auf die Socken machen, wandte sich ruhig der Nonne zu und schenkte ihr ein breites Lächeln. Als Antwort legte sie ein zusammengefaltetes Dokument in seine Hände, sagte ein kühles »*Au revoir*« zu dem Doktor und schaute Nora überhaupt nicht an. Im Korridor draußen blieb Mr. Fenton plötzlich stehen. Er forderte den Doktor und Nora auf: »Schaut euch das an!«

Nora nahm das Baby auf den rechten Arm, hielt aber sonst Abstand. »Es ist eine Bescheinigung«, sagte sie.

»Eine Taufurkunde«, sagte der Doktor. »Man hat ihn getauft.«

»Das sehe ich. Nur, sie ist auf ›Armand Albert Antoine‹ ausgestellt. Sie hat mir die falsche gegeben. Sag du es ihnen lieber.« Denn natürlich hätte er die Beschwerde nicht in französisch vorbringen können.

»Das sind nur Findelkindernamen«, sagte der Doktor. »Man gibt zwei oder drei Vornamen, wenn die Familie nicht bekannt ist. Ich habe sogar *vier* gesehen. ›Albert‹ oder ›Antoine‹ könnte als Familienname benutzt werden. Klar?«

»Die Familie ist bekannt, verdammt noch mal«, sagte Mr. Fenton. »Meine Familie. Der Name ist Neil Boyd Fenton. Wenn ich mich entschließe, dann gilt der Entschluß. Ich blicke nie zurück.« Aber statt die Urkunde zurückzugeben, stopfte er sie, zerknittert, in eine Tasche. »Keiner hat darum gebeten, daß er hier getauft wird. Das nenne ich zu weit gegangen.«

»Sie müssen es tun«, sagte der Doktor. »Es ist Vorschrift.« Im Ton eines, der einen Streit schlichten will, fuhr er fort: »Neil ist ein schöner Name.« Nora wußte mit Bestimmtheit, daß er ihn vorgeschlagen hatte. Mr. Fenton hatte es nie geschafft, einen Namen zu finden, obwohl er drei Monate Zeit gehabt hatte, darüber nachzudenken. »Ein anderer Name, der mir gefällt, ist: ›Earl.‹ Kannst du dich an Earl Laine erinnern?«

»Jawohl, ich erinnere mich an Earl.« Sie begannen, eine breite Treppe hinunterzugehen, alle drei nebeneinander. Mr. Fenton war rot im Gesicht, entweder von seinem Gefühlsausbruch oder bloß von der Hitze und dem Gewicht seiner dunklen Sachen. Nora hätte ihn bedauern können, doch sie hatte sich schon entschieden, das nicht zu tun – was man nicht ändern kann, muß man ertragen. Ihre Mutter hatte sie dazu gebracht, ein langärmliges Baumwolljackett über ihrem weißen Pikeekleid und einen Hüfthalter und Strümpfe zu tragen, wegen der Nonnen. Das Kleid war kurz und zeigte ihre Knie. Nora hatte sich geweigert, für diesen einzigen Besuch den Saum auszulassen. Ihre kleine goldene Armbanduhr war ein Abiturgeschenk von ihrem Onkel und den Cousins. Die blauen Armreifen am anderen Handgelenk hatten ihrer älteren Schwester gehört.

Die Erwähnung von Earl Laine hatte die Männer auf eine Geschichte aus dem letzten Krieg gebracht. Sie hatte schon mitbekommen, daß ihre Kriegsgeschichten sie zum Lachen brachten. Es waren genaugenommen keine Geschichten, sondern Vorfälle, die sie in- und auswendig kannten und vorwärts und rückwärts erzählten. Offenbar war diese Person namens Earl in ein italienisches Bauernhaus gegangen (»Bruchbude« war das Wort, das Mr. Fenton wirklich benutzte) und hatte eine Matratze aus einem Bett gezerrt. Er wollte sie für seinen Panzer, um ihn bequemer zu machen. Eine Frau ganz in Schwarz war ihm aus dem Haus gefolgt und hatte sich an der Matratze festgeklammert und etwas geschrien. Als sie sah, daß alles nichts half, daß Earl größer und stärker war und die ganze Zeit lachte, legte sie sich auf die Straße und schlug mit den Fäusten auf den Boden.

»Dieser Earl!« sagte der Arzt, wie man von einem ungezogenen, aber reizenden Jungen spricht. »Was der alles angestellt hat. Was ihm gerade so einfiel. Ein anderes Mal...«

»Er ist 44 gefallen«, sagte Mr. Fenton. »Nicht wahr? Wie alt wäre er da heute?«

Es klang sehr töricht für Nora, wie ein Rechenrätsel, doch der Doktor erwiderte: »Er wäre um die dreiundzwanzig.« Dr. Marchand war älter als Mr. Fenton, aber viel jünger als ihr Vater. Sein Gang war würdevoll und bedächtig, wie der eines Trauernden auf einer Beerdigung. Sein Gebaren legte nahe, daß er Frau und Kinder hatte. Im Gegensatz zu Mr. Fenton trug er einen Ehering. Nora fragte sich, ob sich Mrs. Fenton und Madame Marchand schon einmal begegnet waren.

»Earls Leute lebten oben in Nord-Montreal«, sagte Mr. Fenton. »Ich habe sie nach meiner Rückkehr besucht. Sie waren Italiener. Hast du das gewußt? Das hat er nie erzählt.«

»Ich habe es gewußt, als er das erste Mal den Mund aufgemacht hat«, sagte der Doktor. »Sein Englisch war nicht korrekt. Es stellte sich heraus, daß seine Muttersprache irgendein sizilianischer Dialekt von Nord-Montreal war. Niemand in Ita-

lien konnte ihn verstehen, deshalb blieb er bei Englisch. Aber
es klang komisch.«

»Für mich nicht«, sagte Mr. Fenton. »Es war gutes, einfaches Kanadisch.«

Der Doktor hatte sich gerade als außerordentlich gelehrter Mann offenbart. Er verstand verschiedene Sprachen und Dialekte und kannte jeden Fußbreit von Montreal viel besser als Nora und Mr. Fenton. Er konnte vom Klang seiner Worte auf die Herkunft eines Mannes schließen. Nein, nein, er war nicht so einfach abzutun, was er auch gesagt hatte oder noch äußern könnte. So entschied Nora.

Im Erdgeschoß gingen sie auf dem Weg zur Eingangstür einen dunklen, gebohnerten Korridor entlang und kamen dabei an einer Kapelle vorbei, die sich vor kurzem geleert hatte. Die beiden Türflügel, weit geöffnet, gaben den Blick auf einen sonnenbeschienenen Altar frei. Mr. Fentons antipäpstliche Nelken (Nora gab ihnen, ohne es böse zu meinen, dieses Beiwort) standen in einer geschliffenen Glasvase, die Regenbogen aussandte. Ein starker Weihrauchgeruch begleitete die Besucher in die Vorhalle, wo er sich mit Möbelpolitur vermischte.

»Ist heute ein besonderer Tag?« fragte Mr. Fenton.

In des Doktors langer Liste mit verläßlichen Informationen tauchte eine Lücke auf. Er starrte an die Wand, auf eine Uhr mit römischen Ziffern. Nur die Stunde zählte, schien er sich zu sagen. Nora wußte zufällig, daß heute, am dreiundzwanzigsten August, das Fest der Heiligen Rosa de Lima war, aber sie konnte sich nicht erinnern, wie die Heilige Rosa gelebt hatte oder gestorben war. Noras verstorbene Tante Rosalie, die drei Söhne und eine Tochter und den traurigen Onkel Victor hinterließ, hatte zu Lebzeiten jede Heilige im

Kalender mit einem »Rose« im Namen beansprucht: nicht nur die Heilige Rosalie, deren Ehrentag am vierten September ihr rechtmäßig zustand, sondern auch die Heilige Rosaline (Januar) und die Heilige Rosine (März) und Rosa de Lima (heute). Das erklärte nicht die besondere Messe an diesem Vormittag; auf alle Fälle hätte es Nora nicht für richtig gehalten, eine Antwort zu liefern, die der Doktor nicht geben konnte.

Obwohl eine Diensthabende ständig an der Tür war und darauf achtete, daß kein Fremder hereinkam, hatte man eine andere und viel ältere Nonne geschickt, um die Besucher hinauszugeleiten. Sie stand direkt unter der Uhr, beide Hände auf einen Stock gestützt, ihr Rücken war kerzengerade. Ihre Augen hatten noch etwas von dem blaugrünen Licht, das man oft bei Rothaarigen findet. Die arme Frau hatte höchstwahrscheinlich nicht mehr viel Haar, und die Strähnen, die noch übrig waren, mußten stumpf und grau sein. Das Haar von Nonnen starb früh ab, weil Licht und Luft fehlten. Noras Schwester, Geraldine, hatte dieselben blaugrünen Augen, aber noch nicht den weißen Kreis um die Iris. Sie war jetzt gerade dabei, ihr Haar zu unterdrücken und zu verbergen, und es gab keinen, der ihr sagte, das sei eine Schande, ihr Haar sei das Erstaunlichste an ihr. So bliebe es also dabei, wenn Gerry nicht ihre Meinung änderte und für immer nach Hause kam und sich von Nora den Kopf mit reiner weißer Mandelölseife waschen und eine Essigspülung folgen ließ. Sie müßte dann am Küchenfenster sitzen und der Morgensonne gestatten, ihr Haar aufzuhellen und bis zu den Wurzeln zu kräftigen.

Die alte Nonne sprach Mr. Fenton an: »Ihre schönen Blumen schmücken unsere kleine Kapelle.« Zumindest entschied sich Dr. Marchand, ihre Worte so zu übersetzen. Nora hätte daraus »Ihre Blumen sind in der Kapelle« gemacht, aber das hätte vielleicht kurz angebunden geklungen, und »schmük-ken« war zweifellos angenehmer für Mr. Fenton.

»Das freut mich«, sagte er. Anhaltendes Gelächter, von der Geschichte über Earl und die Matratze ausgelöst, schwang noch in seiner Stimme mit. Nora befürchtete, daß er der Nonne die Wange tätscheln oder sie alle in einer anderen Weise entsetzlich blamieren könnte, aber er blickte nur zur Uhr hoch, dann auf seine Armbanduhr und machte eine büh-nenähnliche Verbeugung – nicht spöttisch, er versuchte nur zu zeigen, daß er nicht in seiner gewohnten Umgebung war und mit einer Geste, die beeindrucken sollte, Erfolg haben konnte. Die Uhr schlug die halbe Stunde: halb eins. Sie hätten schon zu Hause bei Mr. Fenton am Mittagstisch Platz nehmen sollen, zusammen mit seiner Frau und Mrs. Clopstock, der Mutter seiner Frau. Nora war noch nie zu einem Essen an einen frem-den Tisch gebeten worden. Dieser überwältigende Akt der Gastfreundschaft war ihre Begründung dafür, daß sie weiße Ohrringe, weiße Absatzschuhe und die ihr von ihrer Schwester vermachten Armreifen trug.

Das harte Mittagslicht der Straße überwältigte die drei zu-nächst und machte sie stumm, dann ließ das Baby ein dünnes Wimmern hören – seine erste Botschaft an Nora. Ich weiß, sagte sie ihm. Du hast Hunger, dir ist heiß. Du mußt ordent-lich gebadet werden. Du läßt dich nicht gern herumschleppen. (Eine Sekunde lang sah sie die haardünne Trennungslinie zwi-schen Rettung und Geiselnahme. Der Gedanke war zu umfas-send, er hatte weder Ende noch Anfang, und sie ließ ihn fal-len.) Du hast auch in die Windeln gemacht. Du stinkst wirk-lich erbärmlich. Macht nichts. Wir werden alles in Ordnung bringen. Im Versuch, das Baby zu beruhigen, überließ sie ihm einen ihrer Finger zum Nuckeln. Besser, es verschluckt ein paar Keime und Bakterien, als es schreit, bis es krank wird. Mr. Fenton hatte um die Ecke im Schatten geparkt. Es war nicht weit.

»Nora kann sich nicht an den Krieg erinnern«, sagte er zum Doktor, doch in Wirklichkeit zu ihr, erneut die Kumpelmasche ausprobierend. »Sie muß noch in der Wiege gelegen haben.«

»Ich weiß, daß er vorbei ist«, sagte sie und wollte damit das Thema beenden.

»Oh, das ist richtig, stimmt genau.« Das klang, als sei er traurig, ungefähr so traurig, wie er überhaupt nur sein konnte.

Der Doktor hatte seinen Panamahut wieder aufgesetzt, nachdem er drei Anläufe gemacht hatte, um den Winkel zu treffen, der ihm vorschwebte. Auf dem Vordersitz war er eine Vertrauen einflößende Erscheinung – solide, zuverlässig. Nichts würde ihn aus der Bahn werfen. Noras Vater war dünn und leicht wie ein vom Winde verwehtes Blatt. Der Doktor sagte: »Da gibt's noch einen Namen, der mir gefällt. Desmond.«

»Des?« sagte Mr. Fenton. Er arbeitete sich aus Jackett und Weste und warf beides auf den Rücksitz neben Nora. Seine weiße Nelke fiel zu Boden. Der Doktor blieb in voller Montur, jeder Knopf zugeknöpft. »Des Butler?«

»Er hat ein englisches Mädchen geheiratet«, sagte der Doktor. »Weißt du noch?«

»Ob ich es noch weiß? Ich war der Trauzeuge. Sie hat die ganze Zeit über geweint. Sie hieß Beryl – nein, Brenda.«

»Na, sie war schwanger«, sagte der Doktor.

»Sie verduftete nach England«, sagte Mr. Fenton. »Die

kanadischen Steuerzahler mußten für ihre Überfahrt bezahlen. Keiner hat je herausgefunden, wo sie das Geld für die Rückfahrt herhatte. Sogar Des hat es nicht gewußt.«

»Des hat nie etwas gewußt. Er hat nie gewußt, was er eigentlich hätte wissen müssen. Er bemerkte bloß, daß sie fett geworden war, seit er sie das letzte Mal gesehen hatte.«

»Sie hatte einen Braten im Rohr, als sie ankam«, sagte Mr. Fenton. »Vier, fünf Monate. Des war schon seit sechs Monaten wieder in Kanada. Also…« Er wandte sich Nora zu. »Ist dein Papa schon mal in Übersee gewesen, Nora?«

»Er hat es versucht.«

»Und?«

»Er war schon neununddreißig, und er hatte zwei Kinder. Sie haben ihm gesagt, er würde mehr nützen, wenn er bei seiner Arbeit bliebe.«

»Wir haben auch Zivilisten gebraucht«, sagte Mr. Fenton, Großzügigkeit beweisend. »Zwei, hast du gesagt? Ray hat zwei Kinder?«

»Da ist noch meine Schwester, Gerry – Geraldine. Sie ist jetzt Novizin, oben am St.-Lorenz-Strom.«

»Wo?« Er verstellte den Rückspiegel, damit er sie sehen konnte.

»In der Nähe von St. Jerome. Sie ist dabei, Nonne zu werden.«

Das verschloß ihm fürs erste den Mund. Der Doktor langte hoch und drehte den Spiegel wieder andersherum. Während sie sprachen, hatte das Baby angefangen, irgendein schreckliches geronnenes Zeug hochzubringen, das sie mit dem Saum seines Kittels abwischen mußte. Es hatte nichts bei sich – nicht einmal eine Ersatzwindel. Die Männer hatten die Fenster vorn heruntergekurbelt, aber der Luftzug war träge und roch nach warmem Metall und trug nicht dazu bei, die Anwesenheit von Neil leichter zu machen.

»Möchtest du dort hinten das Fenster aufmachen?« fragte Mr. Fenton.

Nein, das wollte sie nicht. Einer ihrer Cousins hatte sich eine Mittelohrvereiterung zugezogen, weil er ein Flugzeugmodell gebastelt und dabei im Luftzug gesessen hatte.

»In diesem Stadium sind sie nur eine Verdauungsröhre«, sagte der Doktor und wedelte sich Luft mit seinem Hut zu.

»Und wie steht's mit dem Gehirn?« fragte Mr. Fenton. »Wann fängt das Gehirn zu arbeiten an?« Er fuhr ohne Hast, wie er auch alles andere tat. Sein Ellbogen ruhte lässig im Fenster. Asche von seiner Zigarette schwebte dorthin, wo Nora saß.

»Das Gehirn ist noch primitiv«, sagte der Doktor, und es klang sicher. »Es befindet sich noch in der Dunkelheit der Frühzeit.« Nora fragte sich, was »Dunkelheit der Frühzeit« bedeuten sollte. Auch Mr. Fenton mußte sich das gefragt haben. Er setzte zum Sprechen an, doch der Doktor fuhr in seiner singenden Art fort: »Nur die Seele ist von Geburt an entwickelt. Das Gehirn...«

»Schon als Neugeborene haben sie diese riesige Nille«, sagte Mr. Fenton. »Voll ausgebildet, meine ich.«

»Das Gehirn versucht, die Seele einzuholen. Für die meisten Menschen ist das ein lebenslanges Ringen.«

»Wenn du das sagst, Alex«, meinte Mr. Fenton.

Das Baby war bestimmt nicht primitiv. Sie studierte sein Gesicht. Es hatte überhaupt kein Haar außer dem blonden Flaum um seine Stirn. Der Primitive, am ganzen Körper behaart, schleppte sich in ihrer Erinnerung durch einen Film. Sprich für dich selbst, wollte sie dem Doktor sagen. Neil ist nicht *primitiv.* Er will nur wissen, wohin man ihn bringt. Ihre Pflicht war, diesen kleinen Jungen, ein Einzelkind, das außer seinem Namen nichts hatte, seiner Mutter zu übergeben. Sokken, Kittel und Windel konnte man nur verbrennen, es lohnte sich nicht, sie zu waschen. So war ihre Schwester durch eine offene Tür gegangen, und die Tür war hinter ihr ins Schloß gefallen. Sie hatte alles, was ihr gehörte, Nora vermacht. So war Marie Antoinette, jünger als Nora, nackt ausgezogen worden, als sie auf ihrem Weg zur Hochzeit mit einem zukünftigen König Frankreichs Grenze erreichte. Völlig Fremden war das Recht eingeräumt worden, sie nackt zu sehen. Die Kleider, die sie getragen hatte, wurden auf dem Boden zurückgelassen, und sie wurde in Gewänder gekleidet, die so schwer von Silber und Stickereien waren, daß sie kaum laufen konnte. Ihre eigenen Hofdamen, die ihre Muttersprache sprachen, wurden zurückgeschickt. (Nora konnte sich nicht daran erinnern, woher Marie Antoinette gekommen war.) »Denn wir brachten nichts mit...«, darauf wies Noras methodistische Abbott-Großmutter gern hin, weil sie überzeugt war, daß Katholiken nie eine Bibel aufschlugen und auf dem laufenden gehalten werden mußten. »Nackt sind wir gekommen...«, war auf derselben Ebene. Nora beherrschte es, sich unter einem Bademantel anund auszuziehen, mausflink. Kein Erdbeben, kein Einbrecher, kein Fremder, der plötzlich eine Tür aufstieß, würde Nora ertappen, ohne daß sie wenigstens ein Kleidungsstück anhatte, und wenn es nur ein BH war.

»...von Mac McIvor«, sagte der Doktor gerade zu Mr. Fenton. »Er ist jetzt draußen in Vancouver. Das bedeutet eine große Veränderung gegenüber Montreal.«

»Eines Tages wird er zurückgekrochen kommen, vielleicht eher, als er denkt«, sagte Mr. Fenton. Irgend etwas hatte ihn verstimmt, vielleicht das Gespräch über Seelen. »Ich betrachte es als Privileg, in Montreal leben zu dürfen. Ich wurde in der Crescent-Straße geboren, und dort will ich auch sterben. Wenn es keinen weiteren Krieg gibt. Dann bleibt es dem Zufall überlassen.«

»Crescent ist eine schöne Straße«, sagte der Doktor. »Nette Häuser, nette Geschäfte.« Er machte eine Pause und ließ das Kompliment wirken – eine Art Friedensschluß. »Er kauft ein Haus. Immobilien sind dort draußen billig.«

»Es ist entlegen«, sagte Mr. Fenton. »Sie können die Leute nicht dazu bringen, dort zu leben. Deshalb ist alles so billig.«

»Da er nicht verheiratet ist, braucht er nicht viel Platz«, sagte der Doktor. »Es ist nur ein Bungalow, zwei Zimmer und eine Küche. Er kann in der Küche essen. Es ist eine nette Gegend. Viele Gärten.«

»Gewiß, es gibt jetzt Läden in der Crescent-Straße, aber sie sind erstklassig«, sagte Mr. Fenton. »Ich könnte das Haus für verdammt viel mehr verkaufen, als mein Vater je bezahlt hat. Louise will, daß ich's tue. Sie kann sich nicht daran gewöhnen, ein Textilgeschäft nebenan zu haben. Sie möchte einen Rasen und einen Hof und viel Platz zwischen den Häusern.«

»Mac hat einen ziemlich großen Garten. Das wird ihn nicht umbringen. Dort draußen gibt's keinen Winter. Man steckt etwas in den Boden, und es wächst.«

»Mein Vater hat die ganze Zeit der Depression hindurch an dem Haus festgehalten«, sagte Mr. Fenton. »Da braucht es viel mehr als eine Reihe Ladenfenster, um mich zu vertreiben.« Als er das sagte, bog er ziemlich unvermittelt in seine Straße ein, weil er die Ecke beinahe verpaßt hätte.

Dadurch wurde das Baby durchgerüttelt, das gerade eingeschlafen war. Ehe es anfangen konnte, zu schreien oder etwas

234

anderes anzustellen, womit es sich unbeliebt machen konnte, hob sie es zum Fenster hoch. »Siehst du die Häuser da?« sagte sie. »Eins davon ist deins.« Einige hatten Läden für Maskenkostüme im Erdgeschoß. Andere waren zu Büros umgewandelt worden, hatten gardinenlose Fenster zur Straße hin und Neonlicht, das am hellen Tag strahlte und strahlte. Die doppelte Häuserreihe lief ohne Unterbrechung, abgesehen von einigen Aschenwegen, bis zur St. Catherine Street hinunter. Unmittelbar vor einem solchen Weg hielt Mr. Fenton. Er angelte sich Weste und Jackett, stieg aus und schlug die Tür zu. Der Doktor war es, der sich umwandte, um Nora aus dem Wagen zu helfen, der ihren Arm festhielt und sogar den Riemen ihrer weißen Schultertasche zurechtrückte. Er nutzte das nicht aus, also ließ sie ihn gewähren. Jeder sah gleich, daß er Familie hatte.

Neil zu halten, fiel ihr anscheinend schwerer als vorher, vielleicht weil sie müde war. Seine Augen vor dem Sonnenlicht schützend, drehte sie sich so, daß er ein schmales Haus aus hellgrauem Stein anblickte. In ihrer Straße würde ein solches Haus auf drei Wohnungen mit zwei Schlafzimmern hindeuten, das Souterrain nicht mitgerechnet. Sie war nahe daran zu fragen: »Gehört Ihnen das ganze Haus?« Doch das hätte so klingen können, als sei sie noch nie irgendwo gewesen, und das letzte, was sie wünschte, war Mr. Fentons ungeteilte Aufmerksamkeit. Im Schatten der Treppe, die zur Haustür hinaufführte, hob eine Hand einen Store an einem Fenster im Souterrain und ließ ihn wieder fallen. Also wußte jemand, daß Neil hier war. Um seinetwillen gestattete sie sich den Vortritt und stieg geradewegs zur Haustür hinauf. Die Männer nahmen kaum Notiz davon. Mr. Fenton, in Hemdsärmeln, Weste und Jackett über die Schulter geworfen, sprach von Hitze und

Durst. Auf halber Treppe blieb der Doktor stehen und sagte: »Boyd, ist das nicht die Gasse, wo das Mädchen vergewaltigt worden sein soll?«

»Sie haben ihn nie gefaßt«, sagte Mr. Fenton sofort. »Es war dunkel. Sie konnte sein Gesicht nicht erkennen. Irgendwelche Rowdies hatten die Straßenbeleuchtung mit einem Luftgewehr zerschossen. Ihr Vater hat versucht, die Stadt deswegen zu verklagen. Er hat nichts erreicht. Ray Abbott kennt die Geschichte. Beleuchtung oder nicht, es war kein Fall für die Stadt.«

»Was hat sie denn allein in einer dunklen Gasse gemacht?« fragte der Doktor. »Hat sie hier in der Nähe gearbeitet?«

»Sie wohnte da drüben in der Bishop Street«, sagte Mr. Fenton. »Sie hat eine Freundin besucht und auf dem Nach-hauseweg abgekürzt. Ihr Vater war Rektor.« Er nannte die Schule. Nora hatte nie von ihr gehört.

»Engländer«, sagte Dr. Marchand und stellte die Geschichte in einen Zusammenhang.

»Sie sind fortgezogen. Verrückte Geschichten machten die Runde, daß sie den Kerl kannte, daß sie verabredet waren.«

»Ich hab einen Fall gekannt«, sagte der Doktor. »Eine alte Jungfer. Sie hetzte die Polizei auf einen verheirateten Mann. Er hatte nie etwas Schlimmeres getan, als zu grüßen.«

»Für Louise war es hart, daß so etwas gleich vor der Haustür passierte. Keiner hatte etwas gehört, bis sie zum Souterrain hinuntergelaufen kam und anfing, an die Tür zu trommeln und zu schreien.«

»Louise hat das getan?«

»Dieses Mädchen. Missy hat sie hereingelassen und ihr einen kräftigen Schluck Brandy gegeben. Missy ist nicht dumm. Sie hat gesagt: ›Wenn du nicht zu schreien aufhörst, ruf ich die Polizei.‹«

236

»Sie muß jetzt recht gut Englisch können«, sagte der Doktor.

»Missy ist gescheit. Als meine Schwiegermutter sie anstellte, konnte sie nur sagen: ›Ich kochen, ich putzen.‹ Jetzt könnte sie einen Fall vor Gericht darlegen. Sie hat zu Louise gesagt: ›Wenn *mich* einer in einer Gasse packt, dann wringe ich ihn aus wie einen nassen Scheuerlappen.‹ Louise konnte sich gar nicht wieder beruhigen.« Plötzlich wurde er wieder heiter, was ihm besser stand. »Wir sollten Nora nicht damit erschrecken.« Nora fand das stark, wenn man die Dinge, die im Auto zur Sprache gekommen waren, bedachte. Sie stand wartend vor der Tür. Er mußte hochblicken.

Er nahm die letzten beiden Stufen langsam. Natürlich war er der Dreißig näher als der Zwanzig und nicht sehr gut in Form. Der viele Alkohol und seine träge Art, sich zu bewegen, mußten sich ja bemerkbar machen. Auf dem Absatz mußte er erst verschnaufen. Er sagte: »Mach dir keine Sorgen, Nora. Dieser Abschnitt der Crescent-Straße ist immer noch gut. Er ist nicht mehr so gutbürgerlich wie in meiner Kindheit, aber er ist sicher. Jedenfalls ist er sicher für Mädchen, die nichts Törichtes tun.«

»Ich mach mir nie Sorgen«, sagte sie. »Ich spaziere nicht allein nach Einbruch der Dunkelheit herum, und ich antworte Fremden nicht. Ich würde sowieso« – sie sagte: anyways – »nie hier übernachten. Mein Vater möchte nicht, daß ich außer Haus schlafe.«

Ein Wort, das sie kannte, doch das sie nie im Leben benutzt hätte – »griesgrämig« –, kam ihr bei der langsamen Veränderung seiner Gesichtszüge in den Sinn. Mürrisch oder nachdenklich (schwer zu sagen) begann er die Taschen von Weste und Jackett zu durchsuchen, wahrscheinlich forschte er nach seinem Hausschlüssel. Der Doktor langte herüber und drückte auf die Klingel. Sie hörten, wie sie im Haus schrillte. Ohne Dr. Marchand hätten sie dort hilflos herumgestanden und darauf gewartet, daß die Erde sich drehte und die Sonne einen anderen Stand am Himmel einnahm und ihnen Schatten gewährte. Gerade als sie das dachte und sich fragte, wie Mr. Fenton durch sein tägliches Leben kam, ohne den Doktor ständig an seiner Seite zu haben, sprach Dr. Marchand sie direkt an: »*On ne dit pas* ›anyways‹. *C'est commun. Il faut toujours dire* ›anyway‹.«

Die Hitze des Tages und der Druck der Ereignisse hatten ihn überschnappen lassen. Es gab keine andere Erklärung. Oder vielleicht glaubte er, ein zweisprachiges Wunder zu sein, ein richtiges Kunstwerk, wie er da in seinem Bestattungsunternehmeranzug und mit diesem blöden Hut herumstand. Noras Vater wußte allemal in jeder Beziehung mehr als er. Er hatte Informationen über die Lokalpolitik und über die Privatgeschäfte von Männern, die geehrt und bewundert wurden, deren Fotos in der *Gazette* und dem *Star* waren. Er konnte jedem die Hand schütteln, der einem nur einfiel; wenn er einen anderen nur ansah, wußte er, was derjenige wert war. Wenn er zur Rennbahn »Blue Bonnets« ging, sagte ihm eine phantastische Eingebung insgeheim, auf welches Pferd er setzen mußte. Oft kam er singend nach Hause, den Hut weit in den Nacken geschoben. In der Stadtverwaltung hatte er ein eigenes Büro, keine Pflichten, die jemand verstehen konnte, doch unbeschränktes Telefonnutzungsrecht. Er brach nie einen Streit vom Zaun und nahm nie etwas übel. »Laßt euch von keinem aus der Fassung bringen«, hatte er zu Gerry und Nora gesagt. »Überlegt immer, wo die Ursache liegt.«

Sie überlegte, wo die Ursache lag: Dr. Marchand hatte

wahrscheinlich einen schrecklichen Vormittag gehabt, während er versuchte, Mr. Fentons flüchtigen Launen und Ansichten auszuweichen. Trotzdem waren die beiden Freunde, wie die Kameraden in einem Film über den Weltkrieg, wo die Schauspieler sich in einem Schützengraben Treue schworen, ehe sie herauskletterten. Die Kriege flossen zusammen wie die Geschichte der englischen Könige, in ermüdenden Geschichten von Männern am Leben gehalten. Als Langweiler war ihm leicht zu verzeihen. Als Mensch hatte er einen Anflug von Kälte. Sein Tadel wurmte. Er hatte sie ungebildet erscheinen lassen. Mr. Fenton verstand kein Wort Französisch, aber er mußte mitbekommen haben, worum es ging.

Genauso wie Noras Mutter eine Wetteränderung durch bestimmte Schmerzen in den Handgelenken vorhersagen konnte, spürte das Baby eine Veränderung bei Nora. Sein Gesicht verzog sich. Es brachte noch mehr von dem geronnenen Gesabber heraus, gefolgt von einem schwachen Husten und einem durchdringenden, würgenden Klagelaut. »Oh, hör auf«, sagte sie, weil sie Schritte herbeieilen hörte. Sie schüttelte ihn sanft. »Wo ist denn mein Kleiner? Wo ist mein kleiner Soldat?« Ihr Pikeekleid, das vor wenigen Stunden taufrisch gewesen war, war jetzt befleckt, beschmutzt, zerknittert, naß gemacht und ruiniert von Neil. Sie küßte ihn auf den Kopf. Sie konnte nur noch schnell sagen: »Sei brav.« Die Tür wurde aufgerissen. Ohne dazu aufgefordert worden zu sein, betrat Nora das Haus. Der Doktor nahm seinen Hut ab, diesmal mit einer kleinen schwungvollen Bewegung. Mr. Fenton suchte immer noch nach einem Schlüssel, stellte sie fest.

In den Zimmern, in die man vom Flur aus einen kurzen Blick werfen konnte, waren die Jalousien zum Schutz gegen die glühende Hitze draußen herabgelassen. Eine dunklere und klebrigere Schwüle, wie in einer Augustnacht, ließ ihr Wangen und Stirn feucht werden. Sie lächelte zwei Frauen an, die sie nur undeutlich wahrnahm. Die jüngere hatte die Figur eines kräftigen Kindes und eine gerade Ponyfrisur und trug, was Nora für einen weißen Rock hielt. In den Sekunden, die ihre Pupillen brauchten, um sich zu weiten, und ihre Augen, um sich einzustellen, sah sie, daß der weiße Rock eine weiße Schürze war. Mittlerweile war sie an die junge Frau herangetreten und hatte gesagt: »Hier ist Ihr süßes Kind, Mrs. Fenton«, und Neil übergeben.

»Na, Missy, du hast gehört, was Nora gesagt hat«, meinte Mr. Fenton. Er konnte sich an dieser Art Scherz erfreuen, laut über ein Versehen lachen, doch Missy sah aus, als hätte sich eine Flutwelle zurückgezogen und sie hilflos am Strand einer ihr fremden Küste zurückgelassen. Sie brachte nur heraus: »Ein Fläschchen ist bereit«, mit starkem Akzent.

»Gib es ihm gleich«, sagte die ältere Frau, die niemand anders sein konnte als Mrs. Clopstock, die Schwiegermutter aus Toronto. »Das hört sich an wie Hungergeschrei.« Nachdem sie diese Bemerkung gemacht hatte, nahm sie von Neil keine weitere Notiz, sondern sprach die beiden Männer an: »Die Hitze hat Louise wirklich umgeworfen. Sie möchte nichts essen. Sie läßt dich grüßen, Alex.«

Der Doktor sagte: »Wenn sie den Jungen erst einmal sieht, wird sie sich schon für ihn interessieren. Ich hatte einen anderen Fall, genau wie dieser. Ich kann euch alles davon erzählen.«

»Ja, erzähl es uns, Alex«, sagte Mrs. Clopstock. »Bitte, erzähl es uns. Du kannst es uns beim Mittagessen erzählen. Über irgend etwas müssen wir uns ja unterhalten.«

Es freute Nora, daß Dr. Marchand zum erstenmal einen

»th«-Fehler im Englischen gemacht und »dat« statt »that« gesagt hatte. Er war also doch nicht so gescheit. Trotzdem, sie hatte Neils Eintritt in sein neues Leben verpfuscht; als hätte sie eine verbotene Linie überschritten. Die beiden Fehler konnten nicht verglichen werden. Der Doktor konnte es jederzeit neu versuchen und sich korrigieren. Für Nora und Neil war es endgültig.

2

Noras Onkel, Victor Cochefert, war das einzige Mitglied ihrer Familie, väterlicher- und mütterlicherseits, das in einem Testament Erhebliches zu vermachen hatte. Er besaß das Haus, in dem er wohnte – vier Schlafzimmer und eine Doppelgarage und eine Trauerweide auf dem Rasen –, und einige Wohnungen, die er an die Armen und Leichtsinnigen vermietete, im Ostteil der Stadt. Er zwang ständig Mieter zur Räumung, und man hatte schon Bierflaschen auf sein Auto geworfen. Die Wohnungen waren an ihn durch die Heirat mit Rosalie, der Tochter eines Notars, gekommen. Ihr Vater hatte einen strengen, harten Ehekontrakt aufgesetzt, der Rosalie die Verfügung über ihr Vermögen einräumte, doch sie hatte frühzeitig einen Schlaganfall erlitten, einen Fuß nachgezogen und alles Victor überlassen. Die anderen Verwandten waren ihr Leben lang Mieter, wie die meisten Leute in Montreal. Keiner von ihnen litt Mangel, aber nur Victor und Rosalie waren in Florida gewesen.

Die Cocheferts fanden, daß die finanziellen Vorkehrungen von Noras Vater exzentrisch und etwas undurchsichtig waren. Er redete nicht über Geldangelegenheiten, wurde aber verdächtigt, bessergestellt zu sein, als er verraten mochte; doch die Abbotts wohnten weiterhin in einer Wohnung im zweiten Stock eines Hauses ohne Fahrstuhl, mit einer Außentreppe und mit Linoleumfußböden, auf denen Brücken einem unter dem Fuß wegrutschten. Die Verwandten seiner Frau bewunderten ihn wegen bestimmter Qualitäten, die – wie sie wußten – hinter seiner Fassade aus guter Laune existierten; sie hatten beobachtet, wie er von der düsteren Amtsstube, wo er am äußersten Ende eines Schalters stand, einen Augenschirm trug (zum Schutz vor welchem Licht?) und Geburten registrierte und Urkunden ausstellte, in ein Privatbüro im Haus der Stadtverwaltung schlenderte. Er hatte sich unbekümmert bewegt, pfeifend, die Hände in den Taschen – manchmal in denen anderer Leute, hatte Victor angedeutet. Gleichzeitig schätzte er Ray sehr, weil er wußte, daß man sich auf ihn verlassen konnte, wenn man ihn ins Vertrauen zog, zum Komplizen machte. Er hatte Ray sogar eine Abschrift seines Testaments anvertraut.

Victors Testament war in Rays kleinem Büro, an dessen Tür nichts stand, in einem Safe verwahrt. »In dem Safe ist nichts außer meinem Lunch«, bemerkte Ray oft, doch Nora hatte ihn einmal weit offen gesehen, und die große Menge von Akten und Dossiers hatte sie beeindruckt. Als sie nach ihrem Inhalt gefragt hatte, hatte ihr Vater gelacht und gesagt: »Kombinierte Schadenversicherungspolicen«, und sie Dummerchen und Schnüffelnase genannt. Sie dachte, er müsse stolz darauf sein, irgendeinen Teil von Victors Privatangelegenheiten zu verwahren. Victor war Teilhaber eines Ingenieurbüros, das es seit 1900 in der St. James Street West gab. Der Firmenname war Macfarlane, Macfarlane & Macklehurst. Es war vereinbart, wenn Macfarlane Senior starb oder in den Ruhestand ging, würde »Cochefert« auf dem Briefkopf erscheinen –

etwas tiefer und weiter rechts, in kleineren Lettern. Es waren noch drei andere Leute mit französischen Familiennamen in der Belegschaft – eine Telefonistin, ein Registrator und eine zweisprachige Schreibkraft. Während der Arbeitszeit erwartete man von ihnen, daß sie englisch sprachen, auch untereinander. Der ältere Macfarlane nährte bei sich die Furcht, daß alles, was in einer unbekannten Sprache geäußert wurde, ihn betreffen könnte.

Noras Vater kannte den genauen Grund, warum Onkel Victor angestellt worden war – es hatte etwas mit Verträgen der Regierung der Provinz Quebec zu tun. Politiker verhandelten gern in französisch und in einer Art, die sie für zweckmäßig und angebracht hielten. Victor sprach englisch, wenn er mußte, nicht mehr und nicht weniger, während er wartete. Er wartete darauf, seinen Namen auf dem Briefpapier der Firma zu sehen, und er machte sich Gedanken über den Rückzug und die Verdunkelungstaktik der Engländer. »Die Engländer« hatten Namen wie O'Keefe, Murphy, Llewellyn, Morgan-Jones, Ferguson, MacNab, Hoefer, Oberkirch, Aarmgaard, Van Roos oder Stavinsky. Die Sprache war der Schlüssel zum Herkunftsland. Er sortierte die Oberkirchs und MacNabs nach ihrer Sprache und der Straße, wo sie ihre Wohnung wählten. Noras Vater war seiner strengen Beurteilung entgangen, war die englische Ausnahme, wenn auch keiner wußte, was Ray in irgendeiner Beziehung dachte oder fühlte. Die allbekannte englische Scheu, tiefe Gefühle zu zeigen, könnte ein Schutz für etwas oder für nichts sein. Victor hatte das seiner Frau erzählt, und sie hatte es Noras Mutter gegenüber wiederholt.

Den letzten Krieg hatte er als englische Machenschaft aufgefaßt und hatte gesagt, er würde seine drei Söhne lieber erschießen, als sie in Uniform zu sehen. Die Drohung hatte

Tante Rosalie in Schluchzen ausbrechen lassen, dem sich die drei Söhne abwechselnd anschlossen, als würden sie eine Klagerunde veranstalten. Das geschah bei einem Festessen zur Goldenen Hochzeit der Cochefert-Großeltern – nur nahe Angehörige, sechsundzwanzig Gedecke, auf Kissen oder Bänden des »Littré«-Wörterbuchs thronende kleine Kinder. Es war sechs Tage nach der deutschen Invasion in Polen und drei, nachdem Ray versucht hatte, sich als Freiwilliger zu melden. Victor befand sich in einem solchen Zustand pazifistischer Überzeugung, daß er am ganzen Körper zitterte. Seine Hornbrille fiel in seinen Teller. Er sagte zu Noras Vater: »Für dich gilt das nicht.«

Ray sagte: »Nun, in meiner Familie ist es üblich, wenn Kanada in den Krieg zieht, dann ziehen wir mit«, und dabei ließ er es bewenden. Er sprach ein Französisch, das er nebenbei aufgelesen hatte und das nicht jeder verstand. Über den Tisch hinweg zwinkerte er Nora und Geraldine zu, als wollte er sagen: Viel Lärm um nichts. Seine Lieblingsmelodie war: »Mach dir keine Sorgen.« Er konnte das pfeifen, auch wenn er Geld auf der Pferderennbahn »Blue Bonnets« verloren hatte.

Kurz vor Victors schrecklichem Ausbruch hatte der ganze Tisch applaudiert, als die prächtige fünfstöckige rot-weiße Jubiläumstorte, verziert mit goldenen Glöckchen, hereingetragen wurde. Jetzt stand sie in der Mitte des Tisches, und keiner traute sich, sie anzuschneiden. Die Möglichkeit, daß einem die Kinder erschossen wurden, schien nicht absurd, sondern prophetisch. Es war ein unglückliches Zeitalter. Die einzige aus Victors Nachkommenschaft, die alt genug war, eine Uniform anzulegen und von ihrem Vater niedergeschossen zu werden, war seine Tochter Ninon – Tante Rosalies Ninette. Jahrelang waren Victor und Rosalie allein mit Ninette gewesen; dann

244

hatten sie nach und nach die Jungen bekommen. Rosalie war in diesem September achtzehn, frisch aus ihrer Klosterschule, konnte Englisch lesen und sprechen, jedes lateinische Wort der Messe verstehen, alles, wonach einem der Sinn stand, auf dem Klavier spielen; kurzum, sie war fit, eine Ehefrau der besseren Art zu werden. Ihr historischer Aufsatz: »Marie-Antoinette, christliche Königin und königliche Märtyrerin« hatte eine Abiturmedaille gewonnen. Tante Rosalie hatte die Medaille zum Essen mitgebracht, wo sie herumgereicht und auf beiden Seiten begutachtet wurde. Und »Marie-Antoinette« hatte Victor auf cremefarbenem Papier drucken und in Königsblau binden lassen, mit drei weißen, auf den Umschlag geprägten, Fleurs-de-lys, und hatte jedem, mit dem er verwandt war oder den er ehren wollte, ein Exemplar vermacht.

Nora war neun und hatte keinen Schimmer davon, wo Polen lag. Die Erschießung ihrer Cousins durch Onkel Victor stand als Möglichkeit im Raum, doch die heulenden Kinder gingen einem allmählich auf die Nerven. Ninette stand auf – keine wirklich gebieterische Erscheinung, denn sie war klein und schmächtig – und äußerte etwas darüber, zur Armee gehen und in Stiefeln herumtrampeln zu wollen. Da keiner von ihnen sich eine Frau in Uniform vorstellen konnte, waren sie noch besorgter als zuvor; dann merkten sie, daß Ninette sie alle zum Schmunzeln bringen wollte. Nachdem sie der Gesellschaft die gute Laune mehr oder weniger zurückgegeben hatte, ging sie um den Tisch und veranlaßte ihre kleinen Brüder, mit dem Lärm aufzuhören, und wischte ihnen die verheulten Rotzgesichter ab. Der Dreijährige war unter den Tisch gekrochen, doch Ninette holte ihn hervor und setzte ihn unsanft auf den Stuhl und band ihm das Lätzchen um, ordentlich und fest. Sie wünschte, daß die Jungen wie Erwachsene aßen und sich nach jedem ihrer belehrenden Worte richteten. Die Ehrwürdige Mutter hatte Victor mitgeteilt, daß sie die geborene Lehrerin sei. Wenn er ihr keine weitere Ausbildung gestatten würde (würde er nicht), sollte er Ninette Privatunterricht geben lassen, in Französisch oder Musik. Nichts trug mehr zu moralischen Katastrophen bei als ein reger weiblicher Geist, den man verrotten und verkommen ließ. Wenn man Ninette mit Unterrichten beschäftigte, würde man ihr Verweilen bei unwägbaren Fragen verhindern, wie zum Beispiel, wann die Pflichten den Eltern gegenüber aufhören und was in ihrer Hochzeitsnacht geschehen würde. Die Ehrwürdige Mutter achtete Männern gegenüber nicht besonders auf ihre Worte. Bei Frauen war sie vorsichtiger, da sie nur einige wenige wirklich schätzte. Onkel Victor dachte sich, das sei für die Direktorin einer außergewöhnlichen Klosterschule der beste Standpunkt.

Nachdem Ninette ihre kleinen Brüder nachhaltig eingeschüchtert hatte, gab sie ihren betrübten Eltern beiden einen Kuß. Sie nahm ein großes silbernes Tortenmesser zur Hand – ein Hochzeitsgeschenk von 1889 wie das Wörterbuch – und schnitt das gesamte fünflagige Gebilde von oben bis unten in Stücke. Die Unterweisung, wie das zu tun sei, mußte Teil ihrer Studien gewesen sein, denn der Kuchen zerfiel nicht und stürzte nicht ein. »Na also!« sagte sie, als ob damit alle Probleme des Lebens gelöst wären. Ehe sie die Gäste zu bedienen begann, der Reihenfolge ihres Alters nach, löste sie das schwarze Samtband, das ihr Haar im Nacken zusammenhielt und gab es Geraldine. Nora ließ Ninette während der Kuchenoperation nicht aus den Augen. Ihr Gesicht im Profil war selbstgenügsam wie das einer Katze. Ray hatte einmal die Bemerkung gemacht, daß alle Cochefert-Frauen, seine Frau war die einzige Ausnahme, mit achtzehn einen Bart bekamen. Bei Ninette war kein Anflug davon zu sehen, doch Nora bemerkte wohl, daß sie Wimperntusche benutzt hatte. Onkel Viktor schien es nicht gemerkt zu haben. Er wischte seine Brille an der Serviette ab und blickte demütig in die Runde, als wären alle diese Leute zu gut für ihn, in der Art, wie er immer aus seinen Anfällen und Wutausbrüchen aufzutauchen pflegte. Er machte keine weitere Bemerkung über den Krieg oder die Engländer, aber sobald er seiner selbst wieder sicherer war, äußerte er, daß es keinen Sinn mache, Frauen Bildung zu ver- schaffen – es verwirre ihre ganze Einstellung. Er hoffe, daß Ray keine törichten und übertriebenen Pläne für Nora und Geraldine habe. Ray aß ruhig und stetig weiter und war der erste, der mit seinem Kuchenstück fertig war.

Noras Vater war Konvertit, aber er paßte sich an. Er hatte den Wechsel nicht schwieriger gefunden, als Iriswurzeln auszugra- ben und dafür Tulpenzwiebeln einzusetzen. Wenn etwas Em- pörendes geschah – sagen wir, es gab einen neuen Heiligen, den man seiner Meinung nach nicht einmal hätte in Erwägung ziehen sollen –, pflegte er zu sagen: »Dazu habe ich mich nicht verpflichtet.« Noras Mutter hatte es schwer mit ihm gehabt, was Mariä Himmelfahrt betraf. Er stammte von der Prinz- Edward-Insel. Man hatte Nora und Geraldine nur ein einziges Mal dorthin mitgenommen, damit Rays Mutter ihre Enkelkin- der sehen konnte. Alle ihre Freunde und Nachbarn hießen anscheinend Peters oder White. Nora war froh, eine Abbott zu sein, denn davon gab es nicht so viele. Sie reisten per Bahn, blieben die ganze Nacht in ihren Sachen und waren am Ende ihrer Reise bei dem letzten hartgekochten Ei angelangt. Ihre Abbott-Großmutter sagte: »Drei Tage lang Sandwiches.« Natürlich waren es nicht annähernd drei Tage gewesen, aber Nora und Gerry waren so erzogen, daß sie nicht widersprachen. (Ihre Mutter hatte sich dazu entschlossen, kein Wort Englisch zu verstehen.)

Großmutter Abbott hatte Kräuselhaar von erstaunlichem Weiß und ein rosa Gesicht. Sie trug recht hübsche Schuhe, hatte sie aber aufschlitzen müssen, um den wunden Zehen Erleichterung zu verschaffen. Ihre Schürzenbänder konnten kaum gebunden werden, so dick war sie um die Taille. Sie sagte zu Gerry: »Du kommst nach der großväterlichen Seite«, wegen ihres rotgoldenen Haars. Die Mädchen lasen noch nicht in Englisch, und daraus schloß sie, daß sie überhaupt nicht lesen konnten. Sie erzählte ihnen, wie John Wesley und seine Geschwister alle das Alphabet an ihrem fünften Geburtstag gelernt hätten. Das wurde dadurch erreicht, daß man sie mit Mrs. Wesley in ein Zimmer einschloß und ihnen nichts zu essen und zu trinken gab, solange sie das Alphabet nicht glatt von A bis Z aufsagen konnten.

»Da habt ihr einen methodistischen Geburtstag«, sagte Ray. Es mochte Erinnerungen geweckt haben, denn er wurde mürrisch und kritisch, wie er es zu Hause nie war. Er ergriff Partei für Quebec und sagte, viel spräche für einen Ort, wo ein Mann ein Bier trinken konnte, wann ihm danach zumute war, ohne daß ihm Fragen gestellt wurden. In Quebec konnte man Bier in Lebensmittelläden kaufen. Das übrige Kanada saß ziemlich auf dem Trockenen, doch in diesen ausgedörrten Städten torkelten in einer Samstagnacht sogar die Telegraphenmasten. Nora war stolz auf ihn, weil er das alles zu sagen hatte. An ihrem letzten Abend ging einiges schief, und Ray sagte: »Harter Mais und saurer Apfelkuchen. Das ist kein Essen für einen Mann.« Er hatte recht. Ihre Mutter hätte das nie auf den Tisch gebracht. Kein Wunder, daß er in Montreal geblieben war.

An einem warmen Frühlingsnachmittag ging der Krieg zu Ende. Nora war fünfzehn und besuchte eine englische Oberschule. Sie wußte, wer George Washington war, und kannte die Namen der Stuart-Könige, aber über Kanada wußte sie nicht viel. Eine Herde Schafsköpfe – Rays Bewertung – strömten in die Innenstadt und zertrümmerten einige Schaufensterscheiben und kippten eine Straßenbahn um, um zu zeigen, wie froh sie über den Frieden waren. Keiner wußte, was einen erwartete oder was ohne Krieg geschehen sollte. Sogar Ray wußte nicht, ob sein Platz auf der kommunalen Gehaltsliste sicher war, wenn all die jüngeren Männer nach Hause kamen und sich vordrängten. Onkel Victor entschloß sich, alle seine Mieter auf die Straße zu setzen, den Wohnungen einen frischen Anstrich zu geben und sie zu einem höheren Preis an Kriegsveteranen zu vermieten. Ninette und Tante Rosalie gingen zu Eaton's und stellten sich in einer der ersten Schlangen nach Nylonstrümpfen an. Noras Mutter begrüßte aus Prinzip das Ende der Rationierung, obwohl keiner ohne das ausgekommen war. Geraldine hatte seit Jahren Trübsal geblasen – sie hatte sich danach gesehnt, die jüngste Novizin der Weltgeschichte zu sein, und nun war es zu spät. Ray hatte immer wieder gesagt: »Es geht nicht. Es ist Krieg.« Er wollte, daß die Familie zusammenblieb, für den Fall, daß eine Invasion in Kanada stattfände, und vergaß dabei, wie erpicht er ganz zu Anfang darauf gewesen war, das Land zu verlassen, wenn es auch stimmte, daß man 1939 erwartet hatte, der ganze Krieg würde ungefähr ein halbes Jahr dauern.

Jetzt saß Gerry weinend herum, weil sie ihr Zuhause verlassen konnte. Als Ray sagte, sie müsse noch ein Jahr warten, hörte sie plötzlich zu weinen auf und fing an, Kleider und Habseligkeiten auszusortieren, die sie weggeben wollte. Das erste, was sie Nora übergab, war das schwarze Samtband, dessen sich Ninette vor so vielen Jahren entledigt hatte. Es war so gut wie neu; Gerry trug nie etwas ab. Nora erschien es wie das Überbleibsel eines fernen Zeitalters. Man trug jetzt gebogene Kämme und Haarspangen und mit farbigen Steinen besetzte Haarclips. Gerry fuhr bis zur letzten Minute damit fort, ihre Kleider in Haufen zu sortieren, und ging trockenen Auges davon und ließ in dem Zimmer, das sie, solange Nora lebte, immer mit ihr geteilt hatte, ein leeres Bett zurück.

Die nächste, die fortging, war Ninette. Sie bekam Tuberkulose und mußte an irgendeinen Ort am St.-Lorenz-Strom verschickt werden, nicht weit von Gerrys Kloster. Sie schrieb nie, aus Angst, Bazillen mit der Post zu verbreiten. Wenn Nora einen Brief schicken wollte, mußte sie ihn, unverschlossen, Tante Rosalie übergeben. Die Rechtfertigung dafür war, daß sie vor schlechten Nachrichten geschützt werden mußte. Nora hatte keine Ahnung, was das für schlechte Nachrichten sein könnten. Ninette hatte nie geheiratet. Ihre erworbene Bildung war vergeudet worden, hatte Nora oft gehört. Sie hatte die Angewohnheit ihres Vaters geerbt, abzuwarten, und nun hatte das Leben ihr einen schlimmen Streich gespielt. Sie hatte ihre kleinen Brüder zu ihrem eigenen Besten gezüchtigt und Privatunterricht in Französisch gegeben. Ihr Lieblingsbuch war immer noch ihr eigenes »Marie-Antoinette«. Vielleicht hatte sie insgeheim gehofft, zur Märtyrerin und bewundert zu werden. Ray hatte das geglaubt: »Das Problem bei Ninette war das ganze verdammte Königin-Geschwätz.«

»War«, hatte er gesagt. Sie war in die Familiengeschichte

zurückgeglitten. Nach kurzer Zeit fing Nora ihre Cousine zu vergessen an. Es war unmöglich, an jemanden zu schreiben, der nie antwortete. Die Familie schien Tante Rosalie und Onkel Victor seltener zu besuchen. Tuberkulose war eine schmachvolle Krankheit, ein Fluch der Armen, von dem behauptet wurde, daß er durch Generationen hindurch vererbbar sei. Irgendein ferner, umhergetriebener Vorfahre, ein Opfer des Winters und der langen Hungerzeiten für Emigranten, hatte den Krankheitskeim vererbt, vielleicht über drei Jahrhunderte hinweg. Das kleinste Gerücht von Ninette konnte das Leben der Brüder und Cousinen beeinträchtigen. Im Sommer nach ihrem Verschwinden hatte Tante Rosalie einen zweiten Schlaganfall und starb zwei Wochen später.

Einer, der den Krieg gut überstand, war Ray. Er war noch im selben Büro, zierte die gleiche Gehaltsliste und hatte immer noch überall Freunde. Er hatte einen Weg ersonnen, den Kummer kinderloser Paare zu stillen, indem er sie mit Neugeborenen zusammenbrachte, die keiner großziehen wollte. Er hatte die Genugtuung, eine Gefälligkeit zu erweisen, eine christliche Tat zu tun, und das Vergnügen, zu erleben, daß man sich dafür revanchierte. »Es ist nicht ganz so, daß Ray mit ausgestreckter Hand dasteht«, hatte man Onkel Victor sagen hören. »Aber sehr häufig findet er etwas darin.« Ray hatte jetzt sein eigenes Briefpapier mit dem gedruckten Kopf »Cadaster/*Cadastre*«. »Kataster« hatte, soweit man wußte, keine Beziehung zu seiner Arbeit. Er hatte Papierstöße in einem Karton gefunden, der abtransportiert werden sollte. Das Papier war vergilbt und brüchig an den Rändern. Er schrieb gern Briefe auf der Maschine und setzte seinen Namen breit hingeworfen darunter. Er hatte einmal geäußert, er wünsche sich, daß er die Namen seiner Kinder aussprechen und an seinem eigenen Tisch englisch sprechen könne, wenn ihm danach zumute war. Beide Wünsche waren in Erfüllung gegangen. Er war heiterer als jeder andere Mann, von dem Nora gehört hatte, und viel glücklicher als der arme Onkel Victor.

Nora hatte nun das Zimmer, das sie mit ihrer Schwester geteilt hatte, ganz für sich. Sie stellte Gerrys gerahmtes Porträt als Abiturientin auf die Kommode und küßte das Glas und verteilte ihre Sachen in allen Kommodenfächern. Es dauerte nicht lange, da zog ihre Mutter ein und belegte das leere Bett. Sie war in den Wechseljahren und mußte nachts aufstehen, um ein frisches Nachthemd anzuziehen und die Kopfkissenbezüge zu wechseln, die schweißnaß waren. Als das eine Woche so gegangen war, kam Ray an die Tür und machte das Deckenlicht an. Er fragte: »Wie lange dauert das noch?«

»Ich weiß nicht. Geh wieder ins Bett. Du brauchst deinen Schlaf.«

Er marschierte davon und ließ das Licht an. Nora ging barfuß zum Schalter und knipste es aus. Sie sagte: »Was ist das eigentlich für ein Gefühl?«

Die Stimme ihrer Mutter klang im Dunkeln mädchenhaft, wie die Gerrys. »Als würde jemand ein Handtuch in kochendheißes Wasser tauchen und es dir über den Kopf werfen.«

»Ich heirate nie«, sagte Nora.

»Verheiratetsein hat damit nichts zu tun.«

»Wird das mit Gerry auch passieren?«

»Nonnen haben alle Frauengeschichten«, sagte ihre Mutter.

Die Augusthitze und die Ruhelosigkeit ihrer Mutter hielten Nora wach. Sie dachte an die Schule für Sekretärinnen, wo sie am Dienstag nach dem Tag der Arbeit – morgen in zwölf Tagen – einen neuen, großartigen Lebensabschnitt beginnen sollte. In ihrer Phantasie wanderte sie durch unbekannte Korridore und in Klassenzimmer, wo Reihen von Schreibmaschinen standen, frisch vom Werk geliefert; die Bleistifte, Radiergummis, die Ringbücher waren noch unberührt. Alle Mädchen sahen attraktiv aus und waren ernsthaft interessiert. An einem Tisch vorn (wenn die Sitzordnung nach dem Alphabet ging) saß Miss Nora Abbott, mit ihren zweisprachigen Fähigkeiten und ihrer reichhaltigen Garderobe – die Hälfte davon gehörte Gerry.

Als Kinder hatten Gerry und sie elterliche Magie auf Treu und Glauben hingenommen, hatten geglaubt, daß die Mutter ihre unausgesprochenen Gedanken hören konnte und aus der Entfernung ihre geheimsten Gespräche belauschte. Jetzt sagte ihre Mutter: »Kannst du nicht einschlafen, Nora? Du bist so davon beeindruckt, daß du diesen Kurs machen wirst. Willst du zu Hause ausziehen, wenn du dein erstes Gehalt bekommst? Papa würde das nicht wollen.«

»Gerry war achtzehn, als sie wegging.«

»Wir wußten, wohin sie ging.«

»Ich werde über neunzehn sein, wenn ich zu arbeiten anfange.«

»Und du wirst mit fünfzehn Dollar pro Woche anfangen, wenn du Glück hast.«

Nora sagte: »Ich habe mich gefragt, wie Dad es schaffen will, für den Kurs zu bezahlen. Er kostet zweihundert Dollar, das Stenobuch nicht mitgerechnet.«

»Du brauchst dir darüber nicht den Kopf zu zerbrechen«, sagte ihre Mutter. »Er hat hundert Dollar eingezahlt. Der Rest ist erst im Dezember fällig.«

»Onkel Victor mußte einspringen.«

»Onkel Victor *mußte* gar nichts tun. Wenn er aushilft, dann weil er es will. Dein Vater bettelt nicht.«

»Warum konnte er die hundert Dollar nicht allein aufbringen? Hat er Geld auf der Rennbahn ›Blue Bonnets‹ verloren?«

Ihre Mutter richtete sich ganz plötzlich auf und wurde zur drohenden Erscheinung im Dunkeln. »Mußtest du jemals mit hungrigem Magen zu Bett?« fragte sie. »Du und Gerry, ihr hattet jeden Winter einen neuen Mantel.«

»Nur Gerry. Ich bekam ihren abgelegten. Großmama Abbott schickte Gerry Geschenke, weil sie rote Haare hatte.«

»Gerrys alte Mäntel sahen aus, als kämen sie direkt aus dem Laden. Sie hatte nie ein Fleckchen auf ihren Sachen. Großmutter Abbott hat ihr einmal ein Schokoladenosterei geschickt. Es wurde auf dem Postweg zerdrückt, und dein Vater hat ihr gesagt, sie solle sich mit weiteren Paketen keine Mühe machen.«

»Warum hat Onkel Victor Vater denn fünfzig Dollar leihen müssen? Was macht er mit seinem Geld?«

»Mußtest du jemals barfuß gehen?« fragte ihre Mutter. »Hast du je eine warme Mahlzeit vermißt? Wer hat dir die goldene Kette und das vierundzwanzigkarätige Kruzifix zur Ersten Kommunion geschenkt?«

»Onkel Victor.«

»Nun, und wem wollte er damit einen Gefallen tun? Deinem Vater. Er ist der beste Vater auf der Welt gewesen und der beste Ehemann. Wenn ich vor ihm gehe, möchte ich, daß du dich um ihn kümmerst.«

Bis dahin bin ich verheiratet, dachte Nora. »Es sind die Mädchen, die sich um ihre alten Väter kümmern«, hatte Ray gesagt, als Victor ihn einmal bedauerte, weil er keinen Sohn hatte. Ninette war jetzt von dem Ort am St.-Lorenz-Strom zurückgekehrt – geheilt, sagte man – und hatte Tante Rosalies Platz eingenommen, sich darum kümmernd, daß die Jungen ihre Schulaufgaben machten und Onkel Victor zur rechten Zeit sein Essen bekam. Sie trug jetzt die Haare kurz (offenbar hatte das lange Haar alle Kraft aufgebraucht) und hatte zugenommen. Ihre Art hatte sich noch mehr als ihr Äußeres verändert. Sie war sechsundzwanzig, und es war unwahrscheinlich, daß sie noch einen Mann fand. Eine eifernde, freudlose Frömmigkeit war über sie gekommen. Nora hatte sie seit ihrer Rückkehr nur einmal gesehen; Ninette hatte Nora angewiesen, für sie zu beten, als gewöhne sie es sich allmählich an, geistliche Befehle zu erteilen. Nora hatte sich gesagt: Sie ist wie ein Feldwebel. Die ganze Familie hatte ein gutes Jahr lang für Ninette gebetet, ohne dazu gedrängt zu werden. Vielleicht hatte sie diese neue kommandierende Art einer anderen Möglichkeit vorgezogen, nämlich der, mit dem Kopf in den Händen herumzusitzen und zu denken: Es ist ungerecht! So oder so war sie keine ersprießliche Gesellschaft.

Nora sagte zu ihrer Mutter: »Meinst du, ich soll mich um Dad so kümmern, wie Ninette Onkel Victor versorgt?«

»Die arme Ninette«, sagte ihre Mutter sofort. »Was kann sie jetzt sonst noch tun.« Wer würde Ninette heiraten, versuchte sie zu sagen. Ninette blieb für sich; es konnte auch sein, daß man sie mied – nicht aus böser Absicht und nicht weil man die Beeinträchtigung ihres Lebens nicht wahrhaben wollte, sondern aus Angst vor dem bösen Geschick und seiner schrecklichen Angewohnheit, sich durch Kontakt zu verbreiten.

Im Nachbarzimmer schlug Ray mit der Faust an die Wand und sagte: »Entweder stehen wir alle auf und tanzen Walzer, oder wir halten den Mund und holen uns eine Mütze Schlaf.«

Ihre letzten Gedanken im Wachen kreisten um Gerry.

Wenn die Zeit kam, die Verantwortung für Ray im Alter zu übernehmen – denn sie hatte die heftige Forderung ihrer Mutter als Prophezeiung aufgefaßt –, könnte sich Gerry entschließen, ihr Kloster zu verlassen und ihm das Haus zu führen. Bis dahin war es leicht möglich, daß sie genug vom Kloster hatte; Ray glaubte, daß ihre Berufung ernsthaft untergraben würde durch eine Leidenschaft für Erdnußplätzchen und hausgemachte Fondants. In einem Brief hatte sie sich über den gefeierten Königin-von-Saba-Schokoladenkuchen ihrer Mutter ausgelassen, kunstvoll ausgehöhlt und mit Schokoladenmousse und Schlagsahne gefüllt. Nora versuchte, sich Ray und Gerry vorzustellen – alt und in mittleren Jahren, und Gerry beim Versuch, ihm heiße Suppe einzuflößen; ihre Phantasie erlahmte. Man behauptete, alte Leute seien anstrengend und schwierig, doch Gerry würde unerschöpfliche Geduld zeigen. Wirklich? War sie denn, mehr als andere, geduldig und gefaßt? Nora konnte sich nicht erinnern. Es war bloß ein Jahr oder so vergangen, aber es hatte sich herausgestellt, daß die Zeitspanne der Trennung länger war und mehr verdrängte als die normale Zeit.

Am nächsten Morgen verlangte Ray trotz der Hitze Eierkuchen und Würstchen zum Frühstück. Keine zwei Mitglieder der Abbottfamilie aßen je dasselbe; Noras Mutter war auf den Beinen, bis die Familie befriedigt war. Dann räumte sie die Teller, Schüsseln und Kaffeetassen ab und machte sich eine Kanne starken Tee. Ray stocherte in den Zähnen und fragte plötzlich Nora, ob sie einem Ehepaar, mit dem er bekannt war, einen Gefallen tun wolle – er bestand darin, das Baby dieses Paares abzuholen und es jeden Tag für wenige Stunden zu hüten, bis zum Ende der Woche. Die Mutter des Kindes hatte bei der Geburt einen Nervenzusammenbruch erlitten, und das Kind war in einem Heim untergebracht und von Nonnen versorgt worden.

»Warum können sie kein Kindermädchen anstellen?« fragte Nora.

»Sie ist schon unterwegs von England nach Kanada. Sie bitten dich nur, dazusein, bis sie kommt. Das ist mehr als eine Gefälligkeit«, sagte ihr Vater. »Es ist eine christliche Tat.«

»Eine christliche Tat ist eine, für die man nicht bezahlt wird«, sagte Nora.

»Nun, du hast im Moment nichts Besseres zu tun«, sagte er. »Du würdest doch dafür kein Geld nehmen wollen. Wenn du das Geld nimmst, dann bist du ein Kindermädchen und mußt in der Küche essen.«

»Ich esse zu Hause auch in der Küche.« Sie konnte das Bild von Ray als altem Mann, der von Gerry versorgt wurde, nicht abschütteln. »Kennst du sie?« fragte sie ihre Mutter, die noch immer stand und Toast aß.

»Deine Mutter kennt sie nicht«, sagte Ray.

»Ich habe nur einmal den Mann gesehen«, sagte seine Frau. »Es war um die Zeit herum, als Ninette ihren Unterricht aufgeben mußte. Mrs. Fenton pflegte einmal die Woche zu kommen. Sie mußte schon vor dem Baby angefangen haben, Depressionen zu haben, weil sie sich nicht konzentrieren oder irgend etwas merken konnte. Der Unterricht sollte ihren Geist trainieren. Er brachte ein Buch zurück, das Ninette gehörte, und ich glaube, er bezahlte das Honorar für einige Stunden, das seine Frau noch schuldete. Ninette war nicht da. Tante Rosalie machte uns bekannt. Das war alles.«

»Das hast du mir nie erzählt«, sagte Ray.

»Wie war er?« fragte Nora.

Ihre Mutter antwortete, in englisch: »Wie ein Engländer.«

Nora und ihr Vater fuhren mit der Straßenbahn zu dem steinernen Gebäude, wo Ray gearbeitet hatte, bevor er in sein Büro im Gebäude der Stadtverwaltung zog. Er setzte seinen alten grünen Augenschirm auf und begab sich hinter einen eichenen Schalter. Es machte ihm Spaß, die Rolle eines viel jüngeren Ray Abbott zu spielen, während er sich die ganze Zeit über bewußt war, daß er das Büro und den Safe hatte, und Beziehungen, die eine Goldmine wert waren. Mr. Fenton und sein Freund, der Doktor, warteten schon und rauchten unter einem desolaten »Nichtraucher«-Schild. Nora war weniger schüchtern als vielmehr auf der Hut. Sie nahm die leichten Sommersachen der beiden zur Kenntnis – das hellbeige Jackett des Doktors mit dem breiten Revers und Mr. Fentons amerikanisch wirkenden Seersuckeranzug. Der riesige Raum war düster und roch nach alten Büchern und Zeitungen. Es war nicht der Geruch von Schmutz, obwohl dem Raum eine gründliche Reinigung nicht geschadet hätte.

Nora und die Männer standen Seite an Seite, ihrem Vater gegenüber. Eine andere Person, die sie für einen normalen Angestellten hielt, saß an einem Schreibtisch, las die *Gazette* und aß ein Plunderstückchen. Ihr Vater hatte vor sich ein Buch mit Vordrucken liegen. Er füllte die Lücken per Hand aus, eine Feder benutzend, die er sorgfältig in schwarze Tinte tauchte. Mr. Fenton diktierte die Fakten. Bevor er den Namen des Kindes oder sein Geburtsdatum angab, wies er seine Frau und natürlich sich aus: Sie waren Louise Marjorie Clopstock und Boyd Markham Forrest Fenton. Er war einer dieser Anglokanadier ohne Vornamen, nur eine Reihe von Nachnamen. Ray ließ seine Feder über der wichtigsten Eintragung schweben. Er blickte hoch, fröhlich wie ein Eichhörnchen. Es war klar, daß Mr. Fenton sich entweder nicht erinnern oder nicht entscheiden konnte. »Scott?« fragte er, als müsse Ray es wissen.

Der Doktor sagte: »Neil Boyd Fenton«, und machte zwischen den Silben gewichtige Pausen.

»Nicht Neil Scott?«

»Du hast gesagt, du willst ›Neil Boyd‹.«

Nora dachte, man könnte meinen, Dr. Marchand sei die Mutter. Ray schrieb den Namen sorgfältig und langsam, dann das Geburtsdatum. Sie las die auf dem Kopf stehende Schrift und sah, daß das Fenton-Kind drei Monate alt war, was die gesetzliche Frist der Registrierung bestimmt überschritt. Ihr Vater drehte das Buch herum, damit Mr. Fenton unterschreiben konnte, und sagte: »Hey, Vince«, zu dem Mann, der gerade ein Plunderstückchen aß. Er kam heran und unterschrieb auch, und dann war der Doktor an der Reihe.

Mr. Fenton sagte: »Sollte nicht auch Nora Zeugin sein?« Und ihr Vater sagte: »Ich denke, wir könnten eine Bestätigung durch die junge Dame gebrauchen«, als ob er sie nie vorher gesehen hätte. Nach bestem Wissen Noras stimmten alle Angaben, und so setzte sie ihren Namen zu den anderen.

Ihr Vater setzte sich dahin, wo Vince gesessen hatte, wischte einige Krümel weg und spannte eine cremefarbene Urkunde in eine große klapprige Schreibmaschine, die sehr wahrscheinlich älter war als Nora. Als er damit fertig war, die Namen und Daten aus dem Buch zu übertragen, befestigte er ein rotes Siegel an der Urkunde und brachte sie zum Unterschreiben zurück zum Schalter. Dieselben Zeugen unterschrieben, aber anscheinend nur Nora bemerkte die Fehler ihres Vaters: Er hatte »Nell« statt »Neil« und »Frenton« statt »Fenton« getippt und hatte das Geburtsdatum um ein Jahr verschoben und »Nell Frenton« damit ein Alter von fünfzehn Monaten verliehen. Die Männer unterzeichneten das Dokument, ohne es zu lesen. Wenn sie mit ihrem Vater allein gewesen wäre, hätte sie ihn auf die Fehler aufmerksam machen können, aber natürlich konnte sie ihn nicht vor Fremden bloßstellen.

Der Doktor steckte seinen Füllfederhalter ein und bemerkte: »Der Name Neil gefällt mir.« Er sprach mit Mr. Fenton englisch und mit Ray und Nora überhaupt nicht. Gleichzeitig schienen er und Noras Vater sich zu kennen. Sie hatten eine Leichtigkeit im Umgang miteinander; vielleicht ein wenig berechnend. Mr. Fenton schien eher der Mann zu sein, mit dem ihr Vater auf die Rennbahn gehen würde. Es fiel ihr leicht, sie sich über Wetten und Pferde fachsimpelnd vorzustellen. Die meisten Babys, die Ray so nett war für unglückliche Paare ausfindig zu machen, wurden von Ärzten gemeldet.

Vielleicht war er einer von ihnen.

Ray und Mr. Fenton vereinbarten, daß Nora am nächsten Morgen von Mr. Fenton und dem Doktor abgeholt würde. Bei der Verabschiedung berührte Mr. Fenton, vielleicht aus Versehen, ihren nackten Arm und bat sie, ihn »Boyd« zu nennen. Nichts in ihrem Verhalten oder Ausdruck zeigte, daß sie verstanden hatte.

An diesem Abend spielte Ray mit seiner Frau in der Küche Karten. Nora bügelte das gestärkte Pikeekleid, das sie am nächsten Morgen anziehen würde. Sie sagte: »Sie haben also ihr eigenes Kind zur Adoption freigegeben?«

»Vielleicht waren sie nicht auf ein Kind vorbereitet. Es war zuviel für sie«, sagte ihre Mutter.

»Nun gib mal Ruhe«, sagte Ray. »Mrs. Fenton war überhaupt nicht in der Verfassung, sich um ihn zu kümmern. Sie hatte *ihre* Mutter von Toronto kommen lassen, weil sie sich nicht einmal um den Haushalt kümmern konnte. Sie haben diese Heimatvertriebene als Dienstmädchen, die ständig mit Kündigung droht.«

»Stört es ihn, wenn die Schwiegermutter die ganze Zeit da ist?« fragte Nora.

»Bestimmt nicht.« Nora glaubte, er würde etwas ganz und gar Englisches hinzufügen, wie: »Sie hat das Geld«, doch Ray fuhr fort: »Sie ist auf seiner Seite. Sie will, daß sie zusammenbleiben. Das Baby ist das beste, was passieren konnte.«

»Vielleicht haben sie im Krankenhaus einen Fehler gemacht«, sagte Noras Mutter und versuchte es noch einmal. »Die Fentons haben aus Versehen irgendein Waisenkind bekommen, und ihr eigenes Baby kam in das Heim.«

»Und dann kam es heraus«, sagte Nora. Es machte Sinn.

»Wenn du dort fertig bist, gib dich nicht mit dem Hausmädchen ab«, sagte Ray. »Sie kann nicht einmal Englisch. Wenn dir einer sagt, du sollst in der Küche essen, möchte ich, daß du sofort nach Hause kommst.«

»Ich gehe gar nicht aus dem Haus«, sagte Nora. »Ich weiß nicht, ob ich sie nach morgen noch einmal besuchen möchte.«

»Komm schon«, sagte Ray. »Ich habe es versprochen.«

»Du hast es versprochen. Ich nicht.«

»Laß dein Kleid auf dem Bügelbrett liegen«, sagte ihre Mutter. »Ich bügele die Falten.«

Nora schaltete das Bügeleisen ab, ging zu ihrem Vater und stellte sich hinter ihn. Sie legte ihm die Hände auf die Schultern. »Mach dir keine Sorgen«, sagte sie. »Ich lasse dich nicht im Stich. Du kannst auch gleich aufgeben. Ich habe Mutters Blatt gesehen.«

3

Dazu verpflichtet, Nora das Baby abzunehmen, hielt es Missy jetzt auf Armeslänge von sich weg, aufrecht zwischen ihren Händen, damit kein Stück von ihm ihre weiße Schürze berühren konnte. Nora dachte, er würde sich totschreien. Missys Gesicht drückte aus, daß sie es nicht lustig fand. Vielleicht glaubte sie, Mr. Fenton habe Nora dazu angestiftet. Sein Gelächter hatte etwas anderes bedeutet – welche Fehler er auch bis jetzt begangen haben mochte, sich Missy zur Mutter eines Fenton zu erwählen, gehörte nicht zu ihnen.

»Du solltest ihn lieber gleich saubermachen«, sagte Mrs. Clopstock.

Missy, deren Schweigen stets erstaunlich ausdrucksvoll war, gelang es anzudeuten, daß das Säubern von Neil nicht in ihrem Arbeitsvertrag inbegriffen war. Aus irgendeinem Grund wiederholte sie, daß ein Fläschchen bereitstand, und starrte den Doktor intensiv an.

»Das Kind ist schlimm dehydriert«, sagte er, als antwortete er Missy. »Es sollte umgehend Flüssigkeit bekommen. Es ist unterernährt und beträchtlich unter seinem Normalgewicht. Wie man sehen kann, hat es eine schlimme Diarrhöe. Ich werde nach dem Mittagessen seine Temperatur messen.«

»Ist es wirklich krank?« fragte Nora.

»Möglicherweise muß es für ein paar Tage ins Krankenhaus.« Er wurde immer ernster und war langsamer denn je.

»Ins Krankenhaus?« sagte Mr. Fenton. »Wir haben es gerade erst hergeholt.«

»Zuerst muß es gewaschen und in frische Sachen gesteckt werden«, sagte Mrs. Clopstock.

»Ich mache das«, sagte Nora. »Es kennt mich.«

»Missy wird nichts dagegen haben.«

Da sie einen privaten Austausch zwischen Mrs. Clopstock und Missy spürte, verhielt sich Nora still. Sie empfand das unbändige Verlangen eines Kindes, heimzukehren, diesen Fremden den Rücken zu kehren. Mrs. Clopstock sagte: »Laßt uns bitte alle hineingehen und uns setzen. Wir stehen hier herum, als wären wir in der Empfangshalle eines Hotels.«

»Ich kann es machen«, sagte Nora. Sie wiederholte: »Es kennt mich.«

»Missy weiß, wo alles zu finden ist«, sagte Mrs. Clopstock. »Kommt, Alex, Boyd. Nora, möchtest du dir nicht die Hände waschen?«

»Ich fühle mich auch dehydriert«, sagte Mr. Fenton. »Ich hoffe, Missy hat etwas auf Eis gelegt.«

Nora beobachtete, wie Missy sich umdrehte und die Treppe hinaufging und um eine Biegung herum verschwand. Das wird einen mächtigen Streit geben, dachte sie. Ich werde mich davonmachen. »Es hat mich sehr gefreut, Sie zu treffen«, sagte sie. »Ich muß jetzt gehen.«

»Komm, Nora«, sagte Mr. Fenton. »Jeder hätte denselben Fehler machen können. Du bist aus dem hellen Sonnenlicht hereingekommen. Der Flur war dunkel.«

»Könnten wir bitte, bitte hineingehen und uns setzen?« sagte seine Schwiegermutter.

»Gut«, sagte er, immer noch zu Nora. »Es ist in Ordnung. Dir reicht es. Wir wollen einen Bissen zu uns nehmen, und dann fahre ich dich nach Hause.«

»Vielleicht müssen Sie Neil ins Krankenhaus fahren.«

Mrs. Clopstock nahm den Arm des Doktors. Sie war eine kleine Frau in grünem Leinen, die Perlen und Perlohrringe trug. Tante Rosalie hätte auf Anhieb gesehen, ob sie echt waren. Die beiden begaben sich aus dem schattigen Flur in ein schattiges Zimmer.

Mr. Fenton blickte ihnen hinterher. »Nora«, sagte er, »laß mich nur etwas trinken, und dann fahre ich dich nach Hause.«

»Man braucht mich nicht nach Hause bringen. Ich kann den Sherbrooke-Bus nehmen und das restliche Stück Weg laufen.«

»Kannst du mir sagen, was dich stört? Meine Schwiegermutter kann es nicht sein. Sie ist eine nette Frau. Missy ist etwas ungehobelt, aber sie ist auch nett.«

»Wo ist Mrs. Fenton?« fragte Nora. »Warum ist sie nicht wenigstens an die Tür gekommen? Es ist ihr Kind.«

»Du bist nicht dumm«, sagte er. »Nicht umsonst bist du Rays Tochter. Es ist ihr Kind und nicht ihr Kind.«

»Wir haben alle unterschrieben«, sagte Nora. »Ich habe nicht unterschrieben, um irgendeine Geschichte zu decken. Ich bin hergekommen, um eine christliche Tat zu tun. Ich bin dafür nicht bezahlt worden.«

»Was willst du mit ›nicht bezahlt‹ sagen? Meinst du, nicht ausreichend?«

»Wer ist Neil?« fragte sie. »Ich meine, wer ist er wirklich?«

»Er ist ein Fenton. Du hast die Urkunde gesehen.«

»Ich meine, *wer* ist er?«

»Er ist mein Sohn. Du hast die Urkunde unterschrieben. Du solltest es wissen.«

»Ich glaube Ihnen«, sagte sie. »Er hat englische Augen.« Sie senkte ihre Stimme. Er mußte sie bitten, etwas zu wiederholen. »Ich habe gefragt, war es Ninette?«

Er brauchte einen Augenblick, um mitzubekommen, was sie wollte. Er stieß dasselbe lärmende Lachen aus, das er hören ließ, als sie das Kind Missy in die Arme zu legen versucht hatte. »Die kleine Miss Cochefert? Bis zu diesem Moment habe ich dich für die einzig vernünftige Person in Montreal gehalten.«

»Es paßt zusammen«, sagte Nora. »Es tut mir leid.«

»Nun, ich will es dir sagen«, meinte er. »Ich weiß es nicht. Es gibt zwei Menschen, die es wissen. Dein Vater, Ray Abbott, und Alex Marchand.«

»Haben Sie meinen Vater bezahlt?«

»Ihn *bezahlt*? Ich habe ihm Geld für *dich* gegeben. Wir hätten niemand gebeten, sich umsonst um Neil zu kümmern.«

»Was Ninette betrifft«, sagte Nora. »Ich habe nur sagen wollen, daß es paßt.«

»Hundert Frauen in Montreal würden passen, was das betrifft. Die Wahrheit ist, wir wissen es nicht, wir wissen nur, daß sie gesund war.«

»Wer war das Mädchen in der Gasse? Von der Sie gesprochen haben.«

»Nur ein Mädchen am falschen Ort. Ihr Vater war Rektor einer Schule.«

»Das haben Sie gesagt. Haben Sie sie gekannt?«

»Ich habe sie nie gesehen. Missy und Louise haben sie gesehen. Louise ist meine Frau.«

»Ich weiß. Wieviel haben Sie meinem Vater gegeben? Nicht für Neil. Für mich.«

»Dreißig Dollar. Manche verdienen das nicht in einer Woche. Wenn du fragen mußt, bedeutet das, du hast es nie bekommen.«

»Ich habe nie im Leben dreißig Dollar auf einmal gehabt«, sagte sie. »In meiner Familie streiten wir nicht um Geld. Was mein Dad sagt, gilt. Ich habe nie Mangel gelitten. Gerry und ich haben jeden Winter einen neuen Mantel gehabt.«

»Ist das Verhör nun zu Ende? Du hättest einen guten Polizisten abgegeben. Ich sehe ein, du kannst nicht bleiben. Aber würdest du vielleicht eine letzte christliche Tat vollbringen? Wasch dir die Hände und kämm dir das Haar, setz dich und iß. Danach setze ich dich in ein Taxi und bezahle den Fahrer. Wenn du nicht willst, daß ich es tue, dann tut es meine Schwiegermutter.«

»Ich könnte Ihnen helfen, das Kind ins Krankenhaus zu bringen.«

»Vergiß die Familie Fenton«, sagte er. »Nach dem Mittagessen gehen wir auseinander.«

Am späten Nachmittag kam Ray nach Hause, und sie hatten ihren Tee mit Sandwiches am Küchentisch. Nora trug Gerrys alten weißen Frottiermantel. Sie hatte Lockenwickler im Haar.

»Es war nichts weiter, kein Problem«, sagte sie wieder. »Er mußte im Krankenhaus gründlich untersucht werden. Er war erschöpft. Ich weiß nicht, welches Krankenhaus es ist.«

»Ich könnte es herausfinden«, sagte Ray.

»Ich glaube, sie wollen dort niemand sehen.«

»Was gab es zum Mittagessen?« fragte ihre Mutter.

»Irgendeine kalte Suppe. Irgendeinen kalten Aufschnitt. Einen Obstsalat. Eistee. Die Männer haben Bier getrunken. Es war kein Brot auf dem Tisch.«

»Gib Nora die Erdnußbutter«, sagte Ray.

»Hast du Mr. Fenton wegen Ninette getroffen«, fragte Nora, »oder hast du ihn schon vorher gekannt? Warst du zuerst mit Dr. Marchand bekannt oder mit Mr. Fenton?«

»Die Welt ist klein«, sagte ihr Vater. »Übrigens habe ich Geld für dich.«

»Wieviel?« fragte Nora. »Nein, spielt keine Rolle. Ich bitte darum, wenn ich es brauche.«

266

»Du wirst nie etwas brauchen«, sagte er. »Nicht, solange dein alter Dad da ist.«

»Du weißt doch, diese Mrs. Clopstock?« sagte Nora. »Sie ist der erste Mensch aus Toronto, den ich kennengelernt habe. Ich habe sie nicht angestarrt, aber ich habe sie mir genau angesehen. Mama, wie erkennt man echte Perlen?«

»Die waren bestimmt nicht echt«, sagte Ray. »Die echten wären im Safe. Rosalie hatte eine Perlenkette.«

»Sie mußten sie wegen Ninette verkaufen«, sagte ihre Mutter.

»Vielleicht kannst du den Namen des Krankenhauses herausfinden«, sagte Nora. »Es könnte sein, daß er mich gern sehen würde. Er kennt mich.«

»Er hat dich schon vergessen«, sagte ihre Mutter.

»Das würde ich nicht beschwören«, sagte Ray. »Ich kann mich noch erinnern, daß sich jemand über meinen Kinderwagen beugte. Ich weiß aber nicht, wer es war.«

Er wird sich daran erinnern, daß ich ihn auf den Arm genommen habe, entschied Nora. Er wird sich an den Weihrauchduft erinnern. Er wird sich an die Haustür und an das Eintreten in den dunklen Flur erinnern. Ich werde mich an ihn zu erinnern versuchen. Mehr kann ich nicht tun.

Sie sagte zu Ray: »Was ist nun wirklich wahr? Nur das, was auf dem Papier steht?«

»Nora«, sagte ihre Mutter. »Sieh mich an. Sieh mir ins Gesicht. Vergiß das Kind. Es ist nicht deins. Wenn du Kinder möchtest, heirate. Gut?«

»Gut«, antwortete ihr Vater für sie. »Warum ziehst du dir nicht was an, und dann führe ich euch beide ins Kino aus.« Er begann zu pfeifen, nicht »Mach dir keine Sorgen«, sondern etwas anderes, genauso Unbeschwertes.

Inhalt